古代文学前沿与评论

第 一 辑

中国社会科学院文学研究所古代文学学科　编

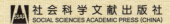

社会科学文献出版社
SOCIAL SCIENCES ACADEMIC PRESS (CHINA)

发刊词

2016 年，中国社会科学院启动学科建设"登峰战略"，文学研究所古代文学学科获评首批院"优势学科"。编辑、刊行《古代文学前沿与评论》（集刊）是本学科拟定的建设"优势学科"举措之一。

按惯例，本刊可名为"中国古代文学研究动态"。今为简明起见，"中国古代文学研究"省称"古代文学"；不名"动态"而称"前沿与评论"，略微表达学科同仁一点期望，追求比"动态"更为积极进取的学术定位。"前沿"不是普通的边界，而是不断探索、与时俱进的前卫边界；"评论"表示对于学术前沿的更多一些的主观参与、思考与批评。

在学术工具电子化、学术共同体全球化等新的历史条件之下，本刊将瞩目国内外古代文学学科前沿状况，致力于对学术传统、学术史经验的总结与反思，致力于对学科内各领域的基础、现状、未来展开分析与研究，建设一个对于古代文学"研究之研究"的新平台。

1978～1989 年，文学研究所编辑、刊行过《文学研究动态》（中间改名"中外文学研究参考""中外比较文学研究"），在改革开放初期的国内文学研究界产生过不小影响。希望该刊"复活"的声音，学术界时有所闻。院内兄弟研究所以"动态"为名的刊物，坚持下来、取得成功的也颇有其例。另外，文学研究所主办的《文学评论》《文学遗产》近年来已经基本上不刊发书评。筹办《古代文学前沿与评论》，在古代文学学科的范围之内是对本所学术风格与责任的一种继承、补充与担当。

古代文学研究年度论文、专著、学位论文等的产出，数量巨大。按照科研常规，对于学术史、学术前沿的梳理与评估，为立论的前提条件。而目前，这方面现状（特别国内）普遍难惬人意。本刊专门为学术前沿评论、学术史研究开辟一个新园地，有利于培植严格的学术规范，提升古代文学学科的学术品质。

改革开放为国家积累了雄厚的经济实力，国内对于古代文学研究的支持力度也空前巨大。然而，通行的数量化管理模式催生出海量成果，也制造了一些泡沫，学术生态面临新挑战。本刊将依托本学科力量，联合学界同道，坚守客观、公正的标准，参考国际惯例，激浊扬清，努力为新时代学科学术评价体系的建立略事鼓噪、略尽绵力。

国内学科的短板亦亟待自觉弥补。学习、研究中国古代文学，国际通行惯例多将日文作为仅次于中文的基础科目，东亚地区"汉文化圈基础阵地"的地位无法漠视。本刊将有意识地逐渐加大对东亚汉文化圈学术前沿与学术史的介绍与评论。全球化的今天，本刊也将尽量关注国际范围的学术动态。因应互联网与电子文献的新形势，本刊也会注意讨论、交流文献与研究资料数据库建设使用方面的情况。

本刊拟每年两期，于6月、12月出刊。拟设栏目包括特稿、笔谈、书评、访谈、专题评论、前沿综述、会议纪要、项目动态、论点汇编、新资料、特藏文献等。

急剧变化的时代，更要有历史意识。《古代文学前沿与评论》拟以"过去—现在—未来"为纵轴、"中国—东亚—国际"为横轴而定位，黾勉从事，拾级而上，致力于本学科"登峰战略"的使命。孔子曰："如垤而进，吾与之；如丘而止，吾已矣。"前路正长，让我们勠力以进！

目 录

特 稿

专题:《古本戏曲丛刊》与戏曲文献研究

特约访谈

新著序跋

前沿思考

会议综述

Contents

Feature Article

Special Theme: *Gubenxiqucongkan* （古本戏曲丛刊） and the Research and Collation of the Xiqu Literature

Special Interview

Preface and Postscript of Recent Writings

Thoughts from the Frontline

Conferences Summaries

"十年前瞻" 高峰论坛

2017 年 10 月 10 日下午，中国社会科学院文学研究所举办"学科评论·十年前瞻"古代文学高峰论坛研讨会。会议分为"先秦至唐宋文学""元明清文学"两组，分别由刘跃进、吴光兴，竺青、张剑主持。本专题所收发言稿已经与会专家本人审阅，按发言顺序排列如下：

詹福瑞、徐公持、陆永品、张新科、王兆鹏、汪春泓、葛晓音、陶文鹏、董乃斌、刘宁，以上第一组；左东岭、关爱和、彭玉平、王达敏、郑永晓、孙逊、李玫、潘建国、杜桂萍、宋莉华，以上第二组。

在"学科评论·十年前瞻"古代文学高峰论坛上的发言

詹福瑞

（中国国家图书馆）

上午我参加了《文学评论》六十周年纪念会，听完很有感慨。在中国，学术研究一直很受重视，但它并不是独立自足的，而是往往和我们时代的文化、政治结合在一起。想要自己关起门来做一种象牙塔里的研究，是不可能的。古代文学研究从中华人民共和国成立以来，一直跟着时代走，跟着潮流走，想变也难。在这种情况下，作为一个学者应该怎么做，是现在需要思考的问题。

　　文学研究本身就是关系到人生、关系到社会的学问，它不可能离开社会，也不可能离开政治，不可能离开人，所以当代所有的古代文学研究是和当代的文化结合在一起的，这是必然的。而且作为古代文学研究者，虽然我们研究的是前人的文化，但我们站的立场，应该是当代的立场；我们研究的立场、价值观也应当是当代的价值观，而不是古代的价值观。正因为这样，我们所有的研究还是要关注民生，关注社会现实，而不是做一种完全独立自足的东西。这个观点我也在不同场合讲过。

　　这其中就涉及一个问题，既然所有的古代文学研究都必然是当下立场、当下价值观的研究，那么我们的研究怎么做才叫自由，怎么做才叫独立。我个人认为，所谓的独立，所谓的自由，就是作为一个学者、作为知识分子本身的立场，这一点是我们自己可以选择的。我们虽然离不开时代，离不开这个潮流，可是自己选择一种什么样的立场，什么样的价值观，这是学者个人的自由，也是我们作为学者的一个底线。可是在现在的研究中，恰恰很多学者没有自己的立场，没有自己的价值观。我觉得这是需要我们关注的一个问题。

　　古代文学研究界目前所面临的形势，我个人是这样看的：总体来看发展很正常，没有过多的热点，也没有过多的炒作，相对来说比较平稳，但也比较平寂。虽然传统文化现在很受重视，但就古代文学研究本身来说，我觉得还是没有完全被卷入（这种时潮），学者仍旧在自己研究的领域，按照自己的研究思路继续往前走，所以没有炒作的问题，可是有几种倾向仍需要我们注意。

　　第一个问题，包括我本人在内，现在由于受到哲学社会科学研究课题的导向，这些年开始倾向于做大而全的东西。现在重大课题立项基本上都是某某文献的整理和研究，像董（乃斌）先生他们做的"叙事学研究"这类理论的研究很稀少。现在都是做文献，而且做文献并非做新发现的文献，而是淘老文献，把很多老文献汇到一起，影印出来。这样的导向，有可能导致对古代文学的理论性研究的忽视，这种倾向是需要我们警惕的。我最近拜读了董先生寄来的书，还有葛（晓音）老师关于唐前诗歌体式的著作，非常钦佩。不但学理性、理论性很强，而且以文献作为支撑。我感觉确实是在推进解决古代文学，尤其是其研究内部的一些问题，而不是一些外在的问题。比如说做诗歌体式研究，我们过去一直认为诗歌里面是以抒情为主，而董老师抓住了中国古代诗歌中另外一种叙事性的书写方式，这些都有很强的理论性和学理性。说实在的，我比较乐见的还是这样的研究。在座的重大项目的带头人有不少，兆鹏兄、跃进兄、新科兄，包括我自己，我们几个都在做。将来如果就把文献的东西影印一大套放在那里，当然会为我们研究少见、稀见文献提供一些便利，但是究竟对古代文学研究有多大促进，这是一个需要注意的问题。

第二个问题是，我们现在都在讲中国古代文学并不是单纯的文学，而是文史哲不分的。按照过去的讲法，经学也算文学，史学也算文学，也是不分的，所以现在我们面临着一个很大的问题：文学究竟怎么研究。过去陶文鹏老师讲，要回归到文学，这是针对泛文化的研究提出来的。可是既然我们一再在讲古代文学就是文史哲不分的文学，那我们究竟怎么研究，什么叫回归文学本体？这就是一个很难回答的问题。我们在对古代文学即所谓的文史哲都在其中的"泛文学"做研究时，还做不做文学性的研究？文学性的研究还是不是我们古代文学研究中的核心问题？这些年，真正对古代文学做文学性研究的课题和论文，我个人认为不是很多，而且做得不是很充分。我感到困惑的第二个问题就是：既然古代文学中文史哲不分，所有哲学的、历史的都可以算作文学，那"文学性"还算不算我们研究的核心问题？

第三个问题，现在的古代文学研究中，做文献越来越容易。随着信息手段的现代化，我们获取文献的能力越来越强，过去所谓的珍稀文献，我们现在都很容易得到，前辈学者可能看不到的东西，我们都能够看到，这确实给我们现在的研究带来了很大的便利，但是这里也遇到了另一个问题，即是否还要训练学生做传统的学问。近几年来，我在看博士论文的过程中遇到一个很大的问题：我怀疑有的研究生不读整部书，不读一部完整的集子。再一个，读白文的能力也越来越差。我过去每年都看三十多篇博士论文，去年因眼疾只看了二十多篇，可以这样说，没有一本的引文文献在标点上挑不出错来，那么我们传统的训练在现在的技术环境下还需不需要？

这里面还涉及另一个问题，就是我们是否还需要做经典的研究。现在还有个倾向，研究一些中小的作家。这些作家没有被研究过，每个研究都是开创性的，填补空白的。那经典的这些作家还需不需要研究？从近年课题及博士论文选题来看，像李白、杜甫、《文心雕龙》、《文选》的选题都还有，但是越来越少。其实并不是这些经典作家就不能研究了，比如我最近承蒙跃进兄关爱，发表在《文学遗产》上的论文《唐宋时期李白诗歌的经典化》，研究李白的经典化，涉及李白"天才诗人"的问题。我们一直在讲李白是天才诗人，但为什么说是天才诗人，天才在哪儿，我翻了翻文章，很少有人在这个问题上做系统深入的研究。可见有很多问题看似研究过了，但实际上还需要研究。而且我认为，研究经典作家，才能解决文学史上重大的、根本性的问题。而研究不入流的作家，很难解决文学史上的一些重大问题。

当下的古代文学研究，从整体上看，确实处于平稳而扎实的向前推进过程中，出现了很多有价值的成果，但是上面所说的三个倾向，我个人认为需要引起关注，借此机会提出来，请各位老师指教。

瞻之在前，忽焉在后

徐公持

（中国社会科学院文学研究所）

论坛的主题是对古代文学的"十年前瞻"，我拟了一个发言题，用了《论语》中孔夫子说的两句话。这两句话也是文学所老一辈学者中吴世昌先生说的。吴先生也是董乃斌、陶文鹏两位先生的恩师。1965 年 5 月，我从安徽寿县搞完"四清"刚回到所里，就有幸赶上文学所组织去潭柘寺春游。吴先生带着爱女一起去，途中他兴致很高，讲了很多话，我们一帮年轻人都跟在他后面，听他介绍潭柘寺的掌故和建筑。吴先生领着我们一路进了三四座殿以后，忽然发现他的女儿不见了。他着急了，甩开我们就往回走，一直到庙门口，才找到他女儿。原来庙门口有一棵迎客松，据说会对客人摇动树枝表示欢迎，他女儿就在等那棵树向她招手呢！吴先生领着女儿回来了，他笑着对我们说："瞻之在前，忽焉在后。"吴先生说出这八个字，不但风趣幽默，而且意味深长：做事情勇往直前固然不错，但有时候往后面看看也很重要。

今天编辑部邀请所内外专家学者，举行以"十年前瞻"为题的学术会议，以示庆祝。我有幸参与盛会，十分荣幸。我们古代文学学科要得到发展，健康成长，自然应当向前看，着眼未来。我们要以怎样的精神状态和文化准备，来迎接今后的十年甚至更长远的未来？如何推进学科的正常发展，并且尽量避免走曲折弯路？为此必须通过深入思考和探讨，设计它的优化发展路径，并且预做各种必要的准备，以开拓学科的新局面，所以做好"前瞻"，是必修的功课，否则学科的发展将陷于盲目自流的境地，作为学科核心刊物的引领作用也会受到削弱。

但是前瞻也是很困难的事情，需要大局在胸的广阔视野，要有高屋建瓴的理论思维，还需要深湛厚实的学术修养，以及高度灵敏的超前眼光。本人不敏，除了对学科发展持总体上的乐观态度，坚信"明天更美好"外，我描述不出具体的未来十年学科前景。未来古代文学学科的走向和发展路径，研究重心的改进，它与社会的互动关系，研究工作的方式方法变化，学科体制的提升，以及研究人才结构的改善等，这些要素在今后十年的演变，对于我来说，都难以说清。大着胆子设想一下、推论一通、描绘一番也可以，但那是不严肃的，我不喜欢捕风捉影。

再说，古代文学的学科特点又加大了前瞻的难度。这个学科公认是人文学科的一个分支，人文学科的研究对象主要是"人"，是对人类的精神、文化、心理、审美等方面的特征和发展规律，进行现实的或者历史的研究，以探求人的生存价值和意义。由此，其发展的动因，也与别的学科存在明显的差异。我们很难利用社会学、经济学、政治学的原理，或者用生产力发展和财富分配的统计数字，用一些技术性参数，如数学模式、物理化学规则、定理、公式等，来模拟和测定人文学科发展的可能性。另外，人文学科的发展，比较倚重学者个人的理性思考、道德判断和悟性发挥这些要素，所以也不完全能够以"规划"或者"项目"等方式，充当学科发展的手段，所以事实上这里存在若干不确定性，我们勉强来做人文学科的预测式推论式"前瞻"，有可能陷入"自说自话""蹈空踩虚"的境地，那是有些危险的，至少没有多少正面意义，在学风上也不宜提倡。

怎么办？作为一名古代文学工作者，我认为不妨将"后顾"补充到"前瞻"里来，以"后顾"为"前瞻"的重要内容。我说的"后顾"，不是向后看，走回头路，而是回顾学科历史，总结学科的成败，明辨得失，以设计更好的学科发展之途。这种以"后顾"为内容或者主题的"前瞻"，就是常说的"前事不忘，后事之师"。这样做，既可避免凿空立论，虚妄渺茫，又能以史为鉴，实事求是。"前瞻"易虚，"后顾"易实。虚实相生相济，能够为学科的未来，辨明更好的方向，设计更好的道路。何乐而不为？

对我们来说，"后顾"的对象主要就是近百年以来的学科史。而百年学科史，基本上对应着 20 世纪，这是整个中华文明发展史上意义重大的关键世纪。就在这个世纪，中国古代文学研究，由一种古老的传统"学问"，转变为近代意义上的"学科"。对于一个几千年的文明古国来说，这是前所未有的、划时代的巨大进步。将明清时期的文论、诗话著作，与 20 世纪产生的文学理论、文学史论著相比较，我们就可以看出，无论是著作的内容形式，还是其产生方式及社会意义，两者都存在鲜明的本质差别，犹如凤凰涅槃。这是其一。其二，20 世纪文学学科，经历曲折，形态丰富，既出现过令人惊异的繁荣兴旺局面，产生过许多学科巨著，涌现了举世瞩目的多位学术大家，成绩斐然，也发生过严重的曲折、停滞甚至倒退。百年学科史内涵非常丰富，值得任何一位理性人士的关注，从它的经验和教训中汲取教益。总结百年学科史，是最切实有效改进当今学科体制、寻找学科发展途径的良方。学科繁荣的原因是什么，需要哪些条件，为何会发生学科萧条，背景情况又是怎样的？事实俱在，只要尊重史实，不怀偏见，深入理解，即可提升我们的认识，有益于学科建设。如此宝贵的一笔财富，我们怎么可以不去认真总结，反而轻忽无视？事实上已经有不少学界人士，关注这个重要课题，并且做了研究，取得了相当大的成绩。例如刘敬圻教授主编的《20 世纪古代文学学科通志》（2014 年山东人民出版社出版）一书五大册，就较详细地梳理了百年学科的发展经历，涉及不少学科进步和曲折的事态，探讨了一些问题。本人有幸参与了其中部分工作。当然那只是初步的尝试，远未达到做总结的地步。实际上对于学科史研究，我们也不应提倡轻率做结论，"一言定鼎"，"一步到位"，还是要尊奉"双百方针"的精神，在各种意见的交流中逐步推进，以利于长远的学科建设。要之，我认为有必要做"十年前瞻"，前瞻的好处是开拓思维，鼓励创新，勇于进取；但如果能够与"后顾"结合起来，"瞻前顾后"，则可以使前瞻更加充实，更加可靠，更加合理。对于学科建设来说，效益无疑更好。

当然"后顾"也并非轻而易举之事，它需要从业者具有坚定的历史唯物主义立场，持有系统的理论分析能力，掌握尽量全面的文学史料，才能做到去伪存真，揭示历史真相，把握历史本质。这些皆有难度。从掌握史料角度说，有些情况虽然距我们不算很远，但长期被忽略，真相明暗不清，还需要下力气发掘、清理。比如五四时期，我们对文学革命派学者的活动了解得很周详，但对那些"非主流"学者的状况，则有所忽略。还有二十世纪后期某些时段的一些情况，也有可能受到有意无意的屏蔽。不过这些困难都可以在深入研究过程中逐步解决。习近平在《俄罗斯报》发表的题为《铭记历史，开创未来》的署名文章中引用俄罗斯历史学家克柳切夫斯基的话说："如果丧失对历史的记忆，我们的心灵就会在黑暗中迷失。"这是至理名言。

我这里引用孔夫子的两句话，就是想说明"瞻前"是离不开"顾后"的，"顾后"能够更好地"瞻前"，希望《文学评论》引领古代文学学科同行和广大读者，努力进入"瞻之在前，忽焉在后"的美妙境界。

研究古典文学，必须打通文史哲

陆永品

（中国社会科学院文学研究所）

如福瑞刚才所说，我们研究古典文学，文史哲都需要研究，这话没错。尤其是先秦两汉文学，必须打通文史哲，也就是需要研究除了文学之外的历史、哲学、美学、思想史，这都是为了从侧面更好地阐释文学。为什么这样说呢？如果不打通研究文史哲，对先秦诸子的研究就不彻底，容易出错。我举个例子，《老子》里有这么四句，非常经典："大方无隅，大器晚成，大音希声，大象无形。"很多我平素向他们学习的哲学专家、文字学专家、国学大师，在解释这四句话时，因为对文学的认识有所欠缺，而产生了一些误解，比如把"大方无隅"解释成"大的方形没有棱角"，这就不符合《老子》的原义了。对此庄子曾做过解释，说从小的角度去看大的形貌是看不清楚的，而不是说大的方形没有棱角，这是非常富有哲理的。"大器晚成"说的是大的器械因为要花功夫，所以较晚才能做成，这是比喻人才成熟得比较晚。长沙马王堆出土的《老子》把"晚"字写成"免"，应当是同音假借，但有学者把"免"解释为"无"，就失去了原意。楚国郭店简的《老子》则作"慢成"，"慢"义近于"晚"。我八年前写了《"大器晚成"辨》，分析了这个问题。一些学者对《老子》的曲解，可能源于不懂文学上的比喻手法，或对老子哲学理解不深。再如有的学者不理解《老子》中为何有很多重复的文句，这是因为《老子》是哲理诗，当时诗篇经常采用"重复"这一文学手法，在《诗经》中就有大量例子。我举这个例子就是为了说明，研究先秦两汉文学必须打通文史哲，以此正确地诠释经典。

四个机遇，三个趋势

张新科

（陕西师范大学文学院）

刚才听了几位先生的精彩发言，我有很多感触。徐（公持）老师说，古代文学研究一方面要往前看，另一方面也要往后看，说得非常好。陆（永品）老师说，古代文学作品内涵丰富，无论怎样研究，理解作品原意是第一要务，并举例说明，我很赞同。詹（福瑞）老师说，古代文学研究是和社会的文化、政治密切相连的，事实确实如此。当下的社会发展为古代文学研究带来了很多重要的机遇。从大的文化背景上来说，最近"两办"印发《关于实施中华优秀传统文化传承发展工程的意见》和《国家"十三五"时期文化发展改革规划纲要》，非常重视优秀传统文化的传承和发展，这是古代文学研究的第一个机遇。近年来国家强调文化自信，这实际上更多的是要回归到中国五千年的文化底子上来，这是第二个机遇。第三个机遇是国家"一带一路"倡议的提出，对于中国优秀传统文化走出去具有重要的推动作用。第四个机遇和高校的关系更大，就是国家"双一流"（一流大学、一流学科）建设规划，从国家层面的"双一流"到每一个省、每个高校的"双一流"建设，不但给古代文学研究创造机遇，也为整个中文学科发展创造机遇。总的来说，在这样一个大背景之下，我们的古代文学研究迎来很多新的机遇，同时也就面临着许多新的挑战。展望今后十年，古代文学学科的发展会是什么样子，应当考虑到这样的背景。在这里我主要说三个方面的趋势。

第一个是研究的综合化，这应当是未来十年的一个大趋势。所谓综合化有三个层次：首先是资料汇编、整理。古代文学研究已有两千多年的历史，成果极为丰富，适时地进行总结与综合是很有必要的。其实这种总结、综合的趋势，古已有之，但还远远不够。从先秦以来几千年的积淀，需要我们做一些清理、整理工作，为后续研究提供借鉴。我们从最近几年国家社科基金重大项目的立项上也可以看出，古代文学研究的很多工作首先就是资料的整理，这是这个时代需要做的基础工作。其次是新手段、新方法、新思想、新理论的融通互汇这一意义上的综合。唯有如此，综合才不只是进行成绩的统计，而且成为一种追求的永恒的方向。只有这种以创造为形式的融通互汇，这样的综合，才能全面地继承前人的一切优秀文化成果，并综合消化成为自身的一部分，从而促进古代文学研究。这样的综合化，是研究者本身的活的创造，是研究者的动力之源。古代文学有几千年的历史，在研究上既有一些传统方法，也有一些新的方法，比如王兆鹏老师用最新的现代信息化手段来研究古代的文学，取得重大成果。方法上的综合，还包括中国传统的方法和国外一些研究方法的综合，这在未来几年中可能是比较重要的综合。再次是学科融合，我们虽然研究古代文学，但仍然脱离不了其他学科，例如一个考古发现可能会给古代文学带来一种新的观念、新的资料。古代文学与其他学科有着共同的研究领域，如哲学、心理学等，各自所取得的成果都有利于对方的发展。随着各个学科的不断发展，古代文学的综合化趋势将愈来愈明显。当然，古代文学学科要与其他学科相融合，但也要以文学本位为前提。未来十年的这种综合可能是一个比较重要的趋势。

第二个趋势是理论的提升和创新。研究主体的理论水平，决定了研究成果的水平，应该在资料整理基础上进行理论化的工作。我们所说的理论化是指，以马克思主义为指导思想，更新观念，用现代意识、现代精神和现代价值去把握古代文学，提出问题，深入研究，做全面的全新的审视，但同时又要立足基础，实事求是，不把今人的思想强加给古人，不做贴标签的工作。当然，还要对理论本身和研究本身作理性反省，避免生凑硬套，做形式化的工作。我们现在影印了很多古籍，一些比较大的工程都是成百册、成千册地进行古籍影印，这是研究的基础，很有必要，但仅仅影印出来，还是不够的，因此未来提出问题，解决问题，这种理论化的走向，应当是资料辑录外更重要的一步。到了我们这样一个新的时代，系统化、理论化的色彩会越来越浓厚。刚才詹老师提到李白的经典化问题，这就是一个理论性的问题。我这两年也在做一个国家课题是关于《史记》的文学经典化，深感理论化在任何时候都是重要的，如果没有理论，只是一些资料的汇编，是远远不够的。总而言之，理论化是普遍抽象性的提取，这意味着在求真基础上进一步求深。理论是统帅，今后古代文学研究在这方面会进一步强化。

第三个趋势是世界化。面对社会的经济一体化、文化全球化的世界化趋势，我们的研究不可能只局限于国内的圈子。世界成为一体，古代文学研究也应走出国门，在世界化大背景下开展研究。应当看到，在某些方面，国外学者的研究甚至超过了我们国内的研究，但也由于缺乏互相交流，国外的研究有的尚在重复一些国内早已抛弃的陈旧观点，甚至一些错误的观点。国外的新观点、新动态我们掌握得也有限，这与时代发展是不相适应的。所以，世界化就意味着相互交流，在异质文化的交互中去理解和研究古代文学。加强国际学术交流，不仅能促进古代文学研究水平的提高，而且能进一步在世界范围内宣传普及中国文化，对于弘扬我国优秀的传统文化也具有重大的现实意义。在世界化的背景下，我们的研究应以中国为基准，以世界的眼光立足于本民族，立足于本土文化，这样才不是空中楼阁。唯有立足于自身，才有可能更好地去交流，在交流中又发展自身。近年来古代文学研究与海外交流已经很多，改革开放以后，国际化程度越来越明显，坐在我们对面的葛（晓音）老师、汪（春泓）老师都在国际化方面迈出了很大的步伐。我相信未来十年里我们在国际化方面会有更大的发展，比如目前国家课题里就专门设立了"中华学术外译"的类别，就是要把中国的优秀学术著作翻译介绍到国外去，这是很好的举措。要与世界接轨，我认为还要做好两方面工作，一是学术研究人才队伍需要不断壮大，二是要把精品成果拿到世界上去，中国古代文化的研究，应当是中国人坐第一把交椅。

以上是我对未来十年古代文学研究的展望，也是未来十年努力的方向，不妥之处请大家批评指正。

今后古典文学研究的可视化趋势

王兆鹏

（中南民族大学文学与新闻传播学院）

非常荣幸参加今天的座谈。根据大会命题，我准备谈一谈今后古典文学研究的可视化趋势。

可视化会是未来古代文学研究的一个重要发展方向。为什么这样说呢？第一个原因是时代的需求。现在我们已经进入了一个读屏和读图的时代，阅读方式的变化，文化传承载体的变化，对古代文学研究提出了新的时代要求。第二个原因是我们的研究对象——文学，本身具有这样的适应性。文学本来就是用形象反映生活的，与读屏、读图时代恰好对接。第三个原因是，可视化在实践上具有可行性。最近学界在这一方面也做了一些尝试，取得了不错的效果。文学所刘京臣老师就做了相关的课题。我做的"唐宋文学编年地图",今年3月24日上线后,当天的浏览量达到110万,次日达到220万。一篇微博文章,截取了其中的六幅地图,包括李白、杜甫、王维、韩愈、苏轼等人的行踪图,每个人只有几句话,一周内阅读量达到188万。可见读图在当下移动端的传播速度是十分惊人的。唐宋文学编年地图,作为学术项目,在用户体验和界面友好上考虑得还不够,正在计划开发2.0版。我举这个例子是为了说明,大众实际上是关注我们古代文学的,关注我们的学术研究成果的。我们总是说,我们被社会边缘化,其实从某种意义上说,是社会被我们边缘化。我们没有考虑用大众喜欢的方式去满足、适应他们的需求。我觉得我们古代文学研究在这方面大有拓展的空间。

可视化不仅仅是一种呈现方式的变化,其实还是一种思维方式、研究路向和研究方法的变化。这里至少有四组结合或融合的关系。第一是文学与艺术的结合。可视化,要注意图形的选择与配合,包括色彩、光线的选配与设计,都需要有艺术感,要整合绘画、摄影与音乐的经验。第二是文学与技术的结合。"互联网+"给社会生活带来了许多革命性的变化,而文学不能总是固守在原来传统的圈子里。现在的数字技术,特别是GIS技术、绘图技术和实境虚拟技术,如VR、AR、MR等,都为我们的可视化提供了强有力的技术支撑。今后这些技术会更多地参与到我们的文学研究中来。第三是文学与地理的结合。文学活动,不但发生在时间里,也发生在特定的空间里。过去我们更多地关注时间维度,这几年学界虽已开始关注空间维度的文学史,但关注较多的是人文地理和文化地理,其实自然地理、地景地貌等方面也值得我们去关注,它有助于我们对作品的深度理解。第四是定性与定量的结合。可视化的一个重要呈现方式是图表,而图表需要数据来支撑,需要定量分析的结果。当下这个大数据时代,为图表的呈现提供了方便。图表呈现,直观、明了、简洁,比文字说明更有优越性。总的来说,可视化是一种方法的融合,是思维方式的改变。

那么有哪些东西能可视化呈现呢?文学研究中的作家、作品、传播、接受、文学史、学术史等维度都是可以通过图表、地图来呈现的。

创作主体方面,至少有三个层次:一是作家的活动轨迹可以全景呈现。例如我们的唐宋文学编年地图,取得了不错的效果,在海内外引起了比较大的反响。二是作家活动的地理环境可以得到呈现。这既可以实地勘查、田野调查,也可以借用卫星地图。台湾中山大学简锦松教授,近年致力于

"唐诗的现地研究"，出版了相关专著，很引人注目。他每年暑假都带着团队来大陆做实地考察，比如考察运河故道等，从中发现了我们过去从纸本文献中看不到的东西。三是作家的社会活动交往关系，可以用社网图来表现。这方面浙江大学的徐永明教授做了一些有益的尝试。社网图，非常形象直观，能看到每位作家在社会关系中处在什么位置，受到哪些人的影响。哈佛大学的 CBDB 数据库为中国古代作家的社会关系研究，提供了强大的数据支持。此外，作家群体、流派的地域分布，包括动态分布、静态分布，以及作家群体的社会流动等，都可以通过地图、图表来呈现。

作品本体方面，第一是作品的意境、情景可以还原再现。目前市场上已有一些相关产品，比如用动漫来呈现唐诗的意境等，但深度不够。近年来我在课堂上讲唐诗宋词欣赏时，都会布置学生以视频的形式来呈现作品的镜头感和画面感。我有一个团队正在尝试做这方面的产品。张新科教授那边也在筹建文学虚拟实验室，想用 VR、AR 等实境虚拟技术还原唐宋诗词，将会令人惊艳的效果。第二是作品中涉及的地景、地形、地貌的还原与再现。比如，范仲淹《渔家傲》的"千嶂里，长烟落日孤城闭"，似乎不难理解，但是到了今日甘肃庆城的写作现场以后，会有全新的体验与感受。如果用 VR 技术来还原，可以非常逼真地再现范仲淹当时的创作现场，从而更准确地理解词作的审美意蕴。现在我们读作品，常常是根据阅读经验去阐释，如果不做实地勘查，很容易误读和误解。只有身临其境，才能体会范仲淹当时的心境和想要表达的情思。第三是作品的写作现场和表现现场的再现。写作现场和表现现场有时是分离的，唐诗中有很多边塞诗是在内地写的，哪些是真实的现场书写，哪些是想像或记忆的书写，二者有何区别，与作品意境的创作有何关联，值得深究。

在文学传播和文学接受方面，如传播方式、媒介、途径和接受过程、接受效果等，都可以用可视化的图表来呈现。文学史和学术史的变迁，也可以用地图、图表来呈现。这方面我正在努力，两三年后会有相关的研究成果推出。

至于可视化的意义，它不只是一种表达方式的变化，更可以带来学术研究范式的变化。以唐宋文学编年地图为例，它首先会带来文学呈现方式的三大变化：一是变选择性呈现为全景性呈现。纸本容量的有限性，迫使我们对文学史实进行选择，我们认为有价值的、有意义的就呈现，认为没有价值、没有意义或价值意义不大的就不呈现。只呈现经典，而不呈现非经典。这种选择性呈现，过滤和遮蔽了许许多多非常生动的文学史细节和过程。而容量无限的数据库，就可以全景式地呈现文学发展的全貌，文学发展的细节、过程、场景，会更加清晰而完整。二是变间断性呈现为连续性呈现。现在的文学编年史，都是间断性的呈现，即使是李白、杜甫这类大诗人，他们的事迹和作品，在文学编年史中也并不是每年都被呈现，只是呈现他们有重要作品和重要活动的年份。而我们的文学编年地图，不考虑重要不重要，只要他在场有活动，就全面呈现。三是变未知为可知。所谓未知，是说唐宋诗词的作者中，仅有少数人的生平是清楚完整的，大多数作家的生平不很清楚。那些生平不清楚的作家，纸本的文学史就无法呈现。而电子数据库，只要一个作者有一点时间信息，比如什么时候在世，或哪一年中进士，或哪一年跟谁有交游，就可以把他的生活年代模拟出来，让他在文学场域中成为在场的作者，进入我们观察研究与统计分析的视野。

其次是带来文学史认知方式的变化，即从限知视角到全知视角的变化。过去我们看一个作家，只知道他人生历程的几个点，现在对他整个一生的轨迹都能看得很清楚，将模糊变为高清。过去是时空分离，现在可以时空合一，同一时间内不同空间的作家群、同一空间内不同时间的作家群，都能全景地呈现他们的生活镜像和活动轨迹。我们之前研究文学空间地理，主要依据作家静态的籍贯地理，现在我们能够依据作家的活动空间来探讨文学的发展流变，发现的问题会比以前多得多。

可视化还可以倒逼我们发现文学史中很多潜在的问题，促使我们做更深入的研究。可视化是前端产品，后台需要大量的史实和数据来支撑，这方面的基础工作现在做得远远不够。当你做可视化时，会发现很多想要的史料没有，很多想要了解的问题不清楚，这就倒逼我们去做新的开拓与研究。比如，现有的年谱一般只关注时间信息，而不太关注人事活动空间的地理定位。做可视化呈现时，要求空间信息与时间信息一样具体细致，这就要求我们今后做年谱的思维路向做出相应的调整和补充，以适应新的研究范式的需求。

二十年前我预感到，文学传播与接受研究，将是文学研究的一个重要增长点，现在已经变为现实。如今我坚信，可视化将是未来文学研究的必然趋势，会成为文学研究中一个新的学术增长点。目前，国家大力提倡传统文化要"创造性转化、创新性发展"，又有数字技术做支撑，我们应当去拥抱读屏、读图时代给我们提供的机遇与挑战，开拓古代文学研究的新格局、新纪元。

文学史当返归刘勰

汪春泓

（香港岭南大学中文系）

　　谢谢文学所给我一个机会，出席这么一个高端的会议，坐在身边的都是我佩服的老师辈，感到十分惶恐。我没有准备讲稿，就是顺着刚才徐先生的讲话"瞻之在前，忽焉在后"，我想到另外八个字，就是"仰之弥高，钻之弥坚"。我读文学所办的《文学评论》《文学遗产》这两种重要的刊物，从中看到了什么是真正的论文。为《文学评论》六十年纪念写的文章里，我有很短的一篇，讲我在二十多岁时写的一篇论文发表在《文学评论》上，这一发表就改变了我人生的规划，从而读了博士并有幸到北大去教书，所以我总觉得自己一生的幸运都跟这篇文章有关，否则我在这个复杂的社会里肯定难以得到自己的一席安心之地，因此我衷心感谢《文学评论》。

　　讲到现在的学术，现在的论文和著作都越来越多，在世界上发表的论文也越来越多，但真正的精品实际上不多。在最高端的刊物，如《文学评论》《文学遗产》《中国社会科学》及一些学报上，发表的论文常给人以启发，让人感到改革开放四十年来，人文学科取得了很大发展，涌现了很多成果。这些成果的代表都是在高端的刊物上发表或由好的出版社出版，证明改革开放对学术研究的促进是非常正面的。我们都是借着改革开放的东风，才能在这个时代读读书写写论文，一方面感到非常幸运，另一方面感到十分惭愧。惭愧的主要是在前辈老师的参照下，产量不高，还常常悔其少作。葛晓音老师发表在《文学评论》上的论文《论初盛唐绝句的发展》，那一年得了论文奖，这样的论文我觉得一生中能写出一篇都是很光荣的。在现在这样一个良好的形势下，如何跟上学术前进的步伐，这是我以后希望能好好思考的问题。另外我在研究中越来越觉得，在唐前文学的研究当中，像跃进先生他们做的文学编年，其实是一个文章学的编年，收的作家作品不是文学史讲的诗文、戏曲、小说。"文章"这个概念使得当时有巨大影响的作家作品进入我们的视野，比如《文心雕龙》很推崇的司马相如、扬雄、枚乘、枚皋、王褒、班固、张衡等，这些人在我们的文学史里似乎并不是太重要，但在刘勰的视野里恰恰是十分重要的，我觉得我们将来重新看这段文学史时，应当要有文章学的眼光而非现在这种狭隘的文学史的眼光。刘师培那么重视蔡邕，我看现在的文学史对蔡邕也不是特别重视，再回归到刘勰，他对蔡邕也是十分推崇的，所以我自己觉得应当转变观念，从刘勰的文章学角度来看待唐前文学。

关于未来十年的三点想法

葛晓音

（北京大学中文系）

今天上午听到好几位老师高瞻远瞩的宏论，我这个人向来不善于做宏观的思考，有些想法其实与詹老师比较接近。这里只从一个很窄的范围谈一谈现在古代文学研究还有哪些不足，我们未来这十年还能做些什么。

第一个问题，刚才詹老师已经说得很清楚了，我觉得今后十年古代文学的研究重心还是应当放在文学史主流问题的探讨上，像重要的作家、重要的文学现象、转变的环节、渐变的趋势等。我们所说的文学史主流问题是指以发展的眼光来考察古代文学，这与"编写文学史"不是一个概念。目前看到很多文章，感到古典文学研究的广度是前所未有地拓展了，学者们关注到了很多前人不太注意的材料、作家与文学外围的现象等。这些当然都是很有必要的，但是相对来说反而是主流文学现象的研究突破不太大，这点日本学者也有同感。我最近收到一位日本学者的电邮，坦率地说他们很关注我们的研究，觉得中国的文章发得特别多，但是重复性高，相似性高，突破不大。这个看法还是很值得我们反思的。就拿唐代文学来说，近三十年来虽然取得了很大的进展，但现在回想一下，许多作家其实都还没有深入的研究。特别是大作家，八九十年代我们还是有过一些比较深入研究的，但本世纪以来，关注的人少了。如李白、杜甫，很多人觉得前人研究已很充分，似乎没什么好研究的，就不敢去碰。还有一些名家，如高适、岑参、刘长卿等，尽管对这些作家的生平和风格都做过一些基本的评介，而更深一步的研究，特别是把他们放在文学发展的脉络中去看的话，我觉得还是有很多不同的视角可以做。还有些作家虽然相关的论文不少，但解决的问题不太多，而重复的论述太多。我理想中的对文学史主流问题的探讨，应当在原来研究的基础上再深挖下去一层。以北朝文学为例，大家知道其实近三十年来，魏晋南北朝文学的研究还是推进很快的。我最近看到一些年轻学者的文章，给我以很大启发。比如蔡丹君抓住从乡里社会到都城这个角度，深入一层去挖掘北朝文化修复和发展的土壤，发现了很多面上的史料所没有说清楚的问题。最近我又参加了袁行霈老师一个博士生的预答辩，她着重从大量常见史料中爬梳北朝主流文人群体之间的关系，如北朝"三才"中邢邵、魏收之间的关系，不但挖得很深，论证也非常贴合历史事实。这类研究把史料中潜藏的深层次问题挖到面上来，就使这段文学的面貌越来越清晰。如果我们其他时段都能做一些这样的工作，文学史研究可以从整体上往前推进一步。

　　第二个问题，我觉得深入探讨文学的发展，恐怕还是要内因与外因兼顾。我觉得目前的倾向是，研究者更偏向于外因，这从现在博士生的选题就能看出来。虽然我在课堂上总是提倡大家不要到现成的史学、哲学的成果中去挖掘选题和灵感，但还是有不少同学这么做。我想这可能比自己从文本中发现问题更容易，因此稍与文学沾一点边的外围因素全都被找遍了，可是对文学本身内在规律的学理性探讨，相对仍比较欠缺。当然这里也有原因，一个是与传统偏见有关，总觉得文学艺术性的研究很难做得深入，好像是软学问，不如文献的整理和考据"过硬"。其实我觉得学问的"软硬"还是看你怎么做。有时候从考察艺术表现入手，同样能解决版本研究所要解决的问题。举个小例子，最近看到田晓菲的一篇文章，写到关于王绩《王无功文集》五卷本的三个清代抄本。她做了很多版本比对的工作，希望重建王绩与庾信的关系。九十年代初我用韩理洲会校的五卷本，也曾注意到这个问题，在《山水田园诗派研究》这本书里，专门用了半节的篇幅写庾信对王绩的影响。我是从田园诗创作方法这个角度来讲的。后来让一位硕士生做了一篇《从庾信到王绩》的硕士论文，前几年发表了。她的举例比我更广，不仅从田园诗的角度，还从王绩整个家族背景及其他一些史料中，证明王绩的确受到了庾信的影响。我举这个例子的意思是说，我们可以殊途同归，从版本考据的角度，可能发现一些作家之间的联系；但如果我们从文学艺术的表现原理上去考察，同样能发现这个问题，并可能论述得更为透彻，当然前提是要有完善的版本为依据。版本和考据工作最终仍是要为解决文学问题服务的，所以我认为文学艺术性研究是否为"软学问"，应当有更正确的认识。再一个原因是，文学艺术性的研究需要以读懂文本为基础。现在不少博士生缺乏文学感悟，好像看不懂诗人的创作意图。这是很令人忧虑的问题。没有细读文本的基础，就很难理解古代诗论中一些模糊的、印象式的、感性的话语，所以我觉得要解决这个问题可能还得从古代文学研究的基本训练开始做起。

第三个问题是，目前刊物发表的论文选题和科研项目的设计密切相关。现在项目的申报人以中青年学者为主，多数项目是在博士论文基础上的扩大，刊物上的论文，也都是这些项目的阶段性成果。我觉得这个是完全可以的，但是也存在一种倾向：为了提高申报成功率，不少项目选题普遍追求过分宏观，有的大而无当；有的本质并无新意，却换了很多新名词和新提法；还有很多是赶时髦，比如前几年流行研究地域文化，我看到的项目申请差不多有一半都是这方面的。一个项目一般只有两三年的时限，其间如何完成如此宏大的题目，如何深入下去？我建议提倡中等规模的、务实的学术规划。如果学者能在自己可以完成的时限，如三四年内，解决一些不大不小的问题，就很不错了。这次讨论的主题是"十年前瞻"，十年这个时限不长不短，比较大的课题只能做一个，比较小的课题能做两个，如果每位学者对自己今后十年的工作都有一个比较实际的规划，就能多出些扎扎实实的成果。

未来十年宋代文学研究之我见

陶文鹏

（中国社会科学院文学研究所）

刚才几位专家都说得很好，特别是兆鹏的成果，我是"科盲"，觉得他将来的成果一方面能够普及我们的研究成果，为大众服务；另一方面，文学研究中的一些东西仅从文字上是不能解决的，将来能用可视化的方式去呈现，会很有参考价值。另外葛晓音、詹福瑞两位，很多话都说出了我的心声。会议以"十年前瞻"为主题，从我的学科来看，就说说宋代文学的未来十年应该做些什么。

第一，加强《全宋文》的研究。《全宋文》有 360 本，18 万篇，有多少亿文字，都还没有被充分利用。宋文最能展示我们的民族特点，虽然有相当一部分是文学性不强的，但其中还有很多碑、铭、诔、题跋、连珠体等，在世界上都是很独特的文体，都可以成为研究选题的来源，展示中国古代文体的丰富多彩。

第二，加强对经典的研究。詹福瑞写的《论经典》我拜读了，帮助我们重视经典。任何时候，研究经典都是古典文学研究最需要完成的任务。随着时间推移，研究经典的难度越大，但越需要有人不畏难去研究它。葛晓音在《文学遗产》发表了两篇文章，一篇是《杜甫五律的"独造"和"胜场"》，一篇是《杜甫长篇七言"歌""行"诗的抒情节奏与辨体》，我见到人就说：你们要研究艺术性，就要学习这两篇文章，写得很好，又很深入，我想挑一点小毛病都挑不出来。葛晓音对文体、对诗体的研究很透，再加上对杜甫的深刻感悟，别人研究不出来。这种研究的难度很大，没有真功夫不行。

第三，加强宋代文学理论研究。现在中央号召我们加强理论思维，提高理论水平，这很好。《宋诗话全编》十大本，那么多宋代诗论，至今还没有人做充分的研究。另外还有《明诗话全编》十本，也是一样，希望年轻人在宋代诗论、诗学史研究上能多做一些工作。搞古代文学研究的人，容易把更多精力投入到读懂古代文学文献上，对理论的学习就比较忽视，所以应当加强理论思维，提高理论水平。

第四，从新的角度切入去研究宋代文学。最近我看了作家祝勇写的《在故宫寻找苏东坡》。这就提示我们可以从绘画、书法等艺术的角度来研究苏东坡，比如苏东坡是以什么心情写了《寒食帖》，这为我们提供了很多新的视角。刚才葛（晓音）老师说有人认为研究艺术不是学问，这不对。我很同意葛老师的看法。研究艺术的难度是比较大的，你对作品既要读得懂，又要读得细，还要有文学感悟，有审美的创造性的发明，有理论支撑，不开动脑筋是做不出来的。如果没有一点理论思维能力，没有审美感悟能力，搞艺术研究是不行的。为什么要搞艺术研究？研究文学从文化、史学、哲学各个角度切入都可以，但文学毕竟是审美的，总结古人的艺术创作手法、经验、规律，这是今人的责任，比如发现一个审美范畴，比如叶嘉莹先生发明了古典诗词的"弱德之美"和"兴发感动"。同时，我们也不要忽视文学史上主流、重大问题的研究。我经常和大家说，第一，不要让文学为别的学科打工；第二，要多研究中观问题，即文学史上的现象、群体、流派、思潮，各文体的关系、地域、时段等，单篇论文如果选择中观问题就很容易发表。马东瑶从北大毕业后给我的第一篇文章叫《论北宋庆历诗风的形成》，我一看题目就想发表，十几二十年前，人家都研究元祐诗风，她研究庆历诗风，文学史都没写过的宋代第一个诗歌高峰，这篇文章很快就发表了。第二年她又来了一篇中观文章《论司马光及其洛阳文人集团》，我说你真会找题目啊，这个问题别人根本都没有研究过。此文又发表了。之后她又来一篇文章《论宋人对"九龄风度"的接受》，又让她发现一个问题，又发表了。文学史上的中观文章写作，要读大量的书，要多方面思考，才能发现问题，它既不是单纯的作家个案研究，也不是很宏大的课题。

我想说的最后一个问题，是要以中为主，中西交融，古今贯通。像钱锺书的研究，以中为主，也比较、参照西方的文学理论与创作，这样才能建立起中国的理论体系，建立具有中国气派、中国作风的学科体系和学术话语。

补课也是开新

董乃斌

（上海大学文学院）

今天的题目是前瞻古代文学研究，我对前景是乐观的。我可以从我切身的体验讲起。我是因为喜爱文学，才走上这条路的。中学的时候，有几篇作文写得不错，被老师在课堂上念了出来，激励得我越发热爱语文，对数学、物理的兴趣慢慢就减弱了。高中毕业时，我们班的同学都上医学院，有的保送，有的自考，全班大概一半左右的同学进了医学院，现在都成了资深的名医，只有我进了中文系，但我并不后悔，也不觉得苦。当然我有时也感到孤立，不少人认为我们钻故纸堆，研究来研究去，写些文章或专著，能解决什么实际问题呢？我们工作的意义，他们不太了解，我也无法和他们争论。要讲清楚文学研究，特别是古典文学研究在现实生活中的意义，确实并不容易。但我坚信不移，而且无比热爱，所以总是乐此不疲。事实上，古典文学研究还有很多事情可做。就文献资料而言，未经整理的还很多，有待发掘的也很多，至少今天还看不到尽头，因此要阅读和研究的也就很多。在我看来，这其中就蕴藏着无穷的乐趣，是发现的乐趣啊。除了文献，要思考的理论问题也很多，微观的，是如何理解文学史的每一个细节；宏观的，则像究竟怎样概括我们的文学史，中国文学的特征和发展规律究竟该如何描述，中国文学的优长和不足都有哪些，与建设今天中国特色的新文学新文化的关系如何，等等，都是需要思考研究和讨论解决的。我们这辈子做不完，恐怕在座的年轻朋友，你们也做不完，还需要后来人继续做。

回想起来，我在文学所三十多年，只做了一件事情，就是研究文学史，主要是唐代文学。在多年与老先生们的接触中，我有一个感受，就是我们与前人有所不同。在座的同学们也好，我们也好，读书是为了科研，往往是领了任务，为了从中寻找问题来做文章而读书，号为"占有材料"，但前人们、大师们好像不是这样读书的。他们从小念书就是念书，至少有一段时间是这样。俞平伯、钱锺书他们念四书五经、唐诗宋词的时候，并不是为了要写什么文章，而只是按部就班一本本这么念过去。念多了，积累厚了，学问大了，自然会发现一些问题，让他们写文章，他们就能写，写起来能够触类旁通，左右逢源。这跟我们研究什么，准备写什么，才去念什么，是很不同的。我们基础薄、眼界窄，往往就事论事而已。为写文章而念书，往往目标明确，这当然也好，但往往自己划的范围不大，只是为写而念。这也是我们自身的条件和环境决定的。

我觉得自己现在比以前好些，读书比较自由了。不过，完全自由随意也不可能。我的读书经历使我常常想起自己刚到文学所的时候，古代室主任（当时还称研究组组长）余冠英先生与我的谈话。那是第一次和余先生谈话。他说："不要以为你在大学里已经学得不错了。分到我们这里来，给你三年的时间，你要好好补课，三年以后看能不能胜任研究工作。如果能做，你就留下来，如果不能，三年后就只能调走。你们来之前，刚调走了一批年轻人，当然都给他们安排了很好的工作，但是我们要选择特别有培养前途的人留下来。"这个话给我的压力很大，尤其是"补课"两个字给我留下了很深的印象。用现在的话来说，余先生这次谈话的关键词，就是"补课"二字。经过几十年的实践，我发现，实际上确实是在不断地补课，余先生讲得真是中肯，可谓一语中的。比如中国文学史，在大学里，只学到了一些基本的东西，上的课只是中国文学中非常小的一个面，很多是浮皮潦草地过去，只有几门专题课稍微细一点，要做具体研究必须重新学习，然后深入钻下去。在文学所，我长期地补唐代文学的课。现在因为要研究中国诗歌传统，不得不补更多的课。其实，补课并不是倒退，而是开新，对我自己来说，是开辟新领域。

最近我在重新补读《诗经》。讲中国诗歌传统，绕不过《诗经》，可我对《诗经》却没下过功夫。这对我来说是个非常大的缺陷。这方面，徐公持就比我强多了。他的硕士论文是《诗"兴"发微》，他那时候已经对诗"兴"进行"发微"了，并以这篇论文进了文学所。但是我以前没有好好读过《诗经》，只是看过一些选注、译本，这当然是不行的。书到用时方恨少，所以我的体会是一些基本典籍还是越早读，读得越全、越系统越好。

我们现在做的课题叫做"中国诗歌叙事传统研究"。诗歌，以前都是讲抒情，"诗言志""诗缘情"。再加上1971年旅美学者陈世骧先生在美国亚洲学会做了一个学术报告，讲"中国文学就是一个抒情传统"，拿来跟以"叙事"为特色的西方文学比较。陈先生的观点传到台湾后引起了轰动，抒情传统的研究和阐发形成一股思潮，延续了四十年。当时中国还在"文革"期间，因此对中国大陆的影响不大。等改革开放后，影响逐渐大了起来，我也就知道了。但看了陈先生的文章和一些台湾学者的论著之后不禁产生疑问：难道中国文学只有一个抒情传统吗，有没有叙事传统呢？叙事传统是不是迟至宋元小说以后才开始的呢，此前是否存在？古代文史不分的情况又该如何看待如何解释？诗歌中，比如《诗经》作品中有无叙事成分呢？讲中国的文学传统是不是应该讲"两个传统"呢？从文学史的实际情况看，单用抒情传统来贯穿，把抒情传统说成唯一，显然有些片面，用叙事传统与之并列来讲，以两大传统贯穿文学史，似乎更为恰当，于是就有一个如何对待风行了四十年的"抒情传统说"的问题。我认为，这说法并不完全错误，个别学者一反旧说对其全盘否定，这个弯怎么转过来的，我不明白。我们可以对抒情传统说做出批评、修正或补充，但我不赞成简单批倒。对这类学术问题，我主张中庸一些，要以"文革""推翻""打倒"式的批判为戒。我注意到《文学评论》现在也开始关注这个问题，发表过我们课题组中一位年轻同志李翰的文章，我们非常感谢。最近还发了一篇李春青谈抒情传统的文章，虽然我的观点与他不完全一致，但此文理论水平很好，值得学习。就这个问题而言，我觉得可以各有各的角度，百家争鸣。

时代前进了，一代有一代的学术，我们已经不具备以往学人、大师那样的读书条件，也没有他们那样的童子功，但我们也有时代给予的新条件、好条件。我们只能根据自己的情况采取较有效的读书方式来进入学术。我想，接受任务是一种途径，问题意识是又一途径。我们需要善于在阅读文学经典、一般文献和他人论著的过程中发现问题，然后抓住问题不放，慢慢深入下去，锲而不舍老老实实地补课，以取得在某个问题上的发言权。既然讲中国的抒情传统也好，叙事传统也好，都绕不过《诗经》，那么必须将它作为诗歌的源头去重视，所以我就得认真补课，补得吃力，也补得快乐。

年轻人自然应该要多读书多用功，但也要有分寸，要注意身体，不要提前预支生命。英年早逝总是不好的。不要说十年，就算再来十年，二十年，书也是读不完的。中国古代文献实在太丰富了，还有很多没有发掘的，即使尽其一生，也是看不完的。文学所的老前辈老领导都很有眼光，早期每年花一笔钱让图书资料室到外地甚至农村去收书。图书室主任汪蔚林先生就为此出去过好几次。他曾开过书店，懂书，会买书，给文学所买了好多很宝贵的东西，包括手稿和一些手抄的孤本之类。"文革"前没来得及整理，"文革"中装在战备箱里藏到干校附近鸡公山（在河南）的山洞里，后来又运回北京。我们当时曾搬运过这些箱子，却没机会看里面装的书。所以我很羡慕现在的年轻人，他们现在就可以看这些书了，并且把这些书逐步整理出来，回馈社会，让大家都可以看到。张剑等几位年轻学者主编的"稀见史料丛书"有一部分就是从中选出来的。这是一套很有意思的史料书。钱锺书先生晚年看什么书呢？有一次我去拜访他，他就在看这一类小书，一些薄薄的、卷在手里就可以看的小册子，包括史料、笔记、杂记等。看这些书也是我们晚年非常好的享受，读书真成了一件很快乐的事情。

我们的工作是干不完的，是很有前途，很有趣味，非常快乐的。发文章当然快乐，但不发文章也很快乐，所以就能不断地干下去。大概你们也能从我们身上看到你们将来是什么样子。但是我可以肯定，你们会比我们要好更多。我们浪费了整整十年，你们会干得比我们好。现在的学术气氛是百花齐放、百家争鸣，所以非常羡慕你们，也想回到你们这个年纪，可惜时光不能倒流。让我们共勉吧，大家都多保重，也要努力——不努力也会到七十岁的，努力也会到七十岁的，当然还是努力好。

对文本和人的深入理解是创新的基础

刘 宁

（中国社会科学院文学研究所）

今天发言的前辈先生都为我们的学科树立了典范。我的求学之路，就是读着各位老师的书走过来的。我和与我年纪差不多的朋友，困惑都非常多；我问过我的一些学生，他们的困惑似乎比我们还要多，所以今天听各位老师高瞻远瞩的分析，心中特别有感触，很受启发。各位老师的发言其实都针对着现在的一些特定现象，这些现象大家也都很熟悉，所以听起来收获甚丰。虽然我现在年纪不大，但也经历了中国学术很多潮流的变化。比如二十年前海外中国学特别引起大家的兴趣，但到了现在，好像海内外的学术几乎可以同步，彼此的交流障碍少了很多。最近二十年出现了不少学术潮流，经历过这些潮流的起伏变化，我觉得一个古典文学研究者如果要走出自己的路，可能有两个问题特别重要。

第一个问题是，研究者有没有深度解读文本的能力。刚才葛老师也提到了，现在似乎很多人不太关心对文学文本的解读能力，认为有新视角就可以解决问题。但是，很多新的视角，如果不是立足于文本，不是真正深挖文本读出来的，往往比较表面和外在。文本的解读能力是非常关键的，很多老师提到对跨学科研究的关注，在跨学科的过程中，如果没有深度的文本解读能力，可能也很难发现有价值的问题。

第二个问题是，我觉得在古典文学的研究中，作家与人的问题其实非常重要。我记得在一次答辩中，一位老师说：其实给学生选一个文学史上的问题让他去做还相对容易，但是如果真正让这个学生围绕着对一个作家的整体了解去选题，其实非常难。比如学生如果对杜甫能有非常全面深入的了解，从而选择一个题目去做的话，难度就是很大的；但如果让他做一个"宋诗中的时间书写"，反而比较容易完成。这种话题式的、规划性很强的研究，现在有很多，可是我觉得对于人的深度了解好像越来越弱，但很多话题和理论的思考，如果不能落实到对作家的深入理解和把握上，可能就空泛。我现在对陈贻焮先生的《杜甫评传》越来越有体会。这本书看上去似乎也没有什么体系，也没有很新的话题，但这么多年来，思考杜甫时总是要回去读这本书。陈先生这本书体现了对杜甫非常全面、深入的综合性把握。我觉得我们在古典文学研究领域上要走得深、走得远，这种作家研究的深厚基础还是很重要的。

这两点也是我这些年看了很多（学术潮流的）变化之后觉得非常重要的。至于说以后的创新往哪个方向走，我觉得各人可以有各人的选择，很难整齐划一地规划出一个方向，但是如果有解读文本的能力，有了解作家的能力，就会为不断创新奠定坚实的基础。我记得有一位研究历史的学者说过："现在的历史学已经没有人了。"史学和社会学都应该去做人的研究，研究人其实是我们文学最擅长的，可是现在大家太关注那种新的话题、视角和理论的体系、框架，"人"这个研究最擅长、最应该关注的层面反而弱化了。如果能更关注"人"，文学研究应当能走得更远。

谈中国古代文学研究的"通观"

左东岭

（首都师范大学中国文学思想研究中心）

今天参加《文学评论》纪念会，我觉得《文学评论》和古代室的工作有共通的地方。上午的时候，说到读《文学评论》这么多年，包括我和所里研究员老师们的交往，我的体会是社科院的工作有两个好处：第一个好处是研究时间比较充分，不用上课，有充裕的读书时间，当年我想往所里调动，这是一个很有诱惑力的条件。第二个，也是最大的好处，是文学所在搞研究的时候，没有严格的学科限制。比如文学所的老所长杨义先生，刚开始研究现代小说，后来研究古代诗学和古代小说史，研究跨度很大，并没有严格限制一定要做哪一段，一定要做哪个学科。这是文学所的优势所在。这些年，《文学评论》发表的文章，也是跨学科、交叉学科成果比较多，这是它很重要的特点。

今天反思民国时期的学术研究，有一个非常重要的现象，就是当时的老学者们几乎都是"通才"。那时，比如中国文学批评史、中国文学史研究领域，大家都想写通史，比如郭绍虞、罗根泽先生等。河南大学出版社前几年出版了《任访秋全集》，任先生写文学史、写小品史、写文学批评史，涉猎面非常广。大家一般都知道任先生的研究领域主要是近代和现代，其实不是，他早期在古代文学方面做了很多研究。

老派的学者、传统的学术讲究"通"，只有通了以后，才有思想的开拓、学养的丰富。后来我们受到苏俄体制和高校教学的影响，在这方面受到了比较严格的限制。搞文学研究的，基本不涉于史学，"文""史"的分家造成我们的文学史研究缺乏"专门史"的属性，而是作家、作品的排队，失去了史学的品格。然后，是思想史和文学史的"分家"，再切割成先秦、两汉、唐宋、元明清、近代、现代各个时间段，越分越细的后果是，出现了"水浒学专家""陶渊明专家""红学专家"，有的人一辈子就抱着《红楼梦》，就研究这一本书，越做越窄，成为学科发展的一种趋势，但是由此也造成了一些负面的影响，比如做戏曲小说的不懂诗文，研究明清文学的不懂唐宋。可我们想一想，一个汤显祖，既是传奇代表性作家，又是诗文大家，还在八股文方面有很深的造诣，同时对王阳明心学还多有涉猎，如果去研究他的戏曲，能够研究深入吗？别的且不说，他的《牡丹亭》下场诗都是由集唐的诗句构成的。他被人们称为公安派性灵派的同道，可他为什么不自己去写诗而非要集唐，是受了复古派的影响，还是自己没能力去写？如果不懂唐诗和集句诗的创作规则，如何能够研究汤显祖的传奇和戏曲文学思想！因此，我认为凡是一本书守一辈子的，实际上都有问题，他不太可能做出有分量有深度的学术成果。比如红学研究，我记得在大学时代，最喜欢的研究论著是蒋和森的《红楼梦论稿》，文笔很好，论述透彻，视野也很开阔，当时觉得很有启发、很受用。但是，这么多年过去了，《红楼梦》研究除了做文献的以外，很多研究者还是比不上老一辈学者的学养和通才的架势，反倒是一些不专门做红学研究的，写出来的文章较耐人寻味，比如傅道彬教授出过一本《晚唐钟声》，用原型批评的方法研究中国古代文学，其中有一章"石头的言说"，通过石头的意象在中国文化中的内涵来解说贾宝玉形象，给人一种耳目一新的感觉。傅道彬教授为什么能这样写？这和他长期研究先秦文史，且兼及唐诗研究分不开。没有这种通观的视野，肯定形不成这样的学术思路。

后来我也想提倡"通"，但研究者时间有限，高校有课程和教研室的限制。如果像文学所这样，时间丰富，跨度规定不严格，就比较自由。怎么把"通"和"专"结合起来，是学科发展的重要问题。我反对一个人把一本书、一个领域守一辈子，比如一辈子就做古代小说研究，如《红楼梦》《金瓶梅》，有的人守得很好，但我觉得整个学科都这么做，肯定是不好的。现在大家时间紧张，不可能都像郭绍虞先生那样写文学批评通史，一生的时间都不够。

怎么处理"通"和"专"的关系？发展到今天，可能是矛盾的。一方面讲究学科交叉、视野宽阔，另一方面又讲究"专"和"深"。如果"专"和"深"程度不够，很可能成为一个非常平庸的学者。如果只守住某一本书，恐怕也不行，目光狭窄与封闭保守是必然的后果。我的体会是，一个人的阅读面要宽，不仅仅是文学上从先秦到近现代，还包括思想史和历史，把握好"文史兼通"的问题。学养、视野一定要开阔，涉及的领域一定要宽，但研究时一定要"专深"，"专深"又不能固定在一个领域、一本书上。比如，在每一个重要时段上，选一个"点"，尤其是经典重点作家作品，例如《庄子》、《文心雕龙》、杜诗、苏轼，我每年都关注这些领域的最新成果，尽管我的研究领域实际集中在后半段，如果对前半段的经典不是很熟悉，我相信后半段也是做不通的。我在读博士时，做李贽研究。我上两门课，一个是孙昌武先生的佛教研究，一个是罗宗强先生的庄子研究。因为李贽是一个居士，又撰有《庄子解》，如果不学这些东西，可能连李贽的书都读不懂，那么进行研究就会有问题。后来我养成了习惯，自己有意识地向前延伸，在几个"点"上做比较深入的了解甚至研究，再从这几个"点"扩充开去。比如，从《庄子》扩充到先秦文献的生成方式，先秦子学、经学的涉猎，这样看问题会更融通、更开阔。

我们没有时间、精力涉猎所有的"点"，又不能固守一隅，所以我采取了"融通"的方式：读书的面宽，研究上选取几个"点"深入进去，然后有自己的固定领域——一个学者还是应该有自己的固定领域。如何坚守自己的领域，又不受自己领域的局限，可能是学者都应该仔细思索的。我自己做了一定程度的探索，有些想法和疑惑，提出来就教于大家。

关于中国近代文学研究的三点感想

关爱和

（河南大学文学院）

二十世纪八十年代初，走在长安街上，社会科学院是一幢显著的、现代化的建筑。我走入这幢大楼，和社科院合作办的第一件事，是 1982 年在开封召开的《文学遗产》近代文学讨论会，这是列入改革开放以来中国近代文学研究学术史册的事情。当时的风气，是学术刊物资助学术会议。我印象深刻的是，社科院用 5000 元钱资助开封的会议。《文学遗产》作为古典文学研究的专业刊物，在推动学术建设方面，起到了很大的引导作用。当中国学术还没有在世界上站到领先的位置时，我们要求某个刊物超前站到引导世界的位置，是不切实际的。随着中国的强大，我们会有更多的学者站到更前沿的位置，我们的刊物也可以获得更多的世界话语权。杂志的引导性，是和作者的前沿性、作者的丰富性密不可分的。

1982 年，文学所近代室人才济济，比任何一个高校的研究队伍都要整齐。当时所里有十几个人，在诗歌、散文、戏曲、小说每个文体领域，都有两三人进行专门研究，呈现一时之盛。八十年代初期，是中国近代文学研究的最高殿堂。当时编纂的中华人民共和国成立前后的《近代文学研究综述》，为初入门者提供了学术概况、学术成果的导引。和文学杂志一样，中国社会科学院的研究室，也起到学术引导作用。

二十世纪末，近代室在调整中被取消。此后，在中国社科院的引领下，高校中形成了几个研究近代文学史的集中点，比如山东、广州、河南等。这个格局一直延续到今天，可见近代室对全国学术的影响是极大的。作为中国最高的文学研究机构，也是不可或缺的。回想起1982年以来的合作经历，我认为中国社会科学院文学研究所及所设杂志，在全国学术界起到了一定的引导作用，它的一举一动，对全国学术界都是有影响的，在座的各位同仁应当记住这一导向作用。

我们专业的第二个问题，是专业的地位与处境。中国近代文学处在古代与现代的夹缝之中。近代文学在河南大学，和现代文学属于同一个教研室——"近现代文学教研室"，但是在很多单位，它和古代文学的关系更为紧密。学科的划分是知识体系的分类，更多的是为了适应教学的需要，作为教学课程，可以被划分为古、近、现、当代若干段，但作为研究的时候，文、史、哲不能分开，古、近、现、当代文学也是不能分开的，只有融会贯通，才可能在专业上左右逢源。我们学习和工作时，可以有自己的专业，但我们研究和阅读时，不必用这些专业范围来限制自己。打通古、近、当代，势在必行，只是时间早晚而已。我们很多年轻人以前是学现代文学的，假如没有古典文学的素养，着手研究近代文学，一旦涉及文言文，就发现自己"进不去"。假如你不打破阅读的局限，就无法真正进入近代。现在是更多古代文学的人去研究近代，在"打通"上更为顺利。

我们专业的第三个问题，是获取史料上的艰难。古代文学，可见到的文字资料是有限的。在近代领域，史料整理和挖掘的任务很重。80年代初，在常熟召开近代文学史料的整理工作会议，但后来没有进行下去。近代史料，包括报刊在内，还有很多被人为因素所困，所以，近现代文学的前瞻，就需要突破各自为政的现状，在国家力量的组织下，做一些大的资料整理工程，包括编纂索引、整理重要作家文集，则善莫大焉。

现当代旧体文学与文论漫谈

彭玉平

（中山大学中文系）

我很高兴来参加这个高峰论坛，很感谢《文学遗产》和文学所古代文学、近代文学研究室所做的细致安排。刚才听了两位老师的发言，很有同感。我稍做一点引申：我认为在清代文学之后接这个"近代文学"的概念，在逻辑上是有问题的。我注意到好几部丛书，在各朝文学之后，最后以"近代卷"收尾。元明清文学是朝代和时段的划分，近代文学是相对于现代文学和古代文学的概念。这种逻辑上的关系，我觉得首先需要厘清。

关于近代文学与现代文学的关系问题，去年 12 月在北京的一次会议上，与会学者大多认为，20 世纪的古体文学应该属于古代文学范畴。有的学者认为 20 世纪的古体文学创作思想落后，甚至有反动的色彩，因此没有价值。还有的古代文学学者持不同看法，他们认为现代文学研究者的研究思维更适合研究新体文学，因此，一旦面临同一时期的古体文学时，会出现不知如何下手的情况。以上都是我听到的言论，但我还有一些自己的想法：我认为现当代文学或者笼统一点说"二十世纪文学"，就是指在这一历史时期发生发展的所有文学，无论是新体，还是旧体，只要是在这一时期产生的文学，都应该从时间上归入这一时期的文学研究，而不是选择性地把新体留在"现当代文学"，而把旧体还给"古代文学"。现当代文学的时段至今总共也就一百年左右，这么短的时段，文学成就本身就很有限，怎么还挑三拣四、挑肥拣瘦呢？从古代文学学者的角度来说，真是一则以喜，一则以忧。

从学科本位的角度来说，不少现当代文学学者把这一时期的古体文学扔给古代文学，扩大并延续了古代文学的内涵，对古代文学学者来说是一件好事，但老实说，还真有点却之不恭、受之有愧的感觉。大概是在 2014 年秋，《文学评论》《文学遗产》等单位联合在海口召开文学创作与研究座谈会，这个会议参加的人身份比较复杂，有作家，有古代文学学者，也有现当代文学学者，还有一些文化界的代表。在这次会议上，就有学者认为现代文学研究就是研究在现代具有现代性的文学，古体文学因为不具备现代性，所以不属于研究范围。判断下得如此直接，很让我意外——其实更准确的说应该是"震惊"。

我在发言中指出，这是典型的偷换概念。第一，"现代"当然是时间概念，正如"古代"也是时间概念一样。如果只研究具有现代性的文学，那么所有的"现代文学史"，从更精准的角度来说，是否应该被称为"现代性文学史"呢？第二，认为新体文学有现代性，不等于古体文学没有现代性。无论如何界定"现代性"的概念，在古体文学中一定有着积极的回应。像鲁迅、郁达夫等，新旧体文学就是彼此映衬地彰显出他们的心理世界和他们眼中的现实世界，而且因为文体的不同，他们在选择文体时，表现的程度和方式也各有不同。换言之，这一时期的旧体文学，一定是同样具有现代性的。要整体观照中国现当代文学，就必须新、旧文体合观，才能更全面、更立体、更透彻地呈现出文学在"现当代"发生发展的过程，缺失了古体文学的"现当代文学"注定是不完整的，如果勉强对这种"现当代文学"加以定义，那也只能以"中国现当代新文学史"来概括。

关于"通"和"专"的问题，我一直记得我的老师王运熙先生的教导，在古代文学的学科背景下，"做足微观，适度中观，谨慎宏观"。我不赞成守着一个"院子"一辈子，我曾经研究王国维十年，现在我也"离他而去"。但是，这十年不是可以轻易切断的，十年中接触的材料，分析材料的观念、写作的风格和模式，其实也成就了你自身的学术风格，当你转换到另外的领域，这种风格同样会在新的学术领域发挥作用。

我关于王国维研究的著作，入选了国家哲学社会科学成果文库，但这个选题在我一开始申报时，并没有获得立项，因为粗略看来王国维研究没有什么可写的，但是细致地探索，就能发现太多的问题。去年，我曾给我的博士生们用文言文写过一部《倦月楼论话》，其中有一段，用白话文大概是这么说的：有许多领域，或研究对象，知名度很高，但其实透明度很低。

就《人间词话》的64则而言，能够把64则仔细读过一遍的学者恐怕不多。我看到很多文章，其学术判断基本上局限于《人间词话》的前十多则，后40余则很少关注，在材料上的缺失是很明显的。如果真的细致读完全部材料，判断可能就不同了，甚至会完全不同。所以，有很多选题，大家觉得很多人写过，但是很多材料，当大家都掘地三尺时，宝藏却在地下四五尺。具体来说，研究《人间词话》的学者很多，但对《人间词话》手稿的研究就比较少。很多学者习惯说这样两句话，第一句："《人间词话》自从发表后，就产生了巨大影响。"这句话看上去好像没有问题，细究之下，其实是一句不负责任的话。《人间词话》从1908年发表，到1926年，在长达18年的时间内，基本上无人问津，所以不能说《人间词话》一发表就引起关注，这是一句未经考证、不切实际的空话。第二句："《人间词话》是一部中西哲学、美学思想交融的理论著作。"这句话虽然被很多人认同，也能找到一些证据，但从学术史的角度来说，仍是有问题的。如果我们看《人间词话》的手稿，就知道这种说法把王国维"拔高"了，或者说把王国维的思想底蕴偏置了。在《人间词话》手稿的 120 多则中，第 1～31 则是对古代诗话、词话的辨析和批评，还没有自觉地用中西结合的思想或话语来撰写这部理论著作。后来在王国维进行写作上的调整后，西方的少量理论才以话语的方式点缀在《人间词话》中，之所以说是"点缀"，是因为相关的思想和判断其实以中国思想为根底，西学只是作为佐证和话语的方式出场而已。到了 1915 年再度发表的本子中，王国维又基本上去掉了西方话语。这是我刊登在《文学遗产》的《被冷落的经典》一文中指出的"去西方化"现象：王国维的《人间词话》手稿写了 125 则，发表时选取了 63 则，又增加了 1 则，合为 64 则。从 125 则到 64 则，数量删去了一半。1915 年初，王国维在《盛京时报》再次发表《人间词话》时，又从 64 则中删去一半，再经调整和整合，保留了 31 则。在这 31 则中，西方的文学理论、话语就难寻踪迹了，而这才是体现王国维词学思想的最后定本。如果说王国维早年的手稿是初期的思想，发表在《国粹学报》中的是中期思想，那么最终的思想正是在这个本子中。后来我将"去西方化"改成了"弱西方化"，在出书时略微做了调整。所以，在学术研究中，注重"历时性"的观念，在动态的考察中，才能把握学术史的发展理路。过于笼统的学术与过于笼统的判断，注定在学术史中难以找到自己的位置。

此外，我主张学术领域、学术话题应该是从读书中读出来。只有这样读出来的话题才能焕发学术的兴趣。我一直认为，一个学者如果不能从学术中得到趣味和快乐，要往纵深方向拓展是艰难的，或者说是不太可能的。如果学术不幸成为你人生的沉重负担和包袱，那就可能会给你的人生带来不快乐。学术本应当是一种人生的快乐，发现问题的快乐，解决问题的快乐，都应该融合在其中。学术快乐和人生快乐合一，才能彰显出学术人生的特殊魅力。

拉拉杂杂，随性而谈，不成体系，真是抱歉，谢谢大家！

当前文学史研究面临的主要问题

王达敏

（中国社会科学院文学研究所）

今天是《文学评论》的节日，是文学所的节日，也是整个文学研究界的节日。在这个节日里，能够聆听这么多来自全国的学界胜流的高论，我感到非常高兴。

关于当前文学史研究中面临的主要问题，我想讲四点。

第一，关于文学研究的空心化问题。何谓空心化？就是文学研究者已经不再以文学论题为中心展开工作，而是将主要精力用于研究文学以外的论题；这些文学以外的论题，有的与文学还有一定联系，有的与文学则毫不相干。文学所有十几个研究单位，除了古代文学室的先生们多半还在研究文学之外，其他研究室一些先生的研究论题就离文学比较远了。在未来五年到十年内，这种情况恐怕还会继续。文学研究空心化问题何以形成及其得与失，现在尚难定论。

第二，关于博与专的问题。学术发展到一定程度，必然会逼出一些新的问题。博与专本是学术史中的一个老话题，但今天重新提出来，其实具有新的意义。学术大师都是在博与专之间具有很强的平衡能力。乾嘉学派的总体特点是专精，如戴震所说"学贵精而不贵博"。但乾嘉诸老的精深是以其博学为基础的。因此，他们取得了很高的成就。数十年来，能达到并超过乾嘉学者水平的研究者还比较少，当是博学与专精均有欠缺所致。

第三，关于中国文学史的断代问题。如何划定古代文学、近代文学、现代文学、当代文学的界限，尤其是后三者的起讫，一直众说纷纭。这个问题的产生，主要是由于最近百余年的历史离当下太近，是由于意识形态因素的介入。如果再过五百年，对这段历史的叙事和时段划分，肯定不同于今日。当研究者与研究对象拉开更远的距离之后，当下纠缠不休的问题就会不解而自解。如果一定要讨论这个问题的话，那么按照朝代划分也许是一个值得考虑的选择。

第四，关于文学史研究的地位问题。在目前的学科结构里，文学史研究的地位如何？至少与历史学比起来，文学史研究的地位较低。在清代学术史中，义理、考据、词章三大类，词章的地位最低，文士最怕死后进《文苑传》。对词章的贬抑甚至牵扯到文学创作者的人品问题，清代一些学者认为，文人的人品靠不住，从而将其一笔抹杀。顾炎武重提宋人的说法：一为文人，便无足观。这种轻视词章、文人的观念影响了清代以来的学术史、文学创作和文学研究，也严重影响着文学史学科的地位。问题出在哪里，值得探究。

重视经典与方法创新

郑永晓

（中国社会科学院文学研究所）

我谈两点。第一，关于重视经典作家作品的研究。这些年，我时常帮《文学遗产》《文学评论》看一些外审的稿子，我发现一些现象。其中一个现象，是大家在过去经常关注的经典作家、作品之外，极大地拓展了各自的研究领域。王国维说"一代有一代之文学"，所以过去大家把主要精力用在这些"一代之文学"上，即所谓"楚之骚、汉之赋、六代之骈语、唐之诗、宋之词、元之曲"，因为这些研究得比较透彻的领域已不易产生新的成果，现在大家反其道而行之：比如不研究唐诗了，而去研究宋诗；不研究宋词了，而研究元明清词；不研究明清小说了，转而研究明清诗文；现在很多学者也把目光转向域外汉学；等等。这种拓展我觉得很有意义。"一代有一代之文学"，这种说法是有道理的，但是一代可能有多种文学，也未尝没有道理。问题在于，我们在做这种研究领域的拓展时，不应该为了拓展而拓展，比如单纯抓住一个没人写过论文又没有多少特点的三四流作家写篇论文我以为意义不大，应该对那些真正值得关注的文学史现象和过去研究尚未深入而实际上具有重要价值的经典作家作品进行研究。我们在拓展各自的研究领域时，也不应忽视重新审视那些大家、名家及其重要作品。比如2010年以来以李白为研究对象的硕博士论文中，硕士论文固然不少，但是博士论文仅有一两篇。近年来有影响的李白研究专著也不是很多。李白真的不再值得研究吗？我个人认为，对大作家的研究，对重要文学现象的研究，即使仅仅向前推进一小步，意义也是非常巨大的。希望大家在拓展自己的研究领域时，更多地能以新的视角、新的研究范式发掘经典作家、经典作品的意义。

第二点，关于学术方法的创新，主要是如何正确认识文献数据库的利弊得失。

我刚到所里工作时，曾听刘世德先生讲：一篇好的论文，或者提出了新的观点，或者发现了新的材料。如果你既没有新观点，也没有新材料，如果有一个比较新的方法，从另外的途径能够得出相似的结论，那么也有一定的价值。这句话给我的印象很深，对我们今天的学术研究仍有启发意义。

读这几年的学位论文和大家的投稿，年轻学者在拓展自己文献视野的范围方面，一般比老先生们要开阔一些，这主要得益于文献数据库技术的成熟和相关产品越来越丰富。

但是古籍文献数据库的普及显然也产生了若干弊端。某些论文在搜罗材料方面颇见功夫，但思想贫乏，观点陈旧。陶文鹏先生就特别反感这种现象，认为这样的文章可以命名为"电脑体"——啰里啰嗦列举了一大批各种材料，全是电脑网络上检索来的，没有观点，没有思想。我本人也很赞同陶先生的这种看法，对于过分依赖数据库检索，东拼西凑，看似知识广博，实则没有仔细咀嚼文本、不能提炼出自己的观点，不能提供多少学术思想的做法也不以为然。另外，有些学位论文还不仅仅是过分依赖计算机检索的问题，即使是查询到了有利用价值的文献，但由于没有仔细阅读原文，对作者的文化背景、写作背景不了解，对前后文的逻辑关系没有搞清楚，有可能不能正确地理解所引用的文献。有些文献从数据库中复制过来，却不能正确标点，致使文义舛乱，就更是低级的错误了。

但是我仍然要说，这种现象需要我们冷静客观地对待，利用文献数据库这种趋势是客观存在的，是阻挡不住的。利用数据检索手段查找文献的情况不可避免，而且随着学者代际更替，只会越来越普遍。其实，在国外这个现象二十世纪六七十年代就出现了，只是因为汉字数字化技术本世纪以来才趋于成熟，我们这个学科使用数据库的历史勉强才达到二十年。尤其是近十余年来，随着数据库的建设越来越多，宽带也越来越通畅，上网再也不像二十世纪九十年代那样端一杯茶喝上半杯，等着页面慢慢打开。宽带技术的提升和数据库的愈来愈丰富使大家利用数据库查找文献、阅读电子书越来越便利。

这种现象会带来另外一些问题，比如因为财力和管理部门的偏好等因素造成不同研究机构之间占有某个领域文献资料的不平等。由于这些古文献数据库制作成本不菲，故其售价亦往往相当昂贵。资金充裕、购买数据库多的学校和机构，有可能在某些领域的文献获得方面占据某种优势，而没有这个数据库的学校，尤其是一些地方学校，便可能因为资金匮乏等因素不能采购那些昂贵的数据库而使得他们在某些文献的占有方面处于劣势。

我曾经跟几个外地的年轻学者说，你这个课题创意很好，可以去利用某个数据库，但是他们说学校没有购买。我们社科院前任秘书长在的时候，买了比较多的数据库，使用很方便，后来由于领导更替，我们现在很多数据库就不能用了。当然，现在中国国家图书馆，还有一些日本的、美国的数据库是开放的，可以经过简单注册免费使用。希望这种免费开放的数据库越来越多。我们现在要拓展自己的研究领域，发现前人没有看到的文献，借助数据库的检索会便利得多。比如，过去对历代方志、晚清以来报刊的利用率比较低。二十世纪八十年代我去北图（现"国图"）查阅民国时期的某个报纸，先去一次填单，预约从库里提出来，一周后才能去看，因需要拍照再等一周。现在我们有这个时期报刊数据库的支持，查阅某篇文章，一两分钟即可办到，所以我们不要对这种新技术、新工具带来的便利视而不见，甚至有抵触情绪，而是应尽可能地掌握和有效地利用。这是我们在掌握文献的广度和深度方面时代赋予我们的机遇，千万不要失之交臂。

与此相联系，因为利用了数据检索，我们有可能掌握前人依靠传统手段所难以掌握的文献，进入前人极少涉足的领域。比如过去较少关注的大型图书、类书，像《永乐大典》《佩文韵府》《古今图书集成》等，有数据库的支撑，相关研究便易于进行。我们不能仅仅停留在检索，而应借助检索帮助我们进行分析。我们知道，大数据的发展已经深刻地影响了我们的日常生活，那么我们在学术研究中也应该跟上大数据所带来的思维方式的变革。大数据的思维最要紧处在于通过数据分析得出对趋势的把握，大数据的分析并非建立在精确的小数据之上。我们应该认识到，建立在不精确大数据上的分析比精确的小数据所得出的结论更可靠。我们不能依据传统思维把这种建立在不精确大数据基础上的研究斥之为不精确、不科学。打个不恰当的比喻，南北朝时祖冲之得出圆周率近似到小数点后 7 位，这是那个时期及以后几百年间最科学的结果。不能因为它只是个近似值而视为不精确从而否定它。我们建立在大数据之上的分析，因为数据量庞大，难以一一人工覆核，肯定有不精确处。但是我们必须认识到，这种看似不精确的结论实在是迄今最为接近于正确的结果。

当然，问题的另一方面，就是前面所说像陶老师非常反感的那样，有些收来的稿件，里边只有大量堆积的材料，而思想匮乏。作者对于检索出的材料，没有对前后文予以深入理解和慎重思考。这是有些年轻学者易犯的弊病，也是老学者们比较反感的地方。这方面，我觉得就得看我们学术界如何引导，包括我们的《文学评论》《文学遗产》如何去引导。当然，目前《文学遗产》《文学评论》发表的文章，我认为基本上克服了这样的弊端。这样的弊端在学位论文里非常多，尤其在硕士论文里最常见。考虑到这些年轻同志以后会逐步成为学术界的主导力量，我觉得还是值得重视。总之，一方面，我们对这个新的学术手段、工具绝不要视为旁枝末节、无关紧要，要充分认识到数据检索对我们传统学术已经并将要产生的更为深广的影响。另一方面，我们也确实要认真对待，对它可能产生的弊端做一些预防和纠正。

小说研究的文献学根基与新视角

孙　逊

（上海师范大学人文与传播学院）

刚才听了上半场的发言，觉得很受启发。大家讨论的都是共性的问题，对我们每一个领域都有启发。下半场我想换一个视角，根据自己熟悉的小说领域来谈一谈自己的体会。

我也赞同左东岭老师的想法，研究者一定要有自己的根据地，但是研究面要适当宽一点，不能一辈子守住一个很窄的点，那样确实会有问题。在古代小说研究领域，我和不少人是在二十世纪八十年代开始起步的，到现在正好三十多年，也是改革开放的三十年。无论是过去的三十年，还是未来十年、二十年、三十年，作为古代文学研究，不管是搞哪一段的，文献学都是最重要的、最基础的东西。刚刚还在和竺青讨论：他刚才讲古代文学研究的是作家的情感表达方式，我说我还没有看到或很少看到你们《文学遗产》刊登过研究作家情感表达方式的文章，大量的还是文献方面的文章。古代文学研究，离开文献恐怕是不行的。只是现在文献的发现和研究确实遇到了瓶颈，我们不可能像以前那样，一会儿就发现一个很重要的版本，比如中华人民共和国成立前发现的《红楼梦》甲戌本、《金瓶梅》词话本，不仅引起轰动效应，而且会影响很长一个时期的古代小说研究，对形成所谓"红学"和"金学"起了重要的推动作用；更遑论甲骨文和敦煌文献的发现，产生了"甲骨学""敦煌学"两门专学。而现在这个时代，大规模的、重要的文献发现，虽不能说没有，但概率越来越小。正因为新文献的发现越来越难，它就显得越来越弥足珍贵。我们不一定非要《红楼梦》甲戌本、《金瓶梅》词话本那样重大的发现，任何点点滴滴的发现都是难能可贵的，前提是它是真实可靠的。在座的北京大学的潘建国教授是我所接触到的、长期专注于小说文献发现的学者，他每次的发现都可以写成一篇文章，而且大都发在《文学遗产》上。近年来他先后发现和搜集的小说新文献有《五鼠闹东京》《莽男子》《留人眼》《人月圆》等，有些还是海内孤本，这说明只要做一个有心人，有一股子执着劲，时间久了，就会有所斩获。当然，这还要求年轻人有版本意识和有关版本方面的知识，比如用纸、字体、开本、版式等方面的知识，在实践中炼就一副火眼金睛，说不定在拍卖和旧书市场上就能遇上意外的惊喜。

除了新文献的发现，原有文献的重新审视和探讨也是不可忽视的方面。举一个小例子，关于《红楼梦》的版本很多，大家认为价值比较高的有甲戌本、己卯本、庚辰本，研究得比较充分，但刘世德先生一直比较关注只有四十回的舒序本。这个本子重视不够，但它货真价实是乾隆年间的一个抄本，舒元炜序的落款时间是乾隆五十四年。虽然甲戌本、己卯本、庚辰本原来底本年代更早，但现在所见到的这三个本子并没有明确的年代记录。现在唯一确知的乾隆抄本，就是舒序本。这个抄本上海古籍出版社已经影印出版，但它的价值并没有引起大家的重视，如果在这方面下一点功夫，说不定会有意外的收获。

再举一个例子，潘建国曾在法国巴黎国家图书馆细细研读过该馆所藏的一个《西游记》版本，回来就《西游记》的版本问题写了一篇文章发表在《文学遗产》上。之前肯定有很多人去过巴黎国家图书馆，也看过这本书，但这并不排除就不能发现新的问题，所以有新资料当然更好，没有新资料，在图书馆已经被很多人看过的资料，乃至已影印出版的资料，真正钻进去细细研读，也会有新的发现。发现新的材料，从旧材料中发现新的问题，这都是文献学的研究范畴。未来十年或更长时间，对于古代文学研究来讲，文献学永远是核心竞争力之所在。

这几年，当然也不断有新的研究视角出现，不少视角现在听来已觉不新鲜，但有些视角在未来十年应该还是有生命力的。例如关于文学作品，我们以前只讲作家、作品，但作品生产过程当中，有很多技术和物质因素的作用常常被我们忽略。像古代小说的坊刻本，明代以后的出版商，以及近代以降新的印刷技术和报刊媒体，这些都是当时新的物质、技术因素，给文学生产带来了巨大的影响，这方面的研究个人觉得还很不够，可以成为我们未来研究一个可供选择的方向。比如在我们小说领域，美国圣路易斯市华盛顿大学的何谷理教授、国内华东师大的陈大康教授，就是比较早注意到小说创作和生产中的技术、物质因素的学者。他们研究的还只是明清时期的现象，诸如"熊大木现象"，到近代，技术物质方面的因素就更丰富、更复杂了，这也许会成为今后研究的一个热点。

新视角中更有生命力的是中国古代文学的对外传播研究，可能在未来成为新的生长点。改革开放以来，和当时打开国门看世界的时代潮流相呼应，我们的研究大都是重视"西学东渐"，重点落在我们是如何接受西方影响的。一时间，在古代小说领域，林纾研究、翻译小说研究、留学生小说研究，成为很多硕博士生的学位论文选题。现在国家的主流意识形态是中国文化"走出去"，因而"中学西传"必然成为我们一个重要的研究方向。落到古代小说研究，中国古典小说的西传就会是新的学术增长点。包括中国古典小说西传编年、西人所编中国古典小说书目、西人所译中国古典小说版本、西人研究中国古典小说资料汇编，乃至西人接受中国古典小说影响而创作的汉文小说，这里面包含了大量的文献资料和研究课题。这个问题等会儿宋莉华教授会讲，这里就不多赘述。我看近两年的国家社科基金项目指南，中国古代文学的对外传播都赫然在列，可见我们已经开始注意到这个问题了。

中国古代文学的对外传播不只是西方，还包括对周边国家的传播，特别是中国和东亚地区的文学关系，也属于对外传播的重要组成部分，这个可以称作"中学东传"。我本人和团队现在做的就是东亚汉文小说的文献整理与研究。其他我知道的，南京大学张伯伟教授的域外汉籍整理研究，复旦大学葛兆光教授的东亚"燕行录"整理以及他所倡导的"从周边看中国"研究视角，温州大学王小盾教授的越南汉喃文献和后来的东亚音乐文献整理研究，浙江大学王勇教授的东亚笔谈文学研究，天津师范大学王晓平教授的东亚汉字俗字研究，都是"中学东传"过程中有趣的"个案"，这其中有大量的东西等着我们去开掘。说它们每一座都是富矿，恐怕并不为过。

这里需要强调的是，小说研究的任何新视角，都离不开文献学的基础。比如无论是中国古代小说的西传还是东传，我们都必须先把相关文献挖掘和整理出来，这样的研究才会比较实证而可靠。同样，现在盛行的一些新视角，诸如小说的物质技术因素研究、图像研究等，也都有赖于扎实的文献基础，从一定意义上说，文献的扎实和丰富与否，是决定任何研究的深度所在。我先拉拉杂杂讲这么一些，谢谢！

近年来古代戏曲研究的发展以及应引起关注的偏向

李 玫

（中国社会科学院文学研究所）

大家下午好！今天我们趁着《文学评论》六十周年的喜庆纪念日，聚在一起，是一个很好的学术交流的机会。刚才听了上半场和孙老师的发言，我觉得挺有启发。我们研究戏曲史的学者开会，视野往往局限在戏曲研究的范围里，刚才听了近代文学、明代文学研究专家以及红学家的发言，从不同方面提出和探讨问题，让人受到启示。因为是《文学评论》六十年，让我想起八十年代，最初进入这个行当时的情景。从那时起到现在，三十多年过去，戏曲研究领域变化很大。从从事这一专业的人数到研究论题的范围，都扩大了很多。这些年出版、发表的成果，以及我了解到的已经完成或正在撰写的课题，选题范围是大大扩展了，学术上有了明显的发展。这得益于近年来戏曲文献的大量印刷出版，例如清代宫廷演戏的档案，以前分别收藏在不同的地方，如中国第一历史档案馆、中国国家图书馆等，要查看很不方便。前些年国家图书馆出版社影印出版了所藏清代宫廷演戏档案，让各地的学者都能方便地看到这批材料，所以这几年研究清代宫廷戏的人大大增多。再如京剧的一些材料也被大规模印刷出版，还有《古本戏曲丛刊》第六集出版，第七集即将出版，等等，这些都方便了、扩大了研究者的选题范围。加上很多古籍已经数字化，减少了奔波于各地图书馆的需要，不再受限于坐在图书馆抄书、抄材料，所以近些年戏曲研究的选题跟过去相比有很大扩展。

我们常常将小说、戏曲联系起来说，但是实际上，戏曲和小说在传播途径上区别很大。戏曲主要凭借在舞台上演出来传播，然后才能产生影响，如果只停留在案头，不在舞台上演出，影响相对会小得多。任何时代，戏曲剧本想要靠案头阅读来广为流传是很难的。除非是出类拔萃的作品，比如《桃花扇》，演出少也广为人知。一般的作品，如果不在舞台上演，很多都没有什么影响。正因为戏曲作品依赖舞台演出而流传，所以，现存的古代戏曲剧本形式就比较多样，比如有舞台改编本和折子戏等，因而近些年来，关于折子戏、明清传奇改编等的研究论题不少。这也是古代戏曲研究论题扩展的一个方向。

应该引起注意的是，近些年出现的研究选题有不少是非文学的，比如戏曲史和社会学、历史学交叉研究的论题，涉及戏曲史的不同分支，如堂会演出史、家班演出史，等等，都有一些专著出版。这些选题都有学术价值，填补了以前缺失的环节。但是总体看来，选题中相对忽视文学本身的倾向应该引起注意。还有一个偏向是避开对经典作品的研究。

这些年，指导博士生，博士论文选题很费神，过去关注多的材料被研究得比较充分，不敢轻易选；但是，刚出版的大批的影印材料和偏僻的材料，爬梳研究起来是要花很大功夫的。不能光是梳理材料，重要的是要发现、提炼、归结问题和解决问题，这需要时间，更需要研究者有较深厚的相关积累和较好的学术功底。现在的选题，大家偏向研究过去相对研究得少的对象，避开经典之作。于是就存在这种情况，对于很多经典的大家的作品的研究阐释，不少还停留在五六十年代、七八十年代，那些分析阐释有浓厚的时代痕迹。特别是五十年代的学者，从文史考据的学术传统出来，用社会性、人民性等观念进行分析，在当时是创新，但这些对经典作品的认识带有很多那个时代的印记，今天应该有新的、进一步的研究和阐发。

我认为，任何一个时代，对于真正的文学经典，都应该有新的研究和认识。一代人有一代人的感悟。不同时代的人，不同的研究者，面对文学经典一定会有不同的观点和认识。研究文学经典，挖掘、发现其当代意义和价值，任何时代都有必要。文学研究是高度个体化的工作，每个时代、每个人的知识结构、人生经历、社会履历和情感经历都不一样，对经典作品肯定会有不同的认识和理解。总之我们的学术研究不应该避开文学经典。

刚才王达敏老师说，很多人离开了对文学本身的研究，我也认为这是个应该引起注意的不好的偏向。当然，我们面对不同的研究材料会选择不同的研究重点，比如对京剧史的研究，多偏重对历史的梳理勾勒，偏重于对历史发展的研究，偏重于对重要演员的研究，这是可以理解的。因为在文学方面，京剧剧本的文学水平与古代杂剧、传奇相比差别较大，与杂剧传奇的经典之作相比，更显得文学性弱。但是总体上说，古代戏曲研究不应该脱离文学文本，也不应该脱离经典作品。

在做关于古代戏曲史的某一个分支的研究时，对于非经典戏曲作品的缺陷、弱点，研究者心里应该清楚。不能说我研究这个，就说它如何如何好，文学性不强就是不强。我也研究过民间戏曲史，其中一些作品确实不能说它的文学性好，如若比起经典之作，比如《长生殿》等，差距就太大了，文学性上的高下之分显而易见。

关于"悬置经典"的问题，学术界有过讨论。如果把"悬置"理解为"搁置"或者"隔离"的话，那么在学术研究中，无论对经典还是非经典，都不应"悬置"。选题时应该兼顾，研究中应该有参照，有相互比较的视野。不过现在，我的一些学生博士论文选题，确实不好让他们正面地去选经典的作家作品。面对历来的研究热点，要想发现新材料，找到新的研究角度，超过前人，难度确实很大。

总之，我们的研究选题不应都避开文学本身。再者，对作家作品的研究不应都回避经典。开辟新的研究领域无疑很重要，是一种挑战，而在已有研究成果的基础上进一步提高，同样重要，要做好难度也许更大，但是我们今天的学者还是要有勇气去挑战。

古代文学研究：大数据与横向打通

朱万曙

（中国人民大学文学院）

今天躬逢盛会，心中不胜感慨。岁月是把杀猪刀，《文学评论》已经六十华诞，我们也变得白发苍苍。感谢《文学评论》，感谢《文学遗产》，当我们还是年轻的学者的时候，我们不成熟的文章在诸位编辑老师的帮助下得以发表出来，提升了我们自己的学术信心，让我们在学术研究的道路上走到了今天。

我先呼应下前面两位老师的话。其一，郑永晓老师讲的数据库问题。前不久的一天晚上，我看央视《机智过人》节目，让我很诧异的是一个机器人和北大未名诗社社长、复旦诗社社长、社科院外文所留法博士三位年轻诗人比赛作诗。机器人十秒之内可以作二百首诗，节目评审团三十多个人，都是喜欢诗的。三轮比赛，机器人都没有被淘汰。复旦的社长和留法的美女诗人却被淘汰下去。我就联想到，大概十年以后，肯定有写论文的机器人出来。写诗难度很高，机器人都把正儿八经的诗人比下去，那么写论文岂不更容易吗？我想起不久前，高等教育出版社的一位编辑找我，说要把我主编的《全清戏曲》做成数据库。我说，编成数据库以后，学生们要写论文就太容易了，只要输入一个关键词，设定一个主题，数据库里边所有的文献你全部都能调出来，那么谁还再看作品呢？也许十年后，考证一个问题，需要十条证据、二十条证据，我们都可以全部从数据库里调出来了。我们常说面临机遇和挑战，我想挑战倒是眼下真实的存在，技术发展得很快，日新月异，人打不过机器，在这个挑战面前，我们都要想一想以后怎么开展研究的问题。

第二个回应是王达敏老师关于中文学科地位越来越边缘化问题的发言。历史学科中有专门史，文学史不就是专门史吗？政治史多么重要！经济史、社会史、法制史也同样重要！因为这些专门史和当代社会密切相关，与这些专门史相比，文学史必然会边缘化，但我们可能没有区分文学研究和文学史研究，它们是两码事。文学研究，包括文学批评、审美分析，包括作家作品的情感分析、语言分析，这些就不是历史学能够囊括的范围。古代文学也有文学批评，哪个作家最好，经典名篇怎么产生？这是我们文学研究者要做的事情。这些经典名篇编入教材，化育一代一代的人，这就是我们的前辈文学研究者做的贡献。如果我们和历史学硬比"史"的研究，文学史不就成了专门史的一支吗？因此，我们应该确立一个观念：文学研究和文学史研究是不一样的，不是一个范畴。

接着上面大数据的问题说，文学研究的领地是什么？文学研究，也就是作家、情感、审美、表达方式等问题的研究。章炳麟对文学的定义是："文学者，以有文字著于竹帛，故谓之文；论其法式，谓之文学。"这个"文"的范围包括得很广，而所谓"学"，则是法式和体式的问题，这也正是我们所要研究的对象。文学史的研究可能边缘化，文学研究未必边缘化，我们还是要保持自己的信心。历史学碰到大数据以后，也许比我们更糟糕。对于历史事件的时间、地点等问题，电脑处理史料要比人脑可能快得多。反而我们的文学研究，将来可能还有自己的天地。以上是对前面老师发言的回应。

针对元明清文学和小说戏曲，我自己思考的问题，是"横向打通"。说实话，在座年轻人的知识结构肯定比我们好。我们经历"文革"，荒废了多少年。我中学的时候，唯一读的一部小说是《苦菜花》。那时，《红楼梦》哪能读得到？初中的时候同班同学弄了一本金圣叹腰斩的《水浒传》，同学们互相传看，一个人分到半天时间，哪能看得完？我们自己，至少我本人，我觉得过去做学问是"跛脚"，非常狭窄，"横向打通"不够。做戏曲的就做戏曲，做小说的就做小说，做诗文的就做诗文，同一个作家创作的研究也没有打通。这种界域限制了我们的研究深度，我最近对此有很强烈的感觉。今年《文学评论》发了我的一篇谈清宫大戏的文章。我发现清宫大戏有很多是改编自小说，包括《三国》《水浒》《西游》，全部被改编成大戏，但包括有些名校的博士生做的以这些作品为题的博士论文，他们都不提清宫大戏的改编。反之，研究宫廷大戏的人，也没有注意到它们对小说的改编以及如何改编。文本之间的影响、改编、体式的转换——从小说文本转换成戏剧文本，它肯定是不一样的。这里面有很多的问题可以去探讨。小说里面的戏曲描写，如《品花宝鉴》，有那么多写到优伶生活、戏剧场面的内容，同样可以打通研究。

　　文体之间要打通，同一个作家的创作也要打通。比如诗文这一块，吴敬梓是一个小说家，但同时也是一个诗人，他考试要写试帖诗。诗才高不高、诗写得好不好，我们可以通过研究来衡定。我现在正在写一篇文章《诗人吴敬梓》。戏剧家也一样，比如汤显祖，他的别集里边诗文那么多，我们有没有去撇开他戏剧家的身份，把他转换到诗人的身份呢？如果这样下功夫，回过头来，对他的戏剧理解会更加深刻。我主持整理《全清戏曲》就注意到，清代戏曲家留下的文献是比较多的，无论是有地位还是没地位的，除了戏曲剧本，他们还有一些诗文保留下来。我过去研究过徽州的郑由熙，他有三个剧本留下来了，同时，他的诗文集也留存下来了，在他的诗文集中书写的本事，可以和他的戏曲作品互相参证，从而可以更深入地理解其戏曲创作；反过来，也可以通过戏曲作品更深入地理解诗文作品，然后再进入作家的情感世界、心灵世界。这样打通了以后，至少让我们对于古代文学的研究，包括文学史的研究会更加深入。有些作家可能是参与过一些历史事件的，他对事实是一种记录，他参与事件过程中的思想和情感则可能是用诗文表达，那么，我们研究就能够更深入，对于历史研究也会提供有益帮助。我觉得这样打通，我们就更多地回归到文学研究的本位，做了文学研究者应该做的事情。

古代文学研究应重视"打通"、关注"思想"

杜桂萍

（北京师范大学文学院）

　　各位老师下午好！刚才听了各位先生的发言，每位先生的发言我觉得都有道理，从自己的出发点，再联系自己的科研经历，对我触动和启发就更大了。

　　从我自己说起，我主要从事戏曲研究。这几年竺青老师和张剑老师经常说，你们搞戏曲研究的，怎么不多写戏曲文章？他们和我一样，都知道戏曲研究的整个状态并不太理想，希望学者们多发表优质成果。我想，我是不是搞戏曲研究的？之前，我总有一个情结，我硕士和博士的时候，两位导师袁世硕先生和张锦池先生指导我时，我的学位论文都是命题论文，基本上是他们让我做的，所以我总觉得我搞戏曲研究并不是我自己想搞，而是老师下的命令。我经常跟我的学生们说，我跟戏曲研究的关系就是"包办婚姻"。我虽然搞了很多年，对戏曲的研究也有了一定的感情，但这就是包办婚姻的结果。我内心可能总有一种情结，我觉得我应该自己选择，做一点自己喜欢的研究。我的博士论文写清初杂剧研究，我一直想把整个清代杂剧研究完成，但是到现在还没有最后完成，已经过去十几年了。为什么呢？这个研究课题本身缺乏趣味，有些文献特别繁杂，研究推进特别艰难等，这是非常重要的原因，但其实还有一个更重要的原因，就是我心理上的问题，我总是兴趣转移，想转入自己喜欢的那些研究课题。我在《文学评论》上发的那几篇文章其实都是我自己说的"溜号"之作。搞戏曲研究时兴趣转移、溜号，我就写了一些跟戏曲研究似乎无关的论文，通过这些研究，我自己觉得精神上、心理上获得了一定的慰藉，不再被杂剧、戏曲研究所限制。

　　我最近几年经常想的是，我写的这些明清文学尤其是明末清初这一段的论文，实际上基础还是从研究杂剧来的，比如明清时期的文学生态问题。前几年的时间，我做了很多工作，实际上就是为研究转型做准备，就是我不想再搞戏曲研究。明清时期文学生态的问题，不完全是文学理论视域内的文学生态问题，主要是文学在生成过程中，包含着多种因素的互相牵动，里面形成的一种内在的生态链，我对这个研究更有兴趣，但是它涉及对文学史实的爬梳和阐释，包括一些理论提升的问题，我觉得这个需要很长时间准备和储备，我一直在做这个准备。2014 年，我申报成功了一个国家社科基金的重大课题，叫"清代诗人别集整理研究"，因为直接报文学生态的题目肯定不可能入选，我实际上是"拐了个弯"。当然，"拐这个弯"也有一种从俗的想法，因为我当时在黑龙江大学做学科带头人，学术团队需要整合发展，也是为了这个团队着想。基于这两个方面的考虑，我才想到转到清代诗人别集的整理，通过文献整理再介入文学生态问题的研究。

我最近几个月是很痛苦的，这个痛苦是什么呢？一是在做清诗整理的重大项目时，有很多学术的、非学术的问题，让人困扰，很困苦。同时，还要把我之前的关于戏曲的一些项目继续完成。竺青老师、张剑老师给我的定位都是研究戏曲，去年我在《文学遗产》发了一篇关于《牡丹亭》的文章，实际上是张剑老师的命题作文。张剑老师每星期给我发一次短信，说："写多少了？"每星期而且都是准时在星期六下午发，是被逼出来的。现在我非常感谢张剑老师，没有他的这种催逼，这个论文肯定是写不出来的。从那之后，我一直想要将戏曲研究这个角色定位好、应对好，要把之前的戏曲项目做好。从去年年底到今年上半年的时间，一直在做国家社科基金的项目"明清戏曲宗元研究"，主要研究元代戏曲对明清戏曲的影响，立足于明清戏曲对元代戏曲接受的角度。做的过程中，我又有了许多新的心得，这就是"包办婚姻"培养出感情以后所产生的一些效果。比如说元代戏曲，在研究明清戏曲的时候发现元曲，元曲一般包括杂剧和散曲，但在明清时期更主要是指杂剧和南戏，元曲的概念在明清时期已经发生了变异，跟明清戏曲的发展和文本问题、音律结构问题、文人对它的阐释包括创作的问题等，都有关系。这些问题可能其他学者过去关注不够，而且需要更深入研究。我又产生了深入研究的兴趣，最近就在做这方面的文章。一个重大项目要继续，戏曲的项目也要投入，所以就很痛苦。如果能很好地处理研究路径问题，比如说一个作家本身的打通问题、文体之间的打通问题、时代的打通问题，包括上下古今中外等的打通问题，这些问题要能做得好的话，那当然可以随心所欲，取得很好的结果，做不好就很痛苦。刚才彭（玉平）老师和王（达敏）老师谈到这方面的问题，我就在想，比如王国维的问题，过去忽略一般作品，所以要"悬置名著"，现在大家又觉得名著研究已经很深很透了，就不需研究了。其实像王国维等名家名著的研究还是应该继续的，经过彭老师的研究，取得了那么多有价值的成果。又想起了南京师大的陆林老师，他研究金圣叹，大家都觉得金圣叹有什么好研究的，成果那么多了，但是经过陆林老师从史实研究角度所做的深入挖掘，原来金圣叹是那样一种面目，根本就不是我们过去所了解的那种面貌。实际上从名家名著角度来说，包括元曲这样一些概念、相关的一些文学史现象，还有过去我们很多忽略的东西没有被发现。进一步研究的话，还会有很多新东西，从这个角度思考，我的戏曲研究还得继续下去。

说到我的感想，名家名著需要研究，名家名著背后的嗡嗡声音，实际上就是我们说的二、三乃至四流的作家作品也需要研究。在研究过程中不仅涉及理念问题、方法问题，可能还有一些跟这些有关但是又超观念之外的东西。我们在研究的同时应该怎么做？我觉得可能也需要重新检点、反思、梳理。《文学遗产》是古代文学研究的重要平台，大家谈到"引领"的时候，总说给《文学遗产》和《文学评论》的责任太重大了，作为期刊有时候他们可能做不到这一点。但从我个人的学术历程来说，我觉得《文学遗产》在我的心目中是一个具有权威的、引领性的高端品牌。我经常跟我的学生们说，看看《文学遗产》发了什么，就说明我们古代文学研究的整个状态是什么样，大多数学者心中都有这样的认可。《文学遗产》无论是不是有"不能承受之重"，但学术界需要这样一个带有导向性甚至有精神风向标作用的平台。我们在学术研究中遇到的困惑，在某种程度上需要自己调整，也需要《文学遗产》《文学评论》之类的高端平台进行引导。

比如，刚才几位老师谈到文献研究的问题。《文学遗产》这些年发的版本研究、文献研究一类的东西很多，整个古代文学研究尤其是一些青年学者，就特别认可这一类研究，觉得将文献做好了、论文写好了、学位拿到了，我的研究就是成功的，但是也要顾及思想才应该是激发文学研究的最有力量的东西，所有的研究应该都是指向人的，没有思想，文献是静止的、片面的，甚至可以说就是死的，比如陆林老师、彭玉平老师、王达敏老师研究的问题，都有这方面的方法论启示。文献研究是前提和基础，但是基于这样的前提和基础，关于文学的定义，我觉得也应该重视。在我们的学术导向下，我觉得这方面的研究总体上是匮乏的。

上午大会的时候，我想，《文学评论》六十年，我们进入二十一世纪马上就要二十年了，是不是也需要总结、反思、反省一下，我们的文学研究到底是处于一种什么样的状态，是平庸的，还是富有生命力的？是有方向的，还是杂乱无章的？应该向何处去？怎样才能更好地展现中国学术的世界水平？有我们学者的自觉，有在座学者的引导，有《文学遗产》这样高端刊物的引导，我们的困惑可能会得到一定程度的缓解，我们整个学术研究的方向也会越来越明晰。

中国学术目前最紧缺的仍是专精之学

潘建国

（北京大学中文系）

很荣幸参加《文学评论》六十周年纪念会。刚才听了几位老师的发言，颇受启发。很多想说的话，大家已经谈到了，我可讲的不多，就讲两点。

第一点，回应一下左东岭老师讲的"通"与"专"的问题。这大概不仅是我们元明清文学，而且是整个古代文学甚至整个文史研究的人都会面临的问题。理想的状况，当然是做通才，如果我有这个学养和资质的话，我肯定奔着这个"通"的理想而去。它作为一个目标，或者一个引导方向，意在告诫研究者，不要局限在一个狭窄的研究对象上。不过，我个人觉得在这个时代，或者从目前学术界的现状来看，要出现"通才"是不太容易的。一方面，我们的学养学识不如老一辈先生们那么扎实。另一方面，大概也是比较重要的原因，是跟我们现在的教育和学术体制有关。我们分得很细，比如北京大学中文系，本科一年级上通选课，到了二、三年级，分成文学、文献、语言三个方向，学生任选一个；一个中文系也分成十几个研究室，老师学生自然都往一个相对狭窄的地方去了。但是，在目前的学术界，总体上不是"专"的太多太过，而是"专"的不够，可能"不通不专"的人占了最大的比例，既不能成为通才，在自己研究的那些点上，也没有真正做到专精。就像之前彭玉平老师、杜桂萍老师提及的那些论题，金圣叹也好，王国维也好，都是老生常谈的题目，也有不少人是专门研究的，但一部篇幅不大的《人间词话》里面，仍有不少重要问题，并未得到妥善解决，说明我们专精的程度还不够，所以，我个人认为，我们固然要鼓励往"通"的方向去，但更要鼓励往"专"的方向去，往真正有深度的专精方向去。

另外，我想到一件事情，就是中国学界往往评价日本学者的学术气局不够，一个人一辈子只研究一个论题、一本书，或者一个作家，有点钻在里面出不来的感觉。但是，据我个人观察，对个体来说，日本学者的学问或许是专的、窄的、小的，但是如果把一个时代、一个群体的日本学者的学问累加在一起的话，它却又是通的、博的、大的。这几年，宫廷戏曲研究比较热，日本东北大学的矶部彰先生多年前申请了文部省项目，他的运作方式，很能体现日本学术的特点。磯部教授自己重点研究宫廷戏里面的西游戏部分，因为他对《西游记》小说有精深的研究；他把两汉戏部分交给大塚秀高教授负责，因为他非常熟悉两汉演义小说；把杨家将戏交给铃木阳一教授，因为他是研究《杨家将》小说出身的；把三国戏交给金文京教授，因为他是《三国志演义》小说研究的专家。每个人都有自己专精的领域，然后各自负责与此相应的子课题。从个体来看，只做西游戏，当然是有些窄小的，但是这个学术团队合作起来，几乎把重要的宫廷戏都考察了一遍，而且是非常深入的考察。日本学者的研究方式、团队分合以及项目运作模式，确实有值得我们学习的地方。

我赞同左东岭老师讲的，如果不能成为一个通才，那至少也要有一个广博的阅读面。实际上，我们大学老师要上文学史课，肯定要看许多书，阅读范围肯定需要超出研究范围。至于研究方面，如果不能做到"通"，至少也要争取形成若干个"专"的点，就像刚才有位老师说的譬如下围棋，先打下两个基础的"眼"，慢慢再扩展成三个"眼"，或者四个"眼"。这个扩展的过程，有时受到偶然因素的影响，比如你刚好去哈佛燕京留学或者访问，看到了一大批新资料，自然就催生了一个新的研究方向。有时也可能是出于"被迫"，比如说团队一起申报一个大课题，然后在你承担的部分，你发现有很多学术问题没有解决，深入进去，也就开拓出了一个新的研究点。就我个人的体验，一位学者如果有两三个、三四个不同的研究领域，悠游其中，其实是一种比较舒服的状态。因为一直待在一个领域，难免会产生一些厌倦情绪，而告别一段时间再回来，或许会有别样的新奇感和欣喜感。

第二点，元明清文学有一个重要的共同问题，就是其学术研究价值，似乎还没有得到学界充分的清理和肯定。《文学遗产》多年来有意识地鼓励、引导大家去研究明清诗文。明清文学的资料很丰富，作家、作品不计其数，未开垦的学术空间也很多。随便找一个作家，都能写成一篇不错的硕士论文。但是，研究的时候往往有一点不自信和自我质疑：明清诗歌比不过唐宋，文比不过秦汉，赋比不过六朝，那么明清文学的学术价值到底在哪里呢？这其实涉及文学的"经典化"问题。唐宋文学的经典化过程基本完成了，经过千百年的流播、筛选和研讨，哪些作品是经典，哪些是非经典，哪些是次经典，基本上都有了眉目，但明清文学的经典化还没有完成，小说戏曲稍好一点，因此，我们有必要弄清一个根本性的问题——明清文学的经典性到底在哪里？以什么标准来筛选明清文学？海量的文学作品中哪些是经典，哪些是非经典？经典是什么含义，是从文学艺术层面讲的，还是从其包含的社会文化含量来讲的？这是一个大问题，需要加以论证辨析，需要在实践和理论相结合的过程中，逐步找到答案。否则的话，明清文学研究者难免会不断地自我质疑。比如，我们选一个地方文人进行研究，他在地方上可能很有名声，文献资料也很丰富，甚至还有他的信札遗留下来，足够写成一部图文并茂的著作，但把这个人放到全国范围之内，十问九不知，那么这个人、这个家族、这个地方文学现象，在整个文学史上到底有什么样的学术意义呢？所以，我认为明清文学的经典化问题，值得大家关注和思考。

最后，再说一句，刚才王达敏老师讲到做史学研究看不起做文学研究的问题，我想，这其实是很正常的。小时候下过一种斗兽棋，老虎吃狼，狮子吃老虎，大象吃狮子，但大象最后却被弱小的老鼠降服了。学术界其实也有类似的"轮回"：文学被史学看不起，史学被语言学看不起，语言学被计算机科学看不起，计算机科学被天体物理看不起，天体物理可能被工科看不起，但一个工科生最仰慕的，却有可能是滋养心灵的文学，所以，不必在意这样的事情。"古之学为己，今之学为人"，做学问本来就是为了自己，不是为了别人。做学问既不能发财，也无法拥有权力，所以假如你是为了别的目的而来，那它绝不是最好的选择。我特别赞同彭玉平老师刚才讲的，做学问的意义，是让自己感到人生有趣味。既然这个工作不能赚大钱，也没有大权力，你还要坚持下去的唯一理由，就是自己喜欢，自己高兴，如果连这一点都没有的话，那真的不必做了，所以，我并不在乎别人看得起还是看不起，只要自己觉得高兴就好，在研究的过程中，我体会到了发自内心的愉悦，还有一点自我满足的价值感，这也就足够了。

加强中国古典小说西传文献的整理与研究

宋莉华

（上海师范大学人文与传播学院）

各位老师，各位同道好！非常感谢《文学评论》和古代室的邀请，给我这样一个机会。我收到会务组的要求是谈谈古代文学未来十年研究的前瞻，在我看来这是一个很大的题目，虽然我的能力有所不逮，但是我也希望能够结合自己的研究谈一谈。

在我看来，中国古典小说的西传研究是一个值得开拓的领域。研究中国古典小说的西传，实际上也就是习总书记讲的，研究如何讲好中国故事、推动中国文学走出去的问题。钱穆先生曾经指出："旷观世界各民族文化大流，求其发源深广，长流不竭，迄今犹负世界指导人类之重任者，在东方厥唯我中华，在西方厥唯欧美之两支。"以欧美为代表的西方文化，对于中国古典小说的诠释和接受，具有突出的文化异质性和异构性，它更能体现出跨文化交流的特点，为我们中国文化、中国文学"走出去"的国家战略提供切实的参考和可行的路径。这也是刚刚张江教授说的如何使我们的研究古为今用、洋为中用，我希望这一研究也能够达到这样一个目标。

关于中国古典小说在西方的传播和接受，实际上目前不乏散点式的透视研究，但总体上来看，我们对于中国古典小说的西传缺乏整体观照，有很多亟待解决的问题，以及需要拓展的空间。我在这里主要想提这么几点。

第一个方面，是文献基础比较薄弱，有待全面的发掘和整理。目前这一方面最有参考价值的文献，实际上还是王丽娜的《中国古典小说戏曲名著在国外》，但是这个书是1988年由上海学林出版社出版的，而且里面主要提及的是少数几部名著。在这以后，已经有越来越多的学者在从事这方面的研究，有很多新的文献被发掘出来，所以我们需要对这部分新发掘的文献进行整理和适时的补充。

第二个方面，就是对史料的运用不够准确。有很多学者可能在讨论这个问题的时候，根本就没有去查阅西文原文，引用二手、三手的资料，以讹传讹的现象和情况非常严重。我们在很多的诸如中国文学在俄罗斯的传播史，或者中国文学在法国的传播等著作里面都可以看到这样的问题存在，这种以讹传讹的情况不少。

第三个方面，目前的中国古典小说西传研究，主要是依附、淹没在中西文化交流史的研究当中，并没有把它作为一个专门的学科去进行整理，所以真正研究中国古典小说的学者进行深入探讨的时候，便会发现太过笼统，隔靴搔痒，在这种情况下，需要以学科为单位，去进行专门的文献整理。

第四个方面，目前学术界研究中国古典小说的域外传播有所偏重和缺失，不够全面。我们对东亚部分的挖掘比较深入、起步较早，但是对于西方的研究显得不足。单就中国古典小说的西传来说，对英国、法国、美国的关注比较多，对于其他国家和地区的研究比较少、关注不够。在文献的应用方面，偏重英语文献，对于其他语种的文献关注不够。实际上，西方各国学者之间交往非常多、交流频繁，从某种意义上来说，国际汉学研究是一个学术共同体，同时又各自具有特色，它们在研究方法、研究路径方面，应该说对于中国古典小说研究都具有借鉴意义，需要我们进行全面清理。

第五个方面，是目前对于中国古典小说西传研究的理解过于褊狭。我们偏重翻译研究，但是对于其他环节有所忽略。中国古典小说的西传是一个比较复杂的过程，包含翻译、改写、出版、评论、研究等各个方面和环节，我们仅仅讨论文本的翻译是不够的。而且就翻译研究来说，目前可能很多是外语学院的人，在研究时，往往仅停留在翻译技术的层面和语言的层面，很难深入下去，所以我觉得这个是目前研究当中一个很大的不足。而且有一些基本的小说个案研究，像《红楼梦》《西游记》《三国演义》，从翻译史的梳理，到各个语种、不同译者的研究都很深入，但是我们对于中国古典小说西传的整个面貌的呈现，连基本的编年史都没有，我们现在摸不清它的总体情况，只是局部了解。

所以，未来我们需要对中国古典小说西传的历史进行系统的学术史的清理。希望能够采用传统的文献学的方法，对中国古典小说西传的文献进行大规模的、成系统的整理和研究。在我看来，我们应该重点在六个方面进行整理和研究工作。

第一个方面，就是中国古典小说的介绍、翻译、出版、流传的史实。实际上，刚才我们围绕王达敏老师提出来的问题，不断在说为什么文学史被历史看不起，那我们在研究文学的时候，就要用事实说话，要真正地把历史事实勾勒出来、描述出来，我们需要通过运用各种方法将中国古典小说的翻译、介绍、出版、评论活动，纳入我们考察的范畴，来进行编年，全面地呈现古典小说在西方的传播和接受状况，一方面使它的各个环节都能够呈现出来，另外一个方面要注意囊括一些主要西方国家和语种的文献，弥补过去在文献方面的不足。

第二个方面，是中国古典小说在西方各国的评价与研究论著的整理和研究。我们可以按照中国古典小说自身研究的一些主题，把西方学者研究中国古典小说的论著按类编排。同时，为了便于国内学者使用，可以采取双语编排的形式，西文和中文对照，亦编、亦译、亦著，为中国古典小说研究者提供切实的参考工具。

第三个方面，是西人所编中国古典小说书目文献的资料整理和研究。我们过去关注早期一些学者在海外访书的情况，包括潘建国《中国古典小说书目研究》也提到了这方面的资料，他在这方面的研究是非常深入的。但是，西方人也编纂过很多中国古典小说目录，是时候将其汇总在一起，并进行研究了。一方面可以补订中国小说书目的缺讹，另一方面也可以考察西人目录对于西方汉学以及中国传统目录学所产生的影响，因为我们的目录学在近代发生了很大变化。

第四个方面，是西人模仿中国古典小说创作的汉文小说作品。这是中国古代小说在西方传播以后产生的特殊文化现象，中国小说作品在西方社会传播并被接受，被西方读者熟悉，然后他们又模仿这些小说来写作汉文作品，实际上是在中国古代小说这个枝桠上面生发出来的新作品，它是中国古代小说的分支，我觉得我们不能置之不理，它们也需要进行整理和研究，它们可以为中国古典小说研究提供新材料和新视角，所以我觉得这部分是非常值得整理的。就我个人目前收集的这部分汉文作品来看，大概有360多种，涉及的题材和文类非常广泛，我希望能够对它们进行全面系统的整理，推进学界对这个课题的研究。

第五个方面，与中国古典小说西传密切相关的重要媒介，比如汉学家、译者他们的交游、书信、日记，还有一些重要的学术期刊、出版机构、学术团体、学术活动、教学研究机构、图书版权交易等，这些都是很值得去探讨的题目。

最后一个方面，是中国古典小说影响下西方文学中的中国题材及其形象塑造。这个方面有很多比较文学的学者进行了很多研究，但还有很多题目可以做。

以上是我未来想研究的领域，我也希望越来越多的学者能够加入进来。**谢谢各位！**

特 稿 ◀

从新材料、新问题到新方法[*]

——域外汉籍研究的回顾与前瞻

张伯伟

内容提要：丰富的域外汉籍材料构成了长期存在于东亚世界的"知识共同体"，它既向我们提出了许多新问题，也提供了在理论上和方法上继续探索的可能性。从这个意义上看，域外汉籍研究大致会经历三个阶段，即作为"新材料"的域外汉籍，作为"新问题"的域外汉籍和作为"新方法"的域外汉籍。本文依此线索展开，回顾了域外汉籍研究的历史，强调了"作为方法的汉文化圈"，并将这一理念付诸实践，期待既破除文化帝国主义的权势，又能打开民族主义的封闭圈。

关 键 词：域外汉籍　回顾　前瞻

时至今日，尽管人们对"域外汉籍"已经不那么陌生，但仍有必要在文章的开始对这一概念下一定义：所谓"汉籍"，就是以汉字撰写的文献，而"域外"则指禹域（也就是中国）之外，所以，"域外汉籍"指的是存在于中国之外的二十世纪之前用汉文撰写的各类典籍文献。具体说来，包含以下三方面内容：一是历史上域外文人用汉字书写的文献；二是中国典籍的域外刊本、抄本以及众多域外人士对中国典籍的选本、注本或评本；三是流失在域外的中国古籍（包括残卷）。作为其主体，就是域外文人写作的汉文献。

---

* 本文为国家社科基金重大项目"国外辞赋文献集成与研究"（16ZDA198）系列成果之一。

历史上周边国家和地区的读书人，用汉字撰写了大量文献，其涉及范围几乎与"国学"相当，这些材料构成了长期存在于东亚世界的"知识共同体"，既向我们提出了许多新问题，也提供了在理论上和方法上继续探索的可能性。从这个意义上看，域外汉籍研究大致会经历三个阶段。

第一阶段是作为"新材料"的域外汉籍，主要是文献的收集、整理和介绍。第二阶段是作为"新问题"的域外汉籍，主要是就其内容所蕴含的问题作分析、阐释。第三阶段是作为"新方法"的域外汉籍，针对文献特征探索独特的研究方法。目前的总体状况大概在一二之间，少数论著在二三之间。当然，所谓"三阶段"，只是就其总体趋向而言，其中必定有所交叉，并非取代关系。

一　域外汉籍研究前史

中国人过去有一个以自我为中心的天下观念，从《史记》开始，中国的正史也具有世界史的规模。因此，对于中国以外的周边汉籍的认识也由来已久。统一新罗时代的崔致远在唐代为宾贡进士，其《桂苑笔耕集》曾著录于《崇文总目》及《新唐书·艺文志》，《中山覆篑集》则见录于宋代《秘书省续编到四库阙书目》，其书在中国亦有不少传本。高丽时代则有北宋元丰年间崔思齐等使臣的作品，以《高丽诗》为名刊刻于中国，见《郡斋读书志》。熙宁年间，朴寅亮、金觐出使宋朝，宋人为刊二人诗文，名曰《小华集》，事载《高丽史·朴寅亮传》。又李齐贤《益斋集》被刻入《粤雅堂丛书》，其词被刻入《彊村丛书》。朝鲜时代的许兰雪轩作为女性作家的代表，在中国大受欢迎，《列朝诗集》《明诗综》等大量现存明清之际的选本选入其诗，就是一个证明。又如徐敬德，其《花潭集》入《四库全书》集部。朝鲜末期的金泽荣，一生大部分著作，都是在江苏南通翰墨林印书局出版。此外，如日本山井鼎、物观的《七经孟子考文补遗》入《四库全书》，市河宽斋怀着"传之西土，以观国之华"[1] 的愿望而编纂《全唐诗逸》，且最终收入鲍廷博《知不足斋丛书》。越南黎澄的《南翁梦录》被编入多种中国丛书，朝鲜时代许浚的《东医宝鉴》在中国也有翻刻本。至于

---

[1]　市河宽斋：《与川子钦》，载市河三阳编《宽斋先生余稿·宽斋漫稿》，游德园，1926，第105 页。案：关于《全唐诗逸》的编纂，蔡毅《市河宽斋与〈全唐诗逸〉》一文有详细考论，收入其《日本汉诗论稿》，中华书局，2007，可参看。

中国流失在外的典籍，也曾大量回流，如皇侃《论语集解义疏》从日本舶回，入《四库全书》。江户时代林衡编纂《佚存丛书》，大量收集刊印保存在日本的汉籍，其中如太宰纯校《古文孝经孔氏传》和隋朝萧吉《五行大义》等，后来皆收入《知不足斋丛书》。甚至历来被视为"小道"的小说类，如张鹭《游仙窟》在晚清从日本回流中国。在现存文献记载中，也还有中国方面以官方的名义向周边国家访书的情况，最著名者为《高丽史·宣宗世家》八年（1091）六月丙午的记载：

> 李资义等还自宋，奏云："帝闻我国书籍多好本，命馆伴书所求书目录授之。乃曰：'虽有卷第不足者，亦须传写附来。'凡一百二十八种。"[1]

这里所访求的是中国佚书。又《通文馆志》卷九记载，肃宗四年（康熙十七年，1678），清使"求观东国文籍，赍去石洲、挹翠、荷谷、玉峰、兰雪、圃隐等集，《正气歌》《桂苑笔耕》《史略》《古文真宝》及近代墨刻法帖，东人科体表赋诗论十二篇"[2]，这里访求的"东国文籍"，除了东人所撰著者，还包括中国书籍的东国刻本。

域外汉籍进入中国，当然多少也会受到一些评论，但除了汉传佛教典籍部分[3]，历史上中国人对于它们的认识，往往是从展现本国"文教之盛"或"礼失而求诸野"的心理出发的。如况周颐《蕙风词话》卷五评论越南阮绵审《鼓枻词》和朝鲜朴闇《撷秀集》云："海邦殊俗，亦擅音阕，足征本朝文教之盛。"[4] 就是一例。二十世纪初以来，学术开始由传统向现代转型，学者尤其重视新材料的发现。胡适当年强调用科学的方法整埋国故，而所谓"科学的方法"，其实就是西洋人做学问的方法，重心之一就是找材

---

[1] 《高丽史》卷十，亚细亚文化社，1983，第212页。案：关于朝鲜文献中这一记载的研究，参见屈万里《元佑六年宋朝向高丽访求佚书问题》，《东方杂志》复刊第8卷第8期，1975。

[2] 《通文馆志》卷九"纪年"，韩国明昌文化社1991年据日本总督府1944年版影印版，第134页。

[3] 如宋僧遵式《方等三昧行法序》云："山门教卷自唐季多流外国，或尚存目录，而莫见其文，学者思之，渺隔沧海。《方等三昧行法》者，皇朝咸平六祀，日本僧寂照等赍至，虽东国重来，若西乾新译。"《大藏经》第46册，第943页。案：此类事至今未绝，如上海古籍出版社便有"日藏佛教孤本典籍丛刊"，陆续印行。

[4] 《蕙风词话人间词话》合刊本，人民文学出版社，1960，第124页。

料。傅斯年 1928 年在《历史语言研究所工作之旨趣》中说："西洋人作学问不是去读书，是动手动脚到处寻找新材料，随时扩大旧范围，所以这学问才有四方的发展，向上的增高。"① 这一观念其实来自十九世纪中叶以下的德国，他们改变了十八世纪对单纯博学多闻的追求和赞赏，使得原创研究成为新时代的"学术意识形态"，所以特别重视古典语文学和历史学②，也因此而特别重视新材料，这就是傅斯年所接受的德国学术影响。陈寅恪在 1934 年写的《王静安先生遗书序》中，总结了以王氏为代表的学术典范，其中之一就是"取异族之故书与吾国之旧籍互相补正"③，"异族之故书"就不排除域外汉籍。又如胡适在 1938 年 9 月 2 日给傅斯年信中，言及他在同年八月苏黎士举办的史学大会上宣读的《近年来所发现有关中国历史的新资料》（*Recently Discovered Material for Chinese History*）中，提到"日本朝鲜所存中国史料"④，其中绝大部分都是汉文史料。近几年出版的《青木正儿家藏中国近代名人尺牍》⑤ 一书，收录了胡适、周作人、王古鲁、赵景深、傅芸子等人的信件，其中就不乏对日本所藏汉籍的调查与求购。域外汉籍史料虽然已经引起当时一些有识之士的注意，但总体说来，其价值和意义远远未能得到学术界的普遍认识和重视。而在中国的周边国家和地区，由于近代西洋学术的大举进入和民族意识的觉醒乃至民族主义的高涨，汉籍受到了空前的冷落。对于国文学研究者来说，虽然本国文学史上存在大量的汉诗文，但因为是用汉字撰写，所以难为"国粹"，被视为不能真正代表本民族的呼声。小岛宪之是日本汉文学专家，他在 1968 年的一部以《国风暗黑时代的文学》命名的著作自序中，将书名解释为"换言之，即研究平安初期汉风讴歌时代的文学"⑥。这里的"国风"即"日本风"，在他的眼中，"汉风"是不能代表"国风"的。同样，在韩国学者撰写的本国文学史中，汉文学或缺席，或仅作点缀，汉文学研究风气之式微也就可想而知了。

---

① 《傅斯年全集》第 4 册，联经出版事业公司，1980，第 258 页。
② 参见彼得·沃森（Peter Watson）《德国天才》（*The German Genius*）第二卷第三编第十章，王志华译，商务印书馆，2016，第 5～24 页。
③ 《金明馆丛稿二编》，上海古籍出版社，1980，第 219 页。
④ 王汎森辑《史语所藏胡适与傅斯年来往函札》（十七），《大陆杂志》1996 年第 93 卷第 3 期。
⑤ 张小钢编注，大象出版社，2011。
⑥ 《国风暗黑时代の文学》（上），塙书房，1968，第 1 页。

中国传统的研究学术史的方法，无不以"考镜源流，辨章学术"悬为标准与鹄的，所以，回顾域外汉籍的研究史，我们也会很自然地把目光追溯到久远的过去，有时还会为今日的工作寻找一个堂皇的祖先，但学术史上称得起一种新学术的兴起，必然要有新材料、新问题、新理论和新方法，而不仅仅是出于一二名公巨子的偶然关注，或是某个概念的无意触及，所以，对于域外汉籍的研究，我只能把以上部分看作"前史"。

二　作为新材料的域外汉籍

在国际上，真正对域外汉籍开始重视和研究，始于二十世纪八十年代。如旅法学人陈庆浩先生提倡汉文化整体研究，在域外汉文小说的整理方面取得若干成绩；台湾联合报国学文献馆组织"中国域外汉籍国际学术会议"，从1986年到1995年举办了十次。在日本和韩国，虽然其本国的历史典籍多为汉籍，但较大规模地影印汉文古籍，纷纷成立汉文学研究会，也是二十世纪八十年代以后的事，这已经成为学术界的共识。原台湾中研院中国文哲研究所图书馆主任刘春银指出：

> 全球各地有关域外汉籍之研究，系自1980年代起在各国各地纷纷展开，如联合报国学馆自1986年起所举办之"中国域外汉籍国际学术研讨会"，至1995年，共计举办了10次。而南京大学则于2000年正式成立了"域外汉籍研究所"，这是全球首设之专门研究机构，目前已出版《域外汉籍研究集刊》《域外汉籍研究丛书》，该所系有系统的针对域外汉籍的传布、文献整理、文化交流、研究领域及对汉文化之意义等面向进行研究与学术交流。①

日本九州大学大学院人文科学研究院教授静永健指出：

> 学术研究本来就没有"国境线"！然而在现实之中，与研究日本文学的学者一样，研究本国文学的中国学者们，也同样陷入了一种被种

---

① 刘春银：《提要之编制：以〈越南汉喃文献目录提要〉暨〈补遗〉为例》，《佛教图书馆馆刊》2007年第46期。

种无形的"国境线"封锁了视野的迷茫之中。正是在这种学术背景之下，中国大陆兴起了一种新的中国学研究方法。这就是南京大学域外汉籍研究所所长张伯伟教授提出的"域外汉籍研究"。我个人认为，这是建立在批判传统"只关注本国文学与文献资料"的研究方法基础之上、一个试图打破学术研究之"国境线"的崭新的研究理念。①

法国国家科学研究中心研究员陈庆浩也指出：

> 汉文化整体研究观念是上世纪八十年代初我在台湾提出来的，到现在也快三十年了。自观念提出到现在，回顾起来可分成前后两个阶段。第一阶段是观念的传播和古文献的整理与研究，通过举办国际会议、编纂目录和域外汉文献的整理和研究开展的。……2000 年，南京大学建立"域外汉籍研究所"，可以看成是域外汉籍研究一个新时代的开始。2005 年起创办《域外汉籍研究集刊》，主编《域外汉籍资料丛书》和《域外汉籍研究丛书》，形成了一个完整的域外汉籍研究系统，发展未可限量。大陆近年已有很多研究机构或个别学者，进行相关资料整理或研究，又出版了多种书目、丛书及研究论文，使域外汉文献之整理与研究成为一个新兴的学科，展望未来将有更好的发展。②

这大致概括了自二十世纪八十年代以来的研究趋势，其论述重点都放在文献的整理和出版。

事实上，在域外汉籍研究的初始阶段，人们主要是从"新材料"的意义上去认识和理解的。我们不妨以 1986 年"第一届中国域外汉籍国际学术研讨会"为例，在会议论文集的《编者弁言》中，大致归纳了会议论文的若干主题，它们集中在以下几方面：1. 域外汉籍的流传、出版与版本；2. 域外汉籍的现存情形与研究概况；3. 域外汉籍的史料价值以及中国与东亚各国的关系。编者特别指出："这些学术论著多是以往汉学家们不曾注意，或是根本生疏的。"③ 二十多年前，我在《域外汉诗学研究的历史、现

---

① 载《东方》第 348 号，东方书店，2010。
② 陈庆浩：《汉文化整体研究三十年感言》，《书品》2011 年第 5 期。
③ 《第一届中国域外汉籍国际学术会议论文集》，台北联合报文化基金会国学文献馆，1987，第 1～2 页。

状及展望》一文中提出："当务之急是文献的整理和出版，……中国学者应该积极地投入于对基本文献的收集、考辨工作中去。"[1] 十多年前，我在《域外汉籍研究集刊》的"发刊词"中，特别揭橥了《集刊》的宗旨，即"重视以文献学为基础的研究"[2]。不难看出，这里强调的都是"新材料"。所以，多年前有一位前辈学者听说我关注域外汉籍，曾经有此一问："还能找到一本像《文镜秘府论》那样的书吗？"言外之意是，如果能找到类似性质的书，域外汉籍还有点意思，否则恐怕是浪掷精力。《文镜秘府论》是日本平安时代空海大师自唐归国后，应学习汉诗的后生辈之请，根据他在唐代收罗的诗学文献（主要是诗格）编纂成的书。其中的很多材料在中国已经亡佚，所以在文献上有特殊的价值。多年前我编撰《全唐五代诗格汇考》，就曾经充分利用了这本书的材料（当然还利用了其他材料，如日本平安时期的抄本等）。在这位前辈学者的心目中，域外汉籍的意义主要是"新材料"，这也是直到今天很多人仍然秉持的看法。而在中国，对域外汉籍研究持否定态度的人，也会站在"材料"的立场，认为那些汉文学作品水平不高，因此也谈不上有多少研究价值。

　　学术研究要重视材料，这是毫无疑问的，但新材料的发现和运用应该得到学术工作者更多的重视，也是天经地义的。正是在这个意义上，陈寅恪说出了那一段学术界耳熟能详的名言。

　　　　一时代之学术，必有其新材料与新问题。取用此材料，以研求问题，则为此时代学术之新潮流。治学之士，得预于此潮流者，谓之预流。其未得预者，谓之未入流。此古今学术史之通义，非彼闭门造车之徒，所能同喻者也。[3]

对于这段话，学界的注意力往往集中在"新材料"而忽略了"新问题"，我想要说的是，如果缺乏"新问题"，即便有无穷的"新材料"，也形成不了"时代学术之新潮流"。甚至可以说，如果没有新问题，新材料照样会被糟蹋。梅曾亮在《答朱丹木书》中说："文章之事莫大于因时。……使为文于唐贞元、元和时，读者不知为贞元、元和人，不可也；为文于宋嘉祐、元

①　蒋寅、张伯伟主编《中国诗学》第三辑，南京大学出版社，1995，第4页。
②　张伯伟编《域外汉籍研究集刊》第一辑"卷首"，中华书局，2005。
③　《陈垣敦煌劫余录序》，《金明馆丛稿二编》，第236页。

祐时，读者不知为嘉祐、元祐人，不可也。"① 文学创作如此，学术研究也是如此。如果今天的杜诗研究，在问题的提出、资料的采撷、切入的角度以及最终的结论，与二十年前、五十年前没有多大差别的话，这种研究的价值如何就很有疑问了。由于域外汉籍是以往学者较少注意者，其中蕴含了大量值得提炼、挖掘的新问题，所以，这一研究若想获得长足的进步，必然要从"新材料"的阶段向"新问题""新方法"转变。

三　蕴含新问题的域外汉籍

新问题从何而来？当然离不开文献的阅读，但问题的提出也有一个契机，可以从不同文献的比较而来，也可以由西洋学术的刺激而来。

熟悉禅宗史的人都知道，唐代虽然有南北分宗，但在南宗内部的五家分灯，却没有多少对立和冲突。然而宋代禅林宗派意识较强，禅宗内部的争斗（当然也有融合）比较激烈，经过一番较量，到了南宋，基本上就是临济宗和曹洞宗并传，而以临济宗的势力尤为壮大。在中国，其争斗一直延续到清代②；而在日本，荣西和道元分别在南宋将临济宗和曹洞宗传入，同时也将两者的争斗带入。临济宗的影响多在幕府将军层面，曹洞宗的影响多在民间层面，故有"临济将军，曹洞土民"之说。我们阅读日僧廓门贯彻《注石门文字禅》，并了解其生平之后，自然就会产生如下问题：一个曹洞宗的门徒怎么会去注释临济宗的典籍？这个问题并非强加，廓门贯彻在书中就曾设一道友质问："师既新丰末裔，讵不注洞上书录而钻他故纸乎？"③ "新丰末裔"指曹洞宗徒，"洞上书录"指曹洞宗典籍，"故纸"在禅宗的语汇中，不仅是旧纸，而且是脏纸④，这里用来代指临济宗著作《石门文字禅》，表达的是同样意思。如果结合廓门之师独庵玄光的描述："今日日域洞济两派之徒，各夸耀所长，更相毁辱"，"两派之不相容，如水火

①《柏枧山房诗文集》卷二，上海古籍出版社，2005，第38页。

② 参见陈垣《清初僧诤记》卷一"济洞之诤"，《励耘书屋丛刻》下册，北京师范大学出版社，1982，第2407～2444页。

③《跋注石门文字禅》，张伯伟等点校《注石门文字禅》下册，中华书局，2012，第1727页。

④ 比如，唐代的德山宣鉴禅师把佛教经典比作"鬼神簿，拭疮疣纸"（《五灯会元》卷七），宋代兴化绍铣禅师说："一大藏教，是拭不净故纸。"（《五灯会元》卷十六）唐代古灵神赞禅师更说："钻他故纸，驴年去！"（《五灯会元》卷四）

之不同器"①，廓门的学术眼光和宗派观念就更需深究，其学术渊源如何，其观念的产生背景如何，其学术意义又如何，便都是值得探讨的新问题。②

自宋代开始，《孟子》由子部上升到经部，陈振孙《直斋书录解题》云："今国家设科取士，《语》、《孟》并列为经。"③ 至朱熹为之集注，影响深远。朱熹的注释，不仅发挥义理，而且注重文章的章法和语脉，这对于明清时期用文章学眼光考察《孟子》影响很大。就《孟子》本身来说，在汉代思想界和文学界起了很大作用④，朱熹的注释在此基础上更加推波助澜。朝鲜时代的儒者和文人都十分尊孟，在思想界和文学界的影响较中国更甚。儒者阐释《孟子》常注重文势语脉，文人写作文章常借用《孟子》的思想资源。然而同样是这一部儒家经典，在日本却大不受欢迎。谢肇淛《五杂俎》曾记载一则荒唐传说："倭奴亦重儒书，信佛法，凡中国经书皆以重价购之，独无《孟子》，云有携其书往者，舟辄覆溺。此亦一奇事也。"⑤ 相似的内容也见载于日本藤原贞干的《好古日录》和桂川中良的《桂林漫录》中。日本汉文学受《孟子》影响极小，像斋藤正谦《拙堂文话》中对《孟子》高调赞美的议论极为罕见。越南之有儒学，始于东汉末年的士燮任交趾太守。汉代的《孟子》注有三家，即赵岐、郑玄和刘熙，后二者已佚。刘熙曾避地交州，其《孟子注》在当地也有流传。李朝圣宗神武二年（1070）修建文庙，塑周公、孔子、孟子像。仁宗太宁四年（1075）开科取士，考儒家经典。后黎朝考试第一场内容以"四书"为主，只有《孟子》是必考者。这些不同，无论是中韩越之间的小异，还是日本与中韩越之间的巨差，原因何在，意义如何？都值得作深入探讨。

有些问题是受到西洋学术的刺激。自二十世纪七十年代以来，关于"文学典范"或"文学经典"的问题，在欧美理论界成为讨论的热点。从九十年代开始，这一问题也受到中国学术界的广泛关注。二十世纪欧美理论

---

① 《独庵玄光護法集》卷二《自警語》上，日本駒澤大学図書館蔵。

② 参见张伯伟《廓门贯彻〈注石门文字禅〉谫论》，原载张伯伟编《域外汉籍研究集刊》第四辑，中华书局，2008，后收入张伯伟《作为方法的汉文化圈》一书，中华书局，2011。

③ 《直斋书录解题》卷三"语孟类"，上海古籍出版社，1987，第72页。

④ 参见庞俊《齐诗为孟子遗学证》，载《四川大学季刊》1935年第1期文学院专刊；蒙文通《汉儒之学出于孟子考》，载《论学》1937年第3期；王国维《玉溪生年谱会笺序》，收入《观堂集林》卷二十三；曹虹《孟子思想对汉赋的影响》，收入其《中国辞赋源流综论》，中华书局，2005。

⑤ 谢肇淛：《五杂俎》卷四，上海书店出版社，2001，第86页。

界对于经典问题的热议，引起了对文学典范的修正（canon transformation），其背景就是二十世纪后期对多元文化的关注和评价。对西方文学史上的典范发出挑战的最强音主要来自两方面：性别和族群。前者是女性主义者，后者是非裔少数种族的评论家，他们纷纷发表了众多火药味十足的宣言和挑战性强劲的论著，并且在一定范围内和一定程度上取得了成功①，以至于在传统文学典范的捍卫者哈罗德·布鲁姆（Harold Bloom）看来，这些女性主义者、非洲中心论者等都属于"憎恨学派"（school of resentment）的成员②，因为其目的皆在于对以往文学经典的颠覆。如果回看十六世纪末、十七世纪初的朝鲜女性文学，在与拥有悠久的文学典范并占据主流话语权的中国相对应的场合，要通过何种途径才能建立起自身的文学典范？这与二十世纪后期的西方在"拓宽经典"（the opening-up of the canon）的道路上所发出的尖锐的、神经质的喊叫，或是犀利的冷嘲热讽和高傲的"对抗性批评"（antithetical criticism）有何不同？我们看到，从十七世纪到二十世纪的三百多年间，许兰雪轩作为朝鲜女性文学的典范，确立了她的文学史地位，其声誉也向东西方辐射，特别是在中国受到了热情而高度的礼赞。明人潘之恒指出："许景樊，夷女，尚擅誉朝鲜，夸于华夏。"③"夷女"之称，便涵括了女性和少数族群。如果我们不拘泥于含有偏见意味的"夷女"称谓，而是具体考察其"擅誉朝鲜，夸于华夏"的过程，就很容易发现，当这样一个文学典范出现在中国文人的面前时，她得到了真诚而一贯的慷慨赞美。就总体而言，他们既不是挟主流权威之势的打压，也不是以居高临下的方式施恩；既没有男女之间的性别之战，也没有中外之间的种族排斥④。而这一点，也许正是汉文化圈中文学典范建立的东方特色。在二十一世纪充满性别、族群以及不同文明之间的紧张、对立的今天，重温历史，我们也许能够对汉文化的价值和意义拥有更多的认同和肯定，也能够从域外文学典

---

① 比如在《哥伦比亚美国文学史》中，增加了不少女性和少数种族作家的篇幅，更改了过去美国文学史的版图。又比如《诺顿女性文学选集》和《诺顿非裔美国文学选集》等权威选本的编辑出版，建构了新的文学经典的阵容。而对于女性和非裔作家的研究，也堂而皇之地进入了大学的课程，拓宽了经典的名单。参见金莉《经典修正》，载《西方文论关键词》，外语教学与研究出版社，2006，第294~305页。

② 《西方正典》，江宁康译，译林出版社，2005，第14页。

③ 《吴门范赵两大家集叙》，《明文海》卷三百二十六，《四库全书》本，台湾商务印书馆版。

④ 孙康宜在《明清文人的经典论和女性观》（载《江西社会科学》2004年第2期）一文中，曾略微比较了明清文人与十九世纪英国男性作家对女性作家的态度，前者是对才女的维护，后者是对女作家的敌视或嘲讽，可看。

范的形成中得到一些有益的启示。这一类问题和视角，就是由西洋学术的刺激引导而来的。

从以上举例中不难看到，无论是通过阅读文献还是受西洋学术的刺激，都能产生新的问题，而只要将问题置于东亚视野之下，也就会别有一番意味。在这里，最需要的是整体眼光。我们处理的新问题，往往也是过去的理论和方法难以圆满解决的，由此也就势必导向下一个阶段——"新方法"。

四　提炼新方法的域外汉籍

阮元曾说："学术盛衰，当于百年前后论升降焉。"[1] 以百年升降衡论东亚学术，今日遇到的最大问题，就是如何反省西方学术对于东亚的影响和改造，它集中在方法的问题上。当然，由于认知角度和追求目标的差异，这也只是就我个人所能认识和把握的范围而言。百年前，东亚学术由传统向现代转型期间，在"方法"的问题上，几乎众口一词地要向欧美学习。其中日本走在最前列，东洋史学家桑原骘藏在二十世纪初说："我国之于中国学研究上，似尚未能十分利用科学的方法，甚有近于蔑视科学的方法者，讵知所谓科学的方法，并不仅可应用于西洋学问，中国及日本之学问亦非藉此不可。"不仅如此，整个东方学的研究莫不皆然："印度、阿拉伯非无学者也，彼辈如解释印度文献及回教古典，自较欧洲学者高万倍，然终不能使其国之学问发达如今日者，岂有他哉，即研究方法之缺陷使然耳。"[2] 胡适当年读到此文，乃高度赞美曰"其言极是"[3]。中国学者看待日本的汉学研究成果，大抵也取同样眼光。傅斯年在 1935 年说："二十年来，日本之东方学之进步，大体为师巴黎学派之故。"[4] 日本学者看中国学者的成绩，也着眼于此，狩野直喜在 1927 写的《忆王静安君》中说："王君能够善于汲取西洋研究法的科学精神，并将其成功地运用在研究中国的学问上了。

---

[1] 《十驾斋养新录序》，陈文和编《钱大昕全集》第七册，江苏古籍出版社，1997，第 1 页。

[2] 《中国学研究者之任务》，J. H. C. 生译，原载《新青年》1917 年第 3 卷第 3 号，此据李孝迁编校《近代中国域外汉学评论萃编》，上海古籍出版社，2014，第 79～80 页。

[3] 曹伯言整理《胡适日记全编》（第 2 册）1917 年 7 月 5 日，安徽教育出版社，2001，第 614 页。

[4] 傅斯年：《论伯希和教授》，原载《大公报》1935 年 2 月 19、21 日，此据《近代中国域外汉学评论萃编》，第 307 页。

我以为这正是王君作为学者的伟大和卓越之处。"① 这样的看法和主张，在当时的东亚形成了一股新潮流。真正独立不迁，在研究方法的探讨和实践上有所贡献的，只有陈寅恪堪称典范。他在 1932 年说："以往研究文化史有二失：旧派失之滞，……新派失之诬。"② 1936 年又说："今日中国，旧人有学无术；新人有术无学，识见很好而论断错误，即因所根据之材料不足。"③ "学"指材料，"术"指方法。旧派不免抱残守阙、闭户造车，新派则据外国理论解释中国材料，且标榜"以科学方法整理国故"。在陈寅恪看来，旧派固然难有作为，新派也算不得好汉。他在 1931 年强调"今世治学以世界为范围，重在知彼，绝非闭户造车之比"④，体现的是立足中国文化本位而又放眼世界的学术胸怀和气魄，可惜这一思想和实践少有接续者。综观陈寅恪在研究方法上的探索，他实践了"一方面吸收输入外来之学说，一方面不忘本来民族之地位"的历史经验，既开掘新史料，又提出新问题；既不固守中国传统，又不被西洋学说左右。在吸收中批判，在批判中改造，终于完成其"不古不今之学"⑤。

就域外汉籍的研究而言，我曾经提出"作为方法的汉文化圈"，试图在方法论上有所推进⑥。"汉文化圈"可以有不同的表述，比如"东亚世界""东亚文明""汉字文化圈"等，该文化圈的基本载体就是汉字。以汉字为基础，从汉代开始逐步形成的汉文化圈，直到十九世纪中叶，积累了大量的汉籍文献，表现出大致相似的精神内核，也从根柢上形成了持久的聚合力。以汉字为媒介和工具，在东亚长期存在着一个知识和文化的"文本共同体"或曰"文艺共和国"⑦。尽管从表面构成来说，它似乎是一个松散的

---

① 《王静安君を忆ふ》，原载《芸文》1927 年第十八年第八号，后收入其《支那学文薮》，みすず书房，1973。此据周先民译《中国学文薮》，中华书局，2011，第 384～385 页。

② 蒋天枢：《陈寅恪先生编年事辑》（增订本）附录二，上海古籍出版社，1997，第 222 页。

③ 卞僧慧：《陈寅恪先生欧阳修课笔记初稿》，载刘东主编《中国学术》第二十八辑，商务印书馆，2011，第 2 页。

④ 《吾国学术之现状及清华之职责》，《金明馆丛稿二编》，第 318 页。

⑤ 《冯友兰中国哲学史下册审查报告》，《金明馆丛稿二编》，第 252 页。参见张伯伟《现代学术史中的"教外别传"——陈寅恪"以文证史"法新探》，《文学评论》2017 年第 3 期。

⑥ 参见张伯伟《作为方法的汉文化圈》，载刘梦溪主编《中国文化》2009 年秋季号；《再谈作为方法的汉文化圈》，《文学遗产》2014 年第 2 期。作为这一理念的实践，还可以参见张伯伟《作为方法的汉文化圈》，中华书局，2011；《东亚汉文学研究的方法与实践》，中华书局，2017。

⑦ 日本学者高桥博已撰有《東アジアの文芸共和国—通信使・北学派・蒹葭堂—》（新典社，2009）一书，在某种程度上揭示了上述意义。

存在，但实际上有一条强韧的精神纽带将他们联系在一起。值得重视的是，这样一个共同体或共和国中的声音并不单一，它是"多声部的"甚至是"众声喧哗的"。如果说，研究方法是研究对象的"对应物"，那么，"作为方法的汉文化圈"的提出，与其研究对象是契合无间的。

作为方法的汉文化圈，以我目前思考所及，大致包括以下要点：其一，把汉文献当作一个整体，从文字到图像。即便需要分出类别，也不以国家、民族、地域划分，而是以性质划分。比如汉传佛教文献，就包括了中国、朝鲜半岛、日本以及越南等地佛教文献的整体，而不是以中国佛教、朝鲜佛教、日本佛教、越南佛教为区分。无论研究哪一类文献，都需要从整体上着眼。其二，在汉文化圈的内部，无论是文化转移，还是观念旅行，主要依赖"书籍环流"。人们通过对于书籍的直接或间接的阅读或误读，促使东亚内部的文化形成了统一性中的多样性。其三，以人的内心体验和精神世界为探寻目标，打通中心与边缘，将各地区的汉籍文献放在同等的地位上，寻求其间的内在联系。其四，注重文化意义的阐释，注重不同语境下相同文献的不同意义，注重不同地域、不同阶层、不同性别、不同时段上人们思想方式的统一性和多样性。诚然，一种方法或理论的提出，需要在实践中不断进行完善、补充和修正，其学术意义也有待继续发现、诠释和阐扬。因此，我期待更多的学者能够加入探索的行列中来。

所有的方法背后都有一个理论立场。"作为方法的汉文化圈"的理论立场是：首先，将域外汉籍当作一个整体，不再以国别或地区为单位来思考问题；其次，从东亚内部出发，考察其同中之异和异中之同；再次，特别注重东亚内部和外部的相互建构，而不再是单一的"中华中心""西方中心"或"本民族中心"。这样的理论立场，所针对的是以往的研究惯性，其表现如下：

中国有一个根深蒂固的观念，就是把周边国家的文化仅仅看成中国文化的延伸。从宋人刊刻朴寅亮、金觐的诗文为《小华集》开始，"小华"就是对应于"大中华"而言的。日本著名汉学家神田喜一郎有一部《日本填词史话》，但其书正标题却是《在日本的中国文学》①，他在序言中还明确自陈，此书所论述者是"在日本的中国文学，易言之，即作为中国文学一条支流的日本汉文学"。所以，在这一领域中最热门的话题也往往是"影

---

① 《日本における中国文学》，二玄社，1965。

响研究"。

"影响研究"是十九世纪比较文学法国学派所强调的方法，虽然在理论阐释上会强调"两种或多种文学之间在题材、书籍或感情方面的彼此渗透"①，但在研究实践中，注重的仅仅是接受者如何在自觉或非自觉的状况下，将自身的精神产品认同于、归属于发送者（或曰先驱者）的系统之中。由于十九世纪法国文学的伟大成就和在欧洲的垄断性地位，这一比较文学研究的结果也就单方面强化了其自身的辉煌。

十九世纪中叶以来，西方列强对东亚进行了极大的侵略和压迫，此后西方汉学家或东方学家大致搬用了英国历史学家汤因比（Arnold J. Toynbee）在其《历史研究》（A Study of History）中所归纳的"挑战—响应"模式，用于他们的东方研究之中。在这里，"挑战"的一方是主动的、主导的，"响应"的一方是被迫的、无奈的。有能力应对西方文明的挑战，这一文明就有继续生存的机会（当然也要将光荣奉献给挑战者）；反之，若无力应战或应战乏力，这一文明的宿命就是走向灭亡，这一地区的出路就是"归化"西洋。

上述研究趋向，从本质上来说，都隐含着一种文化帝国主义的理论立场（尽管很多时候是无意识的）。"大中华"观念是"中华中心"，"影响研究"是"法兰西中心"，"挑战—响应"模式则是"欧洲中心"。更需要指出的是，东亚知识分子在这一过程中，也自觉不自觉地"自我东方化"，他们在研究近代东亚的历史文化时，往往采用了同样的方法。用"挑战—响应"的模式从事研究的弊端，主要在于这是以发送方或曰挑战方为中心的。在十九世纪中叶以前的东亚，这样的研究强化了"中华主义"；在十九世纪中叶以后的世界，这样的研究强化了"欧洲中心"。它们都是以较为强势的文化轻视、无视甚至蔑视弱势文化，后者或成为前者的附庸，而前者总能显示其权威的地位。

于是就有了另一种趋向，从本质上说是属于民族主义的。在文学研究中，就是强调所谓的"内在发展论"。从二十世纪七十年代以来的韩国文学史著作，大多都在强调本国文学自身的独立发展，而完全割裂了与外在的特别是与中国文学的关系，正如韩国崔元植教授的叹息："近来越发切实地

---

① 基亚：《比较文学》第六版，颜保译，北京大学出版社，1983，第4页。

感受到我们社会对中国、日本的无知，其程度令人惊讶。"① 而在中国学术界，与对西方学术的模仿或抗拒相映成趣的，就是对于东亚的漠视。韩国学者白永瑞提出过这样的问题：在中国有"亚洲"吗？在他看来，"中国的知识分子缺少'亚洲性的展望'，尤其缺乏把中国放在东亚的范围里来思考问题的视角。中国要直接面对世界的观念很强烈，可是对周围邻邦的关心却很少"② 中国学者孙歌指出："就中国知识分子而言，一个似乎是自明的问题却一直是一个悬案：我们为什么必须讨论东亚？而对于东亚邻国的知识分子而言，中国知识分子的这种暧昧态度则被视为'中国中心主义'。"③

最近二十年，在欧美人文研究领域中影响最大的恐怕要数"新文化史"。它抛弃了年鉴派史学宏大叙事的方式，强调研究者用各种不同文化自己的词语来看待和理解不同时代、不同国族的文化，在一定程度上改变了"欧洲中心论"的固定思路，提倡用"文化移转"取代"文化传入"，后者强调的是主流文化单方面的影响，而前者强调的是两种文化的互惠④。在东方，沟口雄三提出了"作为方法的中国"，"想从中国的内部结合中国实际来考察中国，并且想要发现一个和欧洲原理相对应的中国原理"⑤，并且以李卓吾、黄宗羲的研究为个案，为明代中叶到清代中叶的中国思想史勾画出一条隐然的线索，实际上是提出了另外一种解读历史的思路。而直到2006年，有些中国学者还认为沟口这样的思维方式是"在关注内部线索时否定作为主流的外部线索，这样书写下来的历史只能是片面的、丢掉基本事实的历史"，甚至说"如果没有鸦片战争、甲午战争、十月革命的外来刺

① 崔元植：《"民族文学论"的反省与展望》，收入《文学的回归》，崔一译，延边大学出版社，2012，第94页。
② 〔韩〕白永瑞：《思想东亚——朝鲜半岛视角的历史与实践》，生活·读书·新知三联书店，2011，第114页。
③ 孙歌：《我们为什么要谈东亚——状况中的政治与历史》，生活·读书·新知三联书店，2011，第27页。
④ 这一观点最初由古巴社会学家费尔南德·奥尔蒂斯（Fernando Ortiz）提出，受到"新文化史"学者的赞赏，如彼得·伯克（Peter Burke）对此阐发道，这一转变的"理由是作为文化碰撞的结果不只是所谓的'赠与者'（似当为'受赠者'）发生变化，而是两种文化都发生了变化。……这种反向的文化传入，也就是征服者被征服的过程"。见《文化史的风景》（*Varieties of Cultural History*）第十二章，丰华琴、刘艳译，北京大学出版社，2013，第232页。
⑤ 〔日〕沟口雄三：《日本人视野中的中国学》（《作为方法的中国》），李苏平、龚颖、徐滔译，中国人民大学出版社，1996，第94页。

激，一百个黄宗羲也没有用"①。这可以说是长期陷入"挑战—响应"模式的后果。

基于以上的思考，我提出"作为方法的汉文化圈"，并将这一理念付诸实践。它期待一方面破除文化帝国主义的权势，另一方面又能打开民族主义的封闭圈。然而这只是希望对研究现状有所改善，并不奢望开出包治百病的良方。在这个意义上，我很欣赏法国学者安托万·孔帕尼翁对于理论的态度："文学理论是一种分析和诘难的态度，是一个学会怀疑（批判）的过程，是一种对（广义上的）所有批评实践的预设进行质疑、发问的'元批评'视角，一个永恒的反省：'我知道什么?'"② 兹援以为本文的结束。

[作者单位：南京大学域外汉籍研究所]

---

① 刘再复：《相关的哲学、历史、艺术思考——与李泽厚对谈选编》四"对沟口雄三亚洲表述的质疑"（2006），《李泽厚美学概论》，香港天地图书公司，2010，第 175 页。

② 〔法〕安托万·孔帕尼翁：《理论的幽灵：文学与常识》（*Le démon de la théorie：Littérature et sens commun*），吴泓渺、汪捷宇译，南京大学出版社，2017，第 15 页。

专题：《古本戏曲丛刊》与戏曲文献研究 ◀

关于完成《古本戏曲丛刊》的建议

程毅中

1954 年，前文化部副部长、中国科学院文学研究所所长、国务院古籍整理出版规划小组文学组召集人郑振铎先生独力编了一套《古本戏曲丛刊》，编到第四集，郑先生在因公出国途中不幸遇难殉职了。

此后，在国务院古籍整理出版规划小组组长齐燕铭同志的积极支持和指导下，1964 年又由吴晓铃先生等专家学者组成的编刊委员会，续编了《古本戏曲丛刊》第九集。当时齐燕铭同志倡议先编第九集，是为了配合历史剧的改编工作。正在继续编纂第五集的时候，却遇上了"文革"的十年浩劫。这项工作就停顿了十九年。

1983 年，国务院古籍整理出版规划小组第二任组长李一氓同志，又抓紧了《古本戏曲丛刊》的续编工作，召集研究人员和出版社、图书馆的负责人，商谈了多次。5 月 11 日，他在中国社会科学院文学研究所主持的古本戏曲和古本小说的工作会议上讲话，说："为了纪念郑振铎先生，要继续完成《古本戏曲丛刊》，实现郑先生的愿望。先解决五、六、七、八集，1985 年再议十集。这样才对得起郑先生，也对得起后代人。希望能看到全书。我承担了古籍规划，就负有责任。"

在李一氓同志的大力支持和督促下，1986 年终于由吴晓铃先生主编，上海古籍出版社印出了《古本戏曲丛刊》的第五集。李一氓同志写了一篇《谈〈古本戏曲丛刊〉的出版》，他提到了郑振铎，说："特别值得钦佩的是他以个人力量编印了《古本戏曲丛刊》四集，共约四百册。但是由于他因公殉职和十年浩劫，第五集以后就没有人继续编下去了。……我做为接替郑先生管理古籍整理规划的职责和郑先生很亲密的一个朋友，现在可以放心了，可以算对得起他了。……我更希望他们（指编者和出版者）继续密切合作，把第六、第七、第八集陆续编印出来。这不仅是中国戏剧界的大事，也是中国文化界的一件大事。我诚恳地希望各国家图书馆、大学图书馆和保有这类古籍的戏剧研究所和戏剧研究者，支持中国社会科学院文学研究所和上海古籍出版社的这一工作，提供资料，底于完成。"（1986 年 8月 3 日《解放日报》）不幸的是，李一氓同志没有看到六、七、八集的编印，就与世长辞了。从此《古本戏曲丛刊》工作又停顿了二十六年了。

现在古籍出版，比上世纪八十年代有利条件多了，有些困难不难克服。为了完成中国文化界的一件大事，为了纪念郑振铎先生，也为了纪念齐燕铭同志和李一氓同志，建议古籍整理出版规划领导小组能把《古本戏曲丛刊》的扫尾工作列入十年规划的重大项目，争取各有关方面的支持，继续努力，底于完成。

2012 年 5 月 17 日

[作者单位：中华书局]

【编者按】《古本戏曲丛刊》停顿三十年之后，能够于 2016 年继续推出第六集，要特别感谢中央文史研究馆馆员、中华书局前总编辑程毅中编审的一再呼吁。很荣幸程先生同意我们在此揭载他于 2012 年给全国古籍整理出版规划领导小组的书面建议！该建议得到有关方面高度重视，《丛刊》六、七、八集很快被列入"2011—2020 年国家古籍整理出版规划项目"。

《古本戏曲丛刊第六集》出版感言

吴书荫

《古本戏曲丛刊》从一九五四年二月初集问世，到二〇一六年三月第六集出版，经历了半个多世纪，其间一波三折，令人感慨万端。作为第六集编纂的亲历者，参加"古本戏曲文献与文本研究——以《古本戏曲丛刊》为中心"的研讨会，我感到特别高兴。想就我个人了解的情况，谈两个问题：第一，郑振铎先生关于《古本戏曲丛刊》总体设想和编辑出版；第二，《古木戏曲丛刊》在戏曲文献整理和研究中的价值。

一

郑振铎先生是我国戏曲文献搜集、整理、研究的先驱者，他早在20世纪30年代初，就有志于将传世古典戏曲的善本珍椠编印流通，使之化身千百得以保存和利用。1952年，郑氏身居文化学术界的领导，担任文化部副部长，兼国家文物局局长，并任北京大学文学研究所（今中国社会科学院文学研究所的前身）所长，才有条件使自己梦寐以求的理想成为现实。他召集志同道合者赵万里、傅惜华、杜颖陶、吴晓铃等组成编委会，编辑影印《古本戏曲丛刊》。他在初集的序言中谈到编印的宗旨和设想：

> 初集收《西厢记》及元明二代戏文传奇一百种；二集收明代传奇一百种；三集明清之际传奇一百种。此皆拟目已定。四、五集以下，则收清人传奇。或更将继之以六、七、八集，收元明清三代杂剧，并

辑曲选、曲谱、曲目、曲话等有关著作。如有余力，当更搜集若干重要的地方古剧，编成一二集印出。期之三四年，当可有一千种以上的古代戏曲，供给我们作为研究之资，或更作为推陈出新的一助。

《古本戏曲丛刊》初集，1953年8月付印，1954年2月上海商务印书馆出版，12函124册，收元明杂剧《西厢记》、宋元戏文及明传奇100种，附一种《功臣宴敬德不服老》。二集，1954年9月付印，1955年7月出版，商务印书馆出版，12函120册，收明传奇100种。三集，1956年10月付印，1957年2月由北京古籍刊行社（即人民文学出版社）出版，12函120册，收明代和明清易代之际的传奇100种。四集，1957年付印，1958年12月上海商务印书馆出版。此集原应编印清代顺治、康熙、雍正三朝的传奇。恰值1958年世界和平理事会决定把关汉卿作为当年的世界文化名人，为了配合纪念活动，四集改为编印元明二代杂剧，除流传较广的《元曲选》未列入，计收《元刊杂剧三十种》《古杂剧》《脉望馆抄校本古今杂剧》《古今名剧合选》（《柳枝集》和《酹江集》）等八种杂剧集，19函120册377种。1958年10月，郑振铎不幸殉职后，吴晓铃等编委继承其遗志，又续编印了第九集，22函124册，收清代宫廷大戏《封神天榜》《鼎峙春秋》至《忠义璇图》等10部，1962年1月付印，1964年1月由中华书局上海编辑所出版。郑振铎撰写了前四集的序，九集和五集的序由吴晓铃作。因为"十年动乱"，编印工作停顿。"一九八二年，中国社科院文学研究所把继续编辑《古本戏曲丛刊》的工作列入规划，并组成编辑委员会承担这项任务。在国务院古籍出版小组的关怀和支持下，经过两年多的工作，《古本戏曲丛刊》五集终于和读者见面了。"（吴晓铃《古本戏曲丛刊五集前言》）五集12函120册，主要收清代顺治、康熙、雍正的传奇，还补收几种明代的罕见剧本，计85种（附《九莲灯》四折、《四大庆》四本2种），1986年由上海古籍出版社出版。之后《古本戏曲丛刊》的出版，又长期陷于停顿状态，经过程毅中等学者的一再呼吁，去年在中国社会科学院文学研究所的主持下，由国家图书馆出版社出版了第六集，收录清代传奇12函180册109种。

已出版的七集《古本戏曲丛刊》总共收入戏曲作品973种及清代宫廷大戏10部。这是迄今为止规模最大的古典戏曲总集，虽然还未完成郑振铎先生当年在《古本戏曲丛刊初集序言》中的总体设想，但可称得上是规模最大的古代戏曲集，标志着我国戏曲古籍整理出版取得了突出的成就。

《古本戏曲丛刊》是一个宏大系统的古典戏曲文化工程，我们现在所完成的仅仅是其中一部分，按照郑振铎、吴晓铃等编委的设想是：

（一）《古本戏曲丛刊》

初集至十集收宋元明清的杂剧、南戏和传奇，估计在 2000 种以上。清代内廷编撰的历史故事和传说的"大戏"，集中编辑为第十一、十二集，这类大戏每种一般都在 100 或 200 出以上，绝大部分是以历史故事作为题材的，按照时代顺序，可以从殷周一直排到明末，是一种全史性质的戏曲集。由于许多宫廷剧本并无全帙，先选比较完整的草拟出《古本戏曲丛刊》第十一集目录。1961 年，为了配合当时学术界对历史剧的讨论，中央文化部副部长齐燕铭建议"把计划放在九集出版的清代内廷编演的历史大戏提前印行，为论争和创作供给文献和素材"（《古本戏曲丛刊五集序》），于是选出《封神天榜》至《忠义璇图》等十部戏，编为《古本戏曲丛刊》九集先行出版。

（二）《古本戏曲丛刊》外编"剧选"

周妙中先生原在文学所工作，为编《古本戏曲丛刊》调到中华书局，再派去担任吴晓铃的秘书，协助访书和拟目。《江南访曲录要》即写于此时。《古本戏曲丛刊》外编"剧选"，由她草拟一个选目（初稿），欲收西班牙皇家图书馆藏明嘉靖刊本《全家锦囊》（即《风月锦囊》）至日本长泽规矩也所珍藏清乾隆刊本《千家合锦》40 种（后又补充万历刊本《冰壶玉屑》《昆弋雅调》等五种）。

（三）《古本戏曲丛刊》外编"资料"

鉴于傅惜华、杜颖陶所编《中国古典戏曲论著集成》系排印本，不少学者想深入研究，需一睹善本古籍，《古本戏曲丛刊》编委会决定，在继续编印古本戏曲的同时，也将戏曲理论部分陆续影印出版，公开发行。周妙中先生草拟了第一批付印目录（初稿），收《录鬼簿》《曲录》（马廉、吴晓铃批校本）等 22 种关于曲目、曲律、曲韵、曲品、曲论和史料方面的书籍。就目前所获资料，先选其中需求较大、价值较高、版本较好者三四种先行付印。郑振铎先生逝世一周年，《古本戏曲丛刊》编委赵万里先生，联名郑先生的老友徐森玉先生（上海文管会主任、文史馆馆长）向中华书局上海编辑所建议将郑振铎藏《天一阁蓝格写本正续录鬼簿》影印，于 1960年出版。

（四）《古本散曲丛刊》目录（初稿）

郑振铎在自己的学术研究中，认识到散曲与戏曲的密切关系，也勤于搜集珍贵的散曲集，编辑了自己《所藏散曲目》。因此，他想在《古本戏曲丛刊》出齐后，再编《古本散曲丛刊》三集。吴晓铃在《古本戏曲丛刊》五集序中，对这个总的设想又做了进一步阐述，将编《古本散曲丛刊》三集，"庶其并戏曲十七集汇为二十集，得以相互生发启迪，则祖国曲学旧集囊括无遗矣"。周妙中先生拟定了目录初稿，包括"总集" 35 种，"元别集" 12 种，"明别集" 70 种，"清别集" 70 种。

（五）《古本戏曲丛刊》附录

这么宏大的古代戏曲总集，在选目、版本、作者署名、时代排序等方面，难免顾此失彼有所差错，特别是流散在民间、海外的孤本或珍贵的罕见本，还有待于发掘和引进。《古本戏曲丛刊》编委会又拟定了一个"附录"，包括《古本戏曲丛刊》"拟补目录" 87 个，《古本戏曲丛刊》"拟删目录" 124 个，《古本戏曲丛刊》"国外藏书目录" 19 个，《古本戏曲丛刊》待访书书目 25 个，以及《古本戏曲丛刊》"剧本的公私收藏家简表"。

（六）关于《古代戏曲丛书》

郑振铎先生曾经想，待《古本戏曲丛刊》出齐后，欲出一部《古代戏曲丛书》，从《丛刊》中挑选 100 种左右的剧本，进行标点和适当的注释，每本均冠以序文，供一般读者阅读之用。他亲自拟定了一个 110 种选目的初稿，除明弘治刊本《西厢记》外，其余都是南戏和传奇。

张庚老师在 1982 年 6 月《古籍出版情况简报》第 90 期，发表了《加强古典戏曲文献整理出版工作的建议》，其中一项就是《标点校印〈明清传奇〉计划》（这个计划由我草拟的）。李一氓召见张庚和俞琳先生后，决定由中国艺术研究院戏曲研究所戏曲文献研究室与中华书局合作，以《明清传奇选刊》的形式，不按时代先后，分册出版。已出的二十几册影响很好，因为经费捉襟见肘，未能出下去。直到现在，还有不少读者反映，希望将这个《选刊》继续出下去。

二

（一）《古本戏曲丛刊六集》前言："这七百余种珍贵戏曲文本的影印出版，堪称学界盛事，甫一问世，立即引起巨大反响，有力地推进了戏曲研究的深入发展。上世纪五十年代以来，中国戏曲史研究成为重要的学科，尤其是元明及清初戏曲研究能够取得突出成就，这套大型文献在其中起了至为关键的作用。"

的确如此，凡是从事元明清古典文学或戏曲教学和研究的学者，都要查阅和利用《古本戏曲丛刊》文本资料。早在二十世纪五十年代，程毅中先生在北大中文系当浦江清先生的研究生时，就认真读过《古本戏曲丛刊》初集和二集，发现初集所收《白蛇记》《连环记》《蓝桥玉杵记》《续西厢升仙记》《丹桂记》的作者问题，如郑振铎先生《劫中得书记》认为《蓝桥玉杵记》为杨之炯作，"然而原本却题云水道人著，而云水道人实在并非杨之炯"，于是写成《几种古本戏曲的作者》，发表在1957年第四期《戏剧论丛》"学术通讯"上。由于当时政治气候的变化，很快就是"反右运动"，对这类学术问题的讨论和研究便无人问津。至今不少研究者及工具书仍沿用旧说，程先生非常感慨和无奈，为了纪念浦江清先生逝世六十周年，他又将自己的旧作重刊在近期的《文学遗产》网络版上，希望藉此以推动古典戏曲的深入研究。

（二）近年来我常在电脑上浏览戏曲古籍整理和研究的情况，中青年学者所取得的新成果，令我兴奋不已。如：

1.《怀香记》，写晋司空贾充之女贾午，偷御赐名香给所爱韩寿的故事，为《六十种曲》中名剧。《古本戏曲丛刊初集》第五十八种，据汲古阁原刊本影印，署名陆采撰。张文德教授《沈鲸〈青琐记〉与今存本〈怀香记〉关系论考》①，用《群音类选》卷22收录《青琐记》10出佚曲和《怡春锦》之《赠香》，与《怀香记》比勘，再稽以其他材料，证明"《青琐记》《怀香记》为同剧异名"，而陆采同题材之剧为《偷香记》，已佚。关

---

① 张文德：《沈鲸〈青琐记〉与今存本〈怀香记〉关系论考》，《徐州师范大学学报》2011年第6期。

于沈鲸的生平，《咸丰兴化县志》卷七"选举"，只有两句话："明成化年间，任嘉兴府知事。"而江苏师范大学文学院顾芯佳《沈鲸生平考》①，从嘉兴南湖揽秀园碑刻文物公园，发现鲍恂《嘉兴路总管府经历司题名记》之记载，再以《明史·地理志》《嘉兴府图记》及方志文献，考订沈鲸非平湖人，而是扬州府兴化人，弘治十二年任嘉兴府知事。

2. 《惊鸿记》，是写杨贵妃和唐明皇的名剧。《古本戏曲丛刊二集》第二十九种收录，为金陵世德堂刊本。据《明代传奇全目》著录，神田喜一郎藏有明万历十八年原刊本，无缘寓目。后承日本九州大学竹村则行教授寄赠《惊鸿记校注》（稿），所用的就是神田喜一郎的藏本，据此本卷首沈肇元和叔华周郑王的两篇序，才知道此剧非吴世美所撰，而是其仲兄的作品。当时我无暇去考订，2013 年《文化遗产》第三期刊登中山大学博士李洁《〈惊鸿记〉的作者及其家世考》，终于搞清楚《惊鸿记》的作者应为吴世熙，订正了自《曲品》以来诸家戏曲书录的错误。

3. 从第五集开始，收录流落海外的孤本戏曲，如日本神田喜一郎珍藏的《断发记》，收入五集第一函第二种。此书为明万历十四年金陵世德堂刊本，未署撰者。1983 年日本京都思文阁影印出版《中国善本戏曲三种》收此本《断发记》，卷首附有山口大学岩城秀夫教授的解说，他认为《断发记》与《宝剑记》两剧曲词押韵相同，故应同为李开先著。此说为国内某些学者所认同，不仅《古本戏曲丛刊》五集目录标为李开先，甚至专门研究李氏著作的学者，也未加以鉴别，将《断发记》收入《李开先全集》。然而并非如此，《琵琶记》对明代传奇创作影响深远，它被推崇为南戏之祖，周维培博士曾考察过《古本戏曲丛刊》一至五集所收戏文和传奇的用韵情况，像陆采、李开先、梁辰鱼、张凤翼、王骥德、汤显祖等许多名家的传奇作品，都有意追随以《琵琶记》为代表的戏文用韵规范。② 仅从用韵相同，就断然肯定《断发记》为李开先作，未免有点草率。况且王世贞《艺苑卮言》所记李氏之作仅《宝剑记》《登坛记》二种，无《断发记》，清初耕读山房《曲品》、乾隆杨志鸿抄本《曲品》及《远山堂明曲品》皆将它置于无名氏之列。而青年学者欧阳江琳《〈断发记〉作者考辨》③、刘恒

① 顾芯佳：《沈鲸生平考》，《江海学刊》2015 年第 6 期。
② 周维培：《论中原音韵》，中国戏剧出版社，1990，第 56~64 页。
③ 欧阳江琳：《〈断发记〉作者考辨》，《中山大学学报》（社会科学版）2001 年第 6 期。

《〈断发记〉版本流传及作者考辨》①，经过认真考订，一致认为《断发记》非李开先作，乃是明初佚名的作品。

4. 五集第三册所收旧抄本《一合相》传奇，为清乾嘉时沈观所撰，误将其张冠李戴，署名为明沈嘉谟，可是他的剧作已佚。此说见郑志良《汪仲洋与沈观——〈玉门关〉〈一合相〉传奇作者考》。②

当然，还远不止这些，仅举例说明。

（三）《古本戏曲丛刊》为元、明、清三代戏曲总集的编纂提供了丰富的文本资料。王季思先生率先带领中山大学老中青组成的学术团队，主编《全元戏曲》12巨册，于1990年1月由北京人民文学出版社出版。近几年中山大学黄天骥、黄仕忠教授又追步后尘，继续主编《全明戏曲》。中国人民大学朱万曙教授勇挑重担，担纲《全清戏曲》的主编。这两个大项目都列入国家社科重大古籍整理项目。陈志勇副教授多方搜集海内外明清孤本戏曲选本，正在着手编纂《明清孤本戏曲选本丛刊》，因此，《古本戏曲丛刊》外编"剧选"的工作，也指日可待。《古本戏曲丛刊》所包含的《散曲丛刊》，虽然还未提到日程上来，但四川师范大学赵义山教授，已召集一批志同道合的学者着手做这个工作。以上这些项目完成后，郑振铎等老一代专家的设想就可以通过另一种形式得以实现。我相信在各种"总集"的编纂过程中，将会出现一大批高质量的研究论文，推动古代戏曲史论的研究向纵深发展。

（四）关于《古本戏曲丛刊》数字化的问题。为了弘扬我国悠久的传统文化，中宣部提出戏曲进校园，对我们是极大的鼓舞。随着高科技的迅猛发展，许多大型古籍整理成果已经或正在进行数字化的处理，可以将《古本戏曲丛刊》从"初集"卅始，逐步进行数字化工作。按照《丛刊》的设想，待全部工程完成后，需要对作家和作品的时代，进行订正、调整、替换和补充，弥补由种种原因所造成的影印缺憾。现在看来，再影印出版大规模的纸质线装本的戏曲总集，已经是不可能的事，何不趁每集数字化之前先进行这一步工作。然后，再用彩色扫描仪录入，可以不失真地再现戏曲古籍原貌。中华书局影印中心对北大图书馆所藏玉霜簃抄本曲集做了部

---

① 刘恒：《〈断发记〉版本流传及作者考辨》，《齐鲁学刊》2013年第2期。

② 郑志良：《汪仲洋与沈观——〈玉门关〉〈一合相〉传奇作者考》，《明清戏曲文学与文献探考》，中华书局，2014，第318～336页。

分扫描，连朱笔批注的工尺谱、身段谱都非常清晰。数字化后的《古本戏曲丛刊》制成软件或网页，将极大地便于研究者和戏曲表演团体的使用，这不仅能推动戏曲古籍的整理和研究，而且有利于戏曲表演艺术的推陈出新。

2017 年 7 月 18 日草拟

2018 年 3 月 25 日修改

[作者单位：北京语言大学人文学院]

忆念《古本戏曲丛刊第五集》的编辑和考订

么书仪

吕薇芬是北大中文系 55 级（60 届）的毕业生（我是 68 届），她虽然只是早我 7 年大学毕业，可在我历经了在新疆奇台县 8847 部队解放军农场种地、接受解放军的再教育、教中学、上研究生共计 13 年的辗转之后，1981 年进入文学所的时候，她在文学所已经耕耘了 20 个年头。当时，她刚刚从民间室贾芝手下调到古代室研究元杂剧，不久我们俩就成了同行。她头脑清楚、记忆力不错、沉得住气、有涵养、会说话却从不抢话说……在我的心里，她当得起我的老师。

1982 年，文学所副所长邓（绍基）先生问我：愿不愿意参加《古本戏曲丛刊第五集》的编辑工作？我想：我刚刚从中国社会科学院研究生院文学系元明清专业毕业留在文学所工作，既没有挑选的理由，也知道编辑《古本戏曲丛刊》是一个戏曲古籍整理的大项目，参加了可以增长见识，能够让我参加也是看得上我，而且，合作者是吕薇芬应该不错，于是就点头同意了。

参加之后，我从吕薇芬那里慢慢知道了：这个项目是国务院古籍整理出版规划小组组长李一氓"直接抓"的"选题项目"，文学所也"很重视"，郑振铎时代成立的"《古本戏曲丛刊》编委会"委员吴晓铃先生和当时文学所的邓副所长、古代室主任刘（世德）先生，都是这个项目的领导者……

不久，我就明白了，这件事情的实际参加者虽然是五个人，干活的就是我们俩，就像是曾经参加前四集的干活的人是北京的陈恩惠先生、郑云迴女士、周妙中女士、伊见思先生和上海的丁英桂先生一样，吴晓铃先生说他们是"寞寞地辛勤着，不求闻达，未为人知，然而永远也不会被我们忘记"。（《古本戏曲丛刊第五集序》）吕薇芬对我说：李一氓说是要向全国的图书馆打招呼，凡是《古本戏曲丛刊第五集》编辑用书，一概不收钱——显示了这个项目的独特和重要。

听说，《古本戏曲丛刊第五集》的首次编辑是吴晓铃先生在周妙中先生大量访书的基础上完成的，在李一氓的支持下，吴晓铃先生将选定的一百余种顺治、康熙、雍正三朝的传奇刊本和抄本汇齐之后，连同编目一起交给了上海古籍出版社，上海古籍出版社审阅之后把全书送回，要求返工：重新查书、比较版本、选择书品、配补缺页和漫漶不清的印页，同时要为这些刊本、抄本的作者、出版者、出版年代进行考订……在目录上要有标注。

当时，在影印古籍方面，上海古籍是全国首屈一指的出版社，他们的编辑中很有一些版本方面的内行（责编府宪展就是一个），人家提出的问题头头是道，吴晓铃先生提供的本子距离要求显然是有很大的差距，所以文学所二话没说就找了吕薇芬返工，吕薇芬觉得一个人势单力薄，就提出让我也参加，所以，我就这样成了干活的成员。

《古本戏曲丛刊》是古本戏曲的结集，当时已经刊出的有一、二、三、四和第九集。

中华人民共和国成立之初的 1952 年，时任文化部副部长、北京大学文学研究所（后来的社科院文研所）所长的郑振铎先生就开始筹划《古本戏曲丛刊》的出版事宜，他有一个庞大的计划："初集收《西厢记》及元明两代戏文、传奇 100 种；二集收明代传奇 100 种；三集收明、清之际传奇 100 种，此皆拟目已定。四、五集以下，则收清人传奇，或将更继之以六、七、八集，收元、明、清三代杂剧，并及曲选、曲谱、曲目、曲话等有关著作。若有余力，当更搜集若干重要的地方古剧，编成一、二集印出。期之三、四年，当可有 1000 种以上的古代戏曲，供给我们作为研究之资……"（郑振铎《古本戏曲丛刊初集序》）他还说："这将是古往今来的一部最大的我国传统戏曲作品的结集。"（见吴晓铃《古本戏曲丛刊第五集序》）

郑振铎先生本人就是文学史家和版本学家，深知研究者搜集资料的不易，也深知抢救不断流失的戏曲古本的迫切，他在 30 年代就曾经以个人之力，谋求印制元、明、清戏曲的珍本，希望这样的本子能够"化身千百"（郑振铎《古本戏曲丛刊初集序》），成为研究者唾手可得的研究资料，可惜的是，在依靠个人的财力自费、举贷影印了《西谛影印元明本散曲》《新编南九宫词》《清人杂剧初集》《清人杂剧二集》《长乐郑氏汇印传奇》之后，已经是难以为继。

中华人民共和国的成立，给出任文化部副部长和北京大学文学研究所（后来的社科院文研所）所长的郑振铎先生带来的希望是：他觉得可以依靠单位、国家的力量来完成这个功德无量的事业了。所以他从 1952 年就开始着意寻找志同道合的戏曲行家和版本学家，着手成立了"《古本戏曲丛刊》编委会"，成员是：杜颖陶、傅惜华、吴晓铃、赵万里。郑振铎自己挂帅，选择了影印古籍首屈一指的上海商务印书馆，于 1953 年 8 月付印《古本戏曲丛刊第一集》，半年后，限量发行的 620 部影印本就问世了，这 620 部书每一部都有编号，文研所现存的一部编号是"545"。

由于郑振铎先生本人是一身二任了"文化部副部长"和"文学研究所所长"，所以，他成立"《古本戏曲丛刊》编委会"的时候，自然可以考虑选择顶尖的戏曲版本专家，而不限于文研所（杜颖陶、傅惜华、赵万里就都不是文研所的人）。"《古本戏曲丛刊》编委会"在当时就成了一个"跨单位"的、似乎又是文化部和文研所双重管辖下的一个很特别的组织——这个组织的成员都另有所属单位，只是在做"古本戏曲丛刊"的时候一起合作。

这个班子效率极高，二、三、四集分别于 1955 年 7 月（影印 540 部）、1957 年 2 月（影印 450 部）、1958 年 12 月刊出——这样的速度得以实现，主要是因为早有准备的郑振铎先生是在诚心诚意地做这件事，同时也得力于郑振铎本人有文化部副部长的职位，"现管"着这一块儿，而当时图书馆还没有不得了的控制权，也与那时候"学术研究""文化事业"和"保存古籍"还都是学者们认真对待的事情有关。

《古本戏曲丛刊第四集》原本计划是收录清人的作品，元杂剧并不在《丛刊》的收集范围之内，但是在编辑过程中，大家发现元杂剧版本也很复杂，值得做一集，恰恰又赶上 1958 年世界和平理事会将关汉卿定为"世界文化名人"，为了"配合"纪念活动，《古本戏曲丛刊第四集》就改印了元杂剧。

1958 年 10 月 18 日，郑振铎率领中国文化代表团出国访问，因为飞机失事而一去不返，他行前为《古本戏曲丛刊第四集》写下了"序言"，却未及见到第四集的出版。

吴晓铃先生说是"西谛先生逝后，何其芳兄（1912～1977）继任文学研究所所长，他建言把《古本戏曲丛刊》的编印工作继续下去并且列为所的规划项目，由于西谛先生和杜颖陶先生已经故世，我们重新组织了编辑委员会，在傅惜华、赵斐云两先生和我以外，又增聘了阿英（钱杏邨）、赵景深（旭初）和周贻白（夷白）三位先生，共六位委员。中央文化部的齐振勋（燕铭）学长（1907～1978）曾经给予我们无量的关怀和无畏的支持……1961年计划把原定在四集出版的清初传奇纳入五集的时候，文学艺术界正在由于几个新编历史剧的出现，展开了从理论到实践的激烈论争，振勋学长也参与了讨论，他建议把计划放在九集出版的清代内廷编演的历史大戏提前印行，为论争和创作供给文献和素材。于是我们又复改易初衷，匆促重定选目，于1962年1月交由中华书局印行，1964年1月出版了包括从敷衍商、周易代的《封神天榜》到宋代水泊英雄聚义的《忠义璇图》等十种历史传说的剧本一百二十四册"（见吴晓铃先生第九集序言）。这也是当时各个行业都遵循的积极"配合"政治运动的态度。

"文革"之中，这"厚古薄今"的《古本戏曲丛刊》让第九集的执行编委吴晓铃先生吃尽苦头，除了"低头认罪"、誓言"永不再犯"之外别无他法……之后的很长一段时间里，《古本戏曲丛刊》都不再有人提起。

说这些是为了说明原计划在第四集的清初（顺治、康熙、雍正）传奇，何以变成了第五集，而且延宕至28年后的1986年方才出版——以至于耗得原来的"《古本戏曲丛刊》编委会"的五位成员和郑振铎之后的文研所所长何其芳时代重组的编委会新增的三位成员已经先后去世了七位，吴晓铃先生成了编委会的硕果仅存，而且他也已经不再年轻。

1982年，国务院古籍整理出版规划小组（组长李一氓）又有计划继续《古本戏曲丛刊》的出版事宜，此时此刻文学所的所长已经轮到了许觉民和副所长邓绍基，文学所重新拾起《古本戏曲丛刊》，也算是对于第一任所长郑振铎开拓的整理戏曲古籍大业责无旁贷的继承——文学所搭成了一个5人（吴晓铃、副所长邓先生、古代室主任刘先生、吕薇芬和我）参加的临时组合，除了吴晓铃先生之外，似乎是其他人都没有正式的"名分"。

轮到了我们俩干活很光荣自不必说，我是没有什么负担，吕薇芬比我辛苦得多：我们俩原本都是研究元杂剧的，两个人都需要迅速地"恶补"，进入清初传奇的版本研究，而且她得事先弄清楚我们俩需要做的《古本戏曲丛刊第五集》的编辑和考订都包括些什么内容。

……社科院 7 楼的文学所分给我们俩一间屋子（759 号）做工作室，除了每人一张桌子（抽屉里面放着工作用书、纸笔、资料、调查表）之外，屋里还放着四五只战备箱和一个木制书柜，用以盛放原"《古本戏曲丛刊》编委会"存放在文研所图书馆的《古本戏曲丛刊》初、二、三、四、九集的样书若干套，那应该是"《古本戏曲丛刊》编委会"的财产。文研所图书馆移交给我们这批书的时候，邓、刘二位先生让我们俩进行清点和签字，包括吴晓铃先生在内的三位领导都不在场——我们俩显然是以新一届编委会的身份接受和暂时代管了这宗遗产。

我们的工作首先就是到全国各大图书馆去调查版本情况，填写吴晓铃先生制定的《古本戏曲丛刊作品调查表》。

调查表的调查项目非常详细：书名、撰人、时代、藏家、书号、刻家、版面描写（书的长、宽几何，每叶多少行，每行多少字，有无双行）、种数、卷数、出数、叶数（平装书的正反两页是线装书的一叶）、函册、序跋与批注情况、残缺与污损情况，等等，都需要查书的人一一填写明白，最后两项"鉴定意见"和"备注"就是吴晓铃先生的事了。

因为这一百余种书的每一种都可能有好几种刊本和抄本散在全国的各大图书馆善本室，都要查到，因为《古本戏曲丛刊》的体例是"求全求备"（见郑振铎《古本戏曲丛刊四集序》），所以查书的工作量就很大，为此，我的研究生院文学系元明清戏曲专业的同学王永宽被暂时借调过来参加查书工作，他当时已经从中宣部调回老家，在河南省社科院文学所工作了。

王永宽被分配查一部分书，有时候看到他带回来填写好的调查表，说是要交给吴晓铃先生。我和吕薇芬是一个小组，我们俩负责北京市、上海市、南京市、广州市和山东省各大图书馆善本室的查书，填写调查表，去外地图书馆出差也总是一起去。

翻出当年的一沓子笔记来看，笔记中记录着我们去过中山大学图书馆善本室，查阅过他们的《笠翁传奇十种》《墨憨斋新曲十种》《念八翻传奇》《芝龛记》《旗亭记》。去过中山图书馆，查阅了他们的《笠翁传奇十种》《玉燕堂四种曲》《西堂乐府》《芝龛记》《六如亭》……

南京图书馆给我留下的唯一印象是管理员问我们："你们从哪里知道我们有这本书？"

记忆中还去过上海图书馆善本室，查阅过他们所藏的孔传铽"三软"中的《软羊脂》和《软邮筒》，吴晓铃先生著录的上图藏本是"抄本"，可是，我们在上图却看到了这两种传奇的"稿本"，当时的高兴之情真是难以言表！

"三软"之中的第三种《软锟锖》藏在济南山东省图书馆善本室，所以我们从上海坐火车去了山东。

去山东的第一站是曲阜，先找到做宋代研究的刘乃昌先生帮我们住进招待所，然后带我们去曲阜师院图书馆善本室，可是已经忘记了是查阅哪本书。

因为临行的时候，刘先生让我们去孔林拍回一张孔尚任的墓碑照片，所以我们去了孔庙、孔府和孔林。我们俩都是第一次到曲阜孔庙，感觉到曲阜的孔庙确是气象恢弘，与众不同。拜谒了至圣先师，参观了孔府之后，就打算去孔林了。

记忆中的孔庙、孔府出口处有不少三轮车争抢生意，说是孔林距离孔庙很远，我们花一块钱选了一个十五六岁的男孩拉的三轮车去孔林，觉得会比较安全。这三轮车和北京的不一样，我们俩坐在前面车斗里的木头板凳上，那个男孩在后面蹬车，一路上他很高兴地和我们聊天，说他自己是孔子的旁系七十几代孙，台湾的那个嫡系七十几代孙还得管他叫叔呢！我们俩都笑起来，聊着聊着我们就知道了：因为这样拉客的三轮车竞争激烈，他希望我们俩回程还坐他的车。

孔林比较荒凉，参观孔林的人也很少，时间又已经快要傍晚，拉车的男孩帮着我们好不容易找到了孔尚任的墓碑，赶紧拍了照片，又坐上了他的车。

山东的第二站是泰安，我们俩都没有去过泰山，我们想抽两天去爬泰山，也想在泰山看日出。

……山东的第三站是济南，我们得去山东省图书馆善本室查书并复印孔传铽的《软锟锖》。

我们在善本室的卡片中找到了这个"民国抄本"，卡片上面写着：吴晓铃先生断为"海内孤本"。我们两人边看边讨论着：此本虽然抄于民国时代，且是否据孔传铽稿本过录已经不可考，但此本既经吴先生断为海内孤本，也就十分珍贵了。况且，它的卷首与稿本《软羊脂》一样有"西峰樵人"题诗，它的署名"也是园叟"编词，也与稿本《软邮筒》所署相同，因此，这个民国抄本或许是从稿本系统而来亦未可知。孔传铄的"三软"没有刊本传世，能够找到两种"稿本"和一种已经是"海内孤本"的"抄本"，也可以算得是一件幸事了。

正在高兴的时侯，我们被山东省图书馆善本室告知：因为是"海内孤本"，所以要想复印此书的话，收费加倍……李一氓"凡是《古本戏曲丛刊第五集》编辑用书，一概不收钱"的话一出北京就不灵光了，这山东省图书馆是我们这一次出差的最后一站，我们俩都已经囊中羞涩，原本计算够用的钱，一旦"收费加倍"就不够了。吕薇芬打扫了所有的公私款项，还差一点，最后，她把我们两人从山东大学招待所租用的图书馆食堂的碗筷换回了押金，才凑齐了复印这部民国抄本《软锟铻》的费用，我们把重金复印到手的海内孤本小心翼翼地锁进箱子，就坐在大明湖边一个卖烤白薯摊子的小板凳上面，一边吃烤白薯充当午饭（我们已经没钱吃饭了），一边商量怎么回北京……

最后的结果是：我去找当时因为两地问题长期不能解决，刚调回山东老家，在山东省博物馆工作的北大中文系教古汉语的老师吉常宏，向他借了钱，火车票买不到，只好买了两张飞机票，坐上一架只有38位乘客的小飞机，一杯热茶都没有喝完就一路平安地回到了北京。两个星期以后，同一时间（同一航班）的小飞机居然在北京机场折断，听到这个消息之后，我们俩相视无言了好一阵。

……

调查版本所有的、几百份填写好的调查表在当时都已经上交给吴晓铃先生，以备吴先生根据调查表决定弃取，我们手中都没有存档。

查阅各种版本的事情结束以后，领导们只要看调查表，一百余种传奇的基本情况就可以了然于心，叶数也都有确切的登记。

此次翻检旧物，居然有李渔的"传奇八种"中的《双锤记》《偷甲记》调查表抄写的内容存留至今，想来是因为我们俩在《古本戏曲丛刊第五集》完成之后，合写了《关于〈通玄记〉和〈传奇八种〉》，吕薇芬执笔前一半，兰茂的《性天风月通玄记》，我执笔后一半《传奇八种》，发表在《文学遗产》1985年第二期上，所以才会抄下"调查表"的内容保存下来，这样的不经意的残留品是抄写在调查表的背面，而今居然让我可以复原当初的旧表，也让我今天可以回忆起当年坐图书馆查书的辛苦，和那年头做事的一丝不苟。

《古本戏曲丛刊》作品调查表

集　号				年　月　日
书名	《双锤记》（一名《合欢锤》）《传奇八种》之一（第一、二册）		藏家	北图善本室
撰人	李渔		书号	4151
时代	清初		刻家	
版面描写	栏高 19.5cm　宽 12cm　半叶 8 行行 20 字 版心单鱼尾　有书名双锤记			
种数 卷数 出数 叶数 函册	一种 二卷二册 上下卷各 18 出　计 36 出 83 加 94　共计 177 叶　其中目录 3 叶			
序跋与批注情况				
残缺与污损情况	纸较白　字迹清楚　上卷目录和下卷最后 5 叶有残损　影响到曲文			
其它情况				
鉴定意见				
备注				

记忆中为了后来收入《古本戏曲丛刊第五集》的《传奇八种》，我们俩查阅了北图善本室藏《传奇十一种》《传奇八种》，北大善本室藏《李笠翁十种曲》、《传奇八种》、《笠翁新乐府》（内封有"笠翁新三种传奇"字样）、《笠翁传奇五种》（函套标题为"范氏五种传奇"），一共填写过 45 张调查表。

从康熙、雍正时代起直至近人王国维为止，各家对于《传奇八种》作者的著录都不相同，相继出现了"李渔作""范希哲作""四愿居士作""龚司寇门客作"和"无名氏作"五种说法的情况我们也做了考订。

根据清初高奕的《新传奇品》、雍正初成书的《传奇汇考标目》的记载差异可以知道，在康、雍之际，《传奇八种》的作者实际上就已经开始出现异说。

我们根据清初以来成书的《新传奇品》《传奇汇考》《乐府考略》《传奇汇考标目》《笠阁批评旧戏目》《重订曲海总目》《曲海目》《曲目新编》以及《曲海总目提要》《今乐考证》《曲录》等等曲目的著录不

同，觉得"李渔作"说、"范希哲作"说和"四愿居士作"说的支持证据都很薄弱，我们倾向于"龚司寇门客作"说，但是也缺少直接的证据，所以，收入《古本戏曲丛刊第五集》的《传奇八种》仍然署佚名作，留待后人的研究。

1986 年 5 月影印出版的《古本戏曲丛刊第五集》之中的第十一函和第十二函中所收，就是我们选定的"佚名作'传奇八种'"，内封（扉叶的正面）上写着："湖上李笠翁先生阅定绣刻传奇八种富贵仙满床笏小江东中庸解雁翎甲小莱子合欢锤双错锦"。印在书根上的戏目分别是：万全记、十醋记、补天记、双瑞记、偷甲记、四元记、双锤记、鱼篮记。每一种在扉叶的反面的书牌子上都有"据北京大学藏清康熙刊本景印"字样。

我们俩开始坐下来撰写第五集的目录，目录内容有：书名、卷数、作者所属朝代、作者姓名、刊刻时代、版本及册数。一百多种书的目录，我们俩整整写了两个月。

这两个月我们俩做的是真正的考据和研究，比如：对于"书名"，各种书目会有不同的著录；对于"作者"，各种书目经常也是说法歧异；"作者所属朝代"当然也会有不同的说法；作者姓名、作品的写作和刊刻的年代都会说法不一……这些都需要一一排除辨证。

版本问题最麻烦，如果是刊本，是哪一朝何处的刊本？家刻还是坊刻？如果是抄本的话，是谁的抄本？是稿本？家抄本？旧抄本？传抄本？……都要尽力弄清楚。

为此，文本本身的印章、批点、序文、末识、题诗、题字、所署室名别号、书品、讳字等等，都有可能是依据和线索，而最棘手的是草书序文和印章，有时候，去请教文学所以博学著称的曹道衡、沈玉成、陈毓罴……他们也会一筹莫展。

选择版本的标准是"刊刻（或者抄写）早"、"书品好"，记忆中在选择版本的时候，碰到过的最有意思的情况是：一个传奇作品的两个半叶都是断版的拼接，开始读起来上下两块断版的文意总是连接不上，我们俩读来读去很多遍，想来想去不得其解，最后吕薇芬突然发现——两叶的断版上下段相互错接在一起了……这是一件即使是在古籍整理的专著上都找不到的奇怪错误啊！找到了这个"答案"的当时，我们俩真是高兴之极，我们的处理只能是注明把它断开重接——"断开重接"四个字看起来并不起眼，可是这四个字背后的甘苦只有我们俩知道。

另一件记忆深刻的事件是：一个传奇作品据"北图藏本"的序言可以断定一个刊刻时间，可是同一个作品的"上图藏本"竟然多出了一个序言，根据这个序言，刊刻的时间竟然可以被提前一个年号，当时，我们俩也是好高兴啊！

在《古本戏曲丛刊第五集》一百多种传奇的选择版本和考订过程中，这类有意思的事情其实不少，可是因为当时出版社催得紧，也没有想到过为了将来写散文应该记录下来，所以事到如今，即使是两个人凑到一起，能够这样回忆起来，还能够想清楚来龙去脉的也就寥寥无几了。

我们俩整理了一份第五集的目录，一百多种本子的书名、卷数、作者所属朝代、作者姓名、刊刻时代、版本、册数都已经标注清楚，这份目录与当初被上海古籍出版社退回来的、吴晓铃先生所拟的目录相比已经是面目全非，三位领导都没有什么异议——毕竟版本是要靠对于多方面的材料的掌握和了解才可以具有发言权的啊。

之后是我们俩第一次坐上了直达上海的软卧车厢，一路顺风地押书到了上海，责任编辑府宪展（这个学者型的编辑现在已经是敦煌学家）把我们直接拉到上海古籍出版社，这一次，我们选择的本子和确定的目录也被出版社顺利通过，因为《古本戏曲丛刊》每一集都是以一万叶左右为限，所以，第五集最后也只收入了顺、康、雍传奇 85 种。（我们已经考订完毕的有一百多种，未能收入第五集的，应该是还在上海古籍出版社）那是1984 年的事情。

现在我们手中的《〈古本戏曲丛刊第五集〉未收之目录》竟有 53 种之多。

《古本戏曲丛刊第五集》于 1986 年出版，12 函 120 册，蓝色的封套，很古雅。参加者每个人得到了一套样书。

……

2004 年，由于听到了一些关于《古本戏曲丛刊第五集》的闲言碎语，内容与我们俩完成的《古本戏曲丛刊第五集》相关，吕薇芬觉得有必要写一份1982 至 1984 年我们俩参加这个项目的全过程交给科研处，算是"立此存照"，我当然没有异议，于是，就有了"关于《古本戏曲丛刊》项目的一些情况的回顾"，全文如下：

　　原文化部长、文学研究所所长郑振铎于 1952 年，考虑到研究戏曲的学者搜寻资料十分困难，剧本散见于各地图书馆，常为借阅而奔波，因此有编辑《古本戏曲丛刊》的动议。这一设想得到有志于戏曲研究的同仁们的欢迎。同年，组成编委会，并确定编辑方案与出版方法。编委会由五人组成：郑振铎、杜颖陶、傅惜华、赵万里、吴晓铃（当时在语言所工作）。于 1954 年 2 月出版初集，55 年 7 月出版二集，57 年 2 月出版三集，以上三集是明代戏曲作品。原来的计划不出元代作品，因元代资料比较容易得到。但 58 年世界和平理事会将关汉卿定为"世界文化名人"，国内掀起关汉卿研究热，故而将四集定为元明杂剧（四集原是清代顺、康、雍三朝戏曲）。当时具体工作的人员是：陈恩惠、周妙中（文学所）、伊见思、丁英柱、郑三回。负责人是郑振铎的秘书。

　　1958 年郑所长去世，何其芳先生由副所长升任正所长，他建言将《古本戏曲丛刊》列为所的规划项目，重新组织编委会，成员是：傅惜华、赵万里、吴晓铃（当时已调入文学所工作）、赵景深、周贻白、阿英。文化部长齐燕铭对此给予支持。原来应出五集，即清代顺、康、雍三朝戏曲作品，据吴晓铃先生说，因为当时正热烈讨论新编历史剧问题，为配合这场学术讨论，所以决定先出九集，即清代宫廷历史题材的大戏。1962 年交稿，1964 年出版。这以后因"文化大革命"，工作停顿。

　　1982 年，文学所将《古本戏曲丛刊》列为所重点科研项目，同时纳入国务院古籍整理出版规划小组的选题项目。当时曾开过一次会，据吕薇芬回忆，参加者有许觉民（当时所长）、吴晓铃、邓绍基（副所长）、刘世德（古代室主任）、汪蔚林（图书室主任）、栾贵明、吕薇芬。是否还有别的人，就不记得了。国务院古籍整理小组负责人李一氓同志带着秘书也来参加会议，他答应向全国各图书馆打招呼，凡《古本戏曲丛刊》编辑用书，一概不收钱。他还很动感情地说，他要对得起老朋友——郑振铎先生。这是不是就是"编委会"，至今我们都不清楚。记得曾问过，也许太笨，还是没弄清楚。会后，栾贵明向吕表示，他不参加，也劝吕不要参加。理由好像很充分，所以吕也向领导表示不参加。

　　五集首次编辑是由吴晓铃完成的，编目连书全交给出版者——上海古籍出版社。过了不久，出版社有意见，把书全送回，要求返工。这时，邓副所长找到吕，说：你不参加不行了，不然怕人家要退稿。当时五集共搜集一百零几种剧作，要考订其作者、出版者、出版年代等等，还要去查书补缺，比较版本，选择好本子。显然，吕一个人难以完成这项工作，所以她提出让么书仪也参加进来。邓同意，不但调来么，还让王永宽也帮助工作。因王在河南社科院工作，来往不便，不久退出此项目。后来这一项目就由吕、么二人承担，除做了上述考订工作外，还去过北京图书馆、山东图书馆、曲阜师院图书馆、上海图书馆、南京图书馆等地查书。

五集于1983年编辑完工。原计划是一百种剧作，因数量太大，最后出版的，是85种，但我们的工作已做完一百多种。1984年，由上海古籍出版社出版，发行工作文学所也参加了。

出版社付编辑费两千元，分配方式：吴晓铃、邓绍基、刘世德、么书仪、吕薇芬各三百，还剩伍佰，说是留作六集作启动费。后来如何处理不得而知。样书据说是二十套，吕、么、王永宽各一套，其余如何分配，留下几套，存放在哪里，皆不得而知。

编辑五集时，所长分配给我们一间写作间——759号，供工作及存放五集工作用书、表格、资料、文具等。在此期间，当时的图书馆长朱静霞、王林凤找到我们，说原《古本戏曲丛刊》编委会存放在本所图书馆有《古本戏曲丛刊》样书初、二、三、四、九集若干套，希望我们领回。当时，刘（世德）是五集课题组长，又是古代室主任，但因他是朱静霞丈夫，移交时有所不便，所以由吕与么二人清点接受，并在移交手续上签字。从图书馆领回时，还留了一套给图书馆。领回后放在759号，将初、二、三、四集分装在从图书馆拿来的战备箱内，九集因为部头大，数量多，放在一个书柜里。书柜中还收有五集的初刻初印本（未装订），是出版社作为样稿寄给我们的，初刻初印本在版本学上是很有意义的，当然是在若干年以后。战备箱与书柜都有钥匙，因我们搞五集不需要这些书，加之钥匙大大小小好几把，每把都挂有一个小标牌，很难携带，而我们编五集又不用这些书，所以自书一领来，钥匙就锁在一个书桌的抽屉里，抽屉钥匙又放在另一个抽屉里。

1984年，吕薇芬自古代室调《文学遗产》工作，因此退出此项目，同时么书仪也宣布退出。那年，古代室调来北京师范大学李修生的硕士侯光复，专职负责《古本戏曲丛刊》六集的工作。

......

吕薇芬　么书仪

2004、3

这份回顾，我们签字之后，交给科研处处长严平一份，我们俩各自保存一份。

......

2014 年 2 月 10 日

［作者单位：中国社会科学院文学研究所］

【编者按】吕薇芬、么书仪老师是《古本戏曲丛刊第五集》的功臣，为了保存相关学术史迹，我们征得么老师同意，从她回忆录当中摘录出与《古本戏曲丛刊第五集》相关的内容在此发表，标题是么老师原作的副标题。特此说明。

《古本戏曲丛刊》在日本的利用

〔日〕磯部彰 撰 石 雷 译

内容提要：《古本戏曲丛刊》自 1960 年代开始陆续由中国大陆影印出版以来，便以各种不同的方式传入日本，并得到了日本学界的广泛关注与积极利用。《丛刊》不仅被及时介绍推广，而且很快成为日本学者感兴趣乃至研究的直接对象，或进行比对与参考的重要资料。日本学界有影响的中国古代戏曲研究专家，如岩城秀夫、太田辰夫、吉川幸次郎、田中谦二、金文京、小松谦、根山彻、井上泰山等，皆曾或多或少地利用过该丛书。尤其是磯部彰主持的"清朝宫廷演剧文化研究"，更是沾溉于《丛刊》九集者良多。《丛刊》在日本学界如此全面而深入的利用，极大地促进了日本的中国古代戏曲研究，也因此彰显了《丛刊》不可替代的学术价值。

关 键 词：古本戏曲丛刊 日本中国学 古代戏曲研究

一 日本所藏《古本戏曲丛刊》概况

在《古本戏曲丛刊》初集出版七年后的 1960 年，日本学者传田彰首先在《亚洲历史事典》中，以"こほんぎきょくそうかん古本戯曲叢刊"为题介绍了《古本戏曲丛刊》的有关情况。在其介绍中记述有《古本戏曲丛刊》的编纂过程以及五集以后各集即将出版的消息；还提到第四集虽然发行量极少但市面上仍见销售，但前三集为非卖品，因而获取颇为艰难，不过东京大学、京都大学等三所大学却收到了初集以下的签名赠书。同时，传田彰还对《丛刊》初集至四集全部 484 册所收录的 676 种剧目及其作者、底本等情况进行了说明，这对于当时难以直接看到《古本戏曲丛刊》原本的研究者来说弥足珍贵，是一份极为难得的目录资料。实际上，就笔者个人所见，藏有《丛刊》初集及以下全部各集的，应当只有京都大学人文科学研究所与东京大学两处。而当时的传田彰，作为毕业于东京大学的年轻学者，对《西厢记》抱有浓厚的学术兴趣，故而明白《古本戏曲丛刊》的价值，因此成为日本首位介绍《古本戏曲丛刊》的学者。

除公开发行销售的第五集外，《古本戏曲丛刊》在日本的收藏机构还有：藏有二集、四集、九集的东北大学附属图书馆，藏有四集的早稻田大学图书馆、东洋文库、国会图书馆。1980 年，笔者以个人身份购得《丛刊》第九集，据书商说，此集乃是从马来西亚辗转所得。此外，笔者还以大学的名义另外购得《丛刊》的初集和九集，并交付给了富山大学附属图书馆；听说之后初集经日本东方书店的旧书销售，又被金泽大学购得并收藏。

如上所述，《丛刊》初集到四集因其发行量稀少的缘故，在日本被看作民国之前的珍贵汉籍，因而除却东大和京大的研究者，一直以来，日本学界对《丛刊》的利用并不是十分容易和便利。

二　《丛刊》初集至四集的利用情况

日本的中国古典戏曲的研究主要是以京都大学的研究者为中心展开，京都大学是中国戏曲研究的重镇。不过直至 1960 年前后，日本专注于戏曲研究的学者人数，相比于其他文体来说仍然是相对较少的。回顾以往的学术史，若论及当时的研究者，当以青木正儿、吉川幸次郎、田中谦二三人最有代表性。

青木正儿的名作《支那近世戏曲史》① 成书于《古本戏曲丛刊》出版之前，因此，在《丛刊》的编集上，虽然体现了自王国维以来中国戏曲研究学人的学术理念，但是即使没有直接的关系，青木正儿所作研究对《丛刊》的编集也应该是有所影响的。

以下，按年代先后，以研究者为重心，拟将日本所见在研究中对《丛

---

① 青木正儿：《支那近世戏曲史》，日本弘文堂书房 1930 年刊本。

刊》有所提及或者直接利用的大致情况稍作介绍。不过，因为是整体性的总结介绍，为了行文方便，个别表述中的年代顺序并不严格，在此特此说明。

1. 岩城秀夫与《中国戏曲演剧研究》（创文社，1973 年）

岩城秀夫的戏曲史观受其师青木正儿的影响，在戏曲演剧方面上承青木正儿研究之余绪，学术理路一脉相承，特别是在汤显祖的研究领域成果斐然。

岩城秀夫《中国戏曲演剧研究》一书的第一章"汤显祖研究"中，岩城秀夫围绕着"玉茗堂四梦"展开论述。在论述《还魂记》时，他便引用了《丛刊》初集中对《焚香记》的总评，认为《焚香记》与《还魂记》在创作方法上有共通之处。在阐释戏曲理论时，岩城特别关注到《丛刊》初集、二集、三集所收录作品的题材。在分析沈璟戏曲的文学主张时，作为文献依据引用了《丛刊》中的相关作品，并特别指出即使沈璟的本色派与汤显祖的文采派学术见解相异，但沈璟创作也明显受到汤显祖的影响；书中引用了《丛刊》初集所收康熙钞本《一种情》，指出其乃是以《还魂记》的流行为契机而产生的作品。

在第二章"关于宋元明之戏剧诸问题"中，岩城关注到宋元明各时代与戏曲演剧相关的文人及作品。其中"元代裁判剧的特异性"部分，以收录于《丛刊》初集的明代包公戏《桃符记》为文献基础，讲述了包拯这个人物及其故事传播。而在"元杂剧构成的基本概念的再研讨"部分，则以元曲的文本为基础，指出《元曲选》之外，另有《丛刊》四集所收《古名家杂剧》所载 65 种杂剧，并发现其中《女状元》一书中有"万历十六年龙峰徐氏刊"字样的刊记；并且以《丛刊》四集所收明代杂剧作为其论述《古今杂剧》至《元曲选》这一流变的戏曲资料。岩城在论证中引用的《古今杂剧三十种》元刊本，究竟是《古本戏曲丛刊》四集本还是京都大学覆刻本，文中并没有明确指出；不过从岩城所引《西厢记》文本大多取自弘治刊影印本或者京都大学所藏原本这一事实来看，《丛刊》四集因收录有时代最早的元刊本杂剧，所以笔者认为书中的相关部分应该引自《丛刊》。在"关于楔子"这一部分，他以《丛刊》四集所收万历二十六年序《息机子古今杂剧选》为依据，将其与《元曲选》比较，发现其中重复的十九部作品的楔子和折的体制基本相同。另外，他还认为《丛刊》四集所收《顾曲斋元人杂剧选》，保留了早期元曲的形态，并且提出了其中与楔子相关联的问题点。另外，还将《丛刊》四集所收《阳春奏三种》和《继志斋元明杂剧四种》与《元曲选》中相应作品的楔子和折进行详细梳理和比勘，没有发现重大的差异。因此，他认为在考察元杂剧的构成和体制时，应该依照最原始的版本，即使不得不用到《元曲选》时，也不应该选用万历以后的版本。论述中围绕"折"的问题，以《丛刊》四集赵琦美抄本为中心，分析其与于小谷本、内府本等版本的异同，因此其研究不仅是将《丛刊》四集作为引用资料，而且是将《丛刊》四集所收元杂剧作为重要的研究对象。

在"《元刊古今杂剧三十种》的流传"这部分，以京都大学覆刻本为基础，论述其书原本的流传情况，并论证了该书就是李开先旧藏本；在考论时，作为校对资料引用了《丛刊》四集中《脉望馆钞校本古今杂剧》《息机子古今杂剧选》《阳春奏》等杂剧的文本。另外在介绍李开先的《宝剑记》时，也用到了《丛刊》初集。"戏曲《荆钗记》的改写"这一部分梳理了《荆钗记》的各个版本，并借此彰显南戏的变迁，同时指出现存的明初作品并不是最初创作时的样态。在考辨过程中，岩城秀夫使用了《丛刊》所收《屠赤水批评古本荆钗记》《郑振铎旧藏姑苏叶氏刊原本王状元荆钗记》这两部作品，将其与京都大学藏本、内阁文库本作为版本比对的底本，《丛刊》所收的这两部作品在其论证中起到了重要的作用。

岩城秀夫对中国古代戏曲的研究，起自《古本戏曲丛刊》初集刊行之后的不久。其研究领域是明代南曲，其中又以作者研究为中心。从这两点来看，《丛刊》所收录的戏曲作为考证的史料在其研究中发挥了重要的基础作用。不过，岩城秀夫虽然很早就注意到了《丛刊》的价值，但在利用《丛刊》时他也充分考虑到了《丛刊》影印本的特点，在研究时也会同时参照和引用日本国内所藏的戏曲原本。岩城秀夫可以说是利用《丛刊》与日本国内戏曲藏本进行综合比对研究的先行者。同时，从文献学的角度看，其在研究中利用《古本戏曲丛刊》时所采用的是最科学和合理的方法。

《中国戏曲演剧研究》中收录的是岩城秀夫于 1957～1962 年间发表的论文。

2. 岩城秀夫《中国古典戏剧研究》（创文社，1986 年）

这是继岩城秀夫著《中国戏曲演剧研究》之后又一部关于中国古代戏曲的研究专著，主要由"古代戏曲史的研究""古代戏曲技法和理论相关问题研究""戏曲作家研究"三部分构成。其中第一部分第四章"颐和园的三层舞台和清代宫廷中的优秀戏曲"对清代宫廷戏曲的各个方面都有所涉及，在介绍演出剧目时提及了《丛刊》九集中所收的《劝善金科》等作品。对颐和园三层舞台的使用方式进行说明时，引用《丛刊》九集所收《升平宝筏》戍卷第十四出与《昭代箫韶》第二本第十五出的相关记述，并以台词旁所记舞台提示为依据介绍了舞台上设置的各种机关。此外，在第二部分第三章论述汤显祖《南柯记》时，引用《丛刊》四集所收《古名家杂剧》等作品，对元曲文本到《元曲选》演变历程做了简单的勾勒和介绍。在第三部分"作曲家研究"中，同前著一样，指出李开先所作之南戏《宝剑记》见于《丛刊》初集中。在论述沈璟的《红蕖记》及《坠钗记》时，指出其文本存于《丛刊》三集及初集中，可为参照。

本书中各篇论文的发表于 1978 年不等，大都早于此书的结集出版。

3. 《中国古典文学大系》52《戏曲集》（平凡社，1970 年）

中国古代戏曲代表作品的日语译注本。田中谦二在本书结尾处的"解说"中，将《丛刊》四集所收《元刊本杂剧三十种》视为元杂剧的一种文本，并对其进行了介绍。

4. 《京都大学汉籍善本丛书》所收戏曲三种

本书是从京都大学所藏汉籍中选择善本稀见本，并以《京都大学汉籍善本丛书》为名影印出版的一套丛书。前为影印，后为解说。其中对三部戏曲的解说中，作为对比资料引用了《丛刊》。

（1）吉川幸次郎所作《〈赵氏孤儿记〉解说》（《赵氏孤儿记》，同朋舍出版，1979 年）

（2）田中谦二所作《〈荆钗记〉解说》（《荆钗记》，同朋舍出版，1981 年）

（3）金文京所作《〈折桂记〉解说》（《折桂记》，同朋舍出版，1981 年）

吉川幸次郎在《〈赵氏孤儿记〉解说》中，在介绍京都大学所藏富春堂刊《赵氏孤儿记》的同时，比对了其与《丛刊》初集所收世德堂本之间的异同。并且，还介绍了富春堂刊戏曲中，有 22 种被收入《丛刊》初集，有 3 种被收入《丛刊》三集。

田中谦二在《〈荆钗记〉解说》中，系统介绍了已焚毁的旧阿波国文库本世德堂刊《荆钗记》及明治末年狩野直喜的忠实抄本，同时根据岩城秀夫的研究，参考了《丛刊》初集所收姑苏叶氏刊本及《屠赤水先生批评荆钗记》，对《荆钗记》进行了系统化的说明。田中指出，旧阿波国文库本世德堂刊《荆钗记》现留存有两大系统，京都大学抄本和《丛刊》初集所收叶氏刊本属同一系统。其判断的依据是京大抄本和叶氏刊本中都没有王十朋在玄妙观为亡妻祈福的情节,因而夫妻重逢再见的场面最终没有出现。特别是"玉莲投江"一折,作者将京大抄本与郑振铎旧藏本(应该就是《丛刊》初集所收之姑苏叶氏刊本)的文本作了全面比勘,在指出目次和回数存在差异的基础上,认为京都大学世德堂抄本是较为独特的一个本子,通过比勘京大世德堂抄本与郑振铎旧藏本的字句,可以对两者进行相互地补订。此外,在介绍世德堂所印行的其他刊行物时,也引用了《丛刊》初集、二集所收各本。

金文京在介绍京都大学本广庆堂刊《折桂记》时,指出《古本戏曲丛刊》二集所收文林阁刊本《青袍记》乃是《折桂记》的改题翻刻本,并引用了卷首书影。另外,在对秦淮墨客这一剧的作者进行介绍时,提到《丛刊》初集、二集中发现相同署名的戏曲作品。

5. 太田辰夫的戏曲研究

太田辰夫不仅在《西游记》研究领域卓有建树,颇有影响,著有《西游记研究》,而且他还涉及中国语言史及元杂剧研究,在《红楼梦》《儿女英雄传》等清代及近代小说方面素有专攻,满洲文学方面亦有出色表现,是日本中国学研究的代表人物。

太田辰夫在其所作《元刊本〈看钱奴〉考》(《东方学》55,1978 年,第 33~48 页)一文中,通过《古本戏曲丛刊》四集所收元刊本、《脉望馆钞校本古今杂剧》及《元曲选》的比对,指出元刊本在对曲词的取舍上,仅仅只是单纯地从艺术角度出发,没有其他因素的影响;在此之上,戏曲当中还存在对元代当时压榨贫苦大众的典当行的批评;认为从作品的不同中可以看到社会背景的不同,而这也正是元刊本的优点所在。此外,两种明刊本因为是面向资本家阶层的作品,虽然在文前增加了楔子,在故事情节的展开上也较为合理,有助于故事的展开,使其更加生动,但元刊本中有着强烈底层平民色彩和口语化较为突出的曲牌遭到了大幅删减。特别指出,元曲研究中因《元曲选》所造成的谬误,应该利用《丛刊》四集所收之元刊本进行校正。

在《元刊本〈老生儿〉考》(《神户外国语大学论丛》29 卷 1 号,1978年)一文中,太田辰夫利用《古本戏曲丛刊》四集中的元刊本,与《古今名剧合选·酹江集》本、《元曲选》本等明刊本进行比对,将现存三种系统所存在的文本问题点予以整理,探究曲文体制上的差异,论述元刊本和明刊本的异同。元刊本虽然作为戏曲还不十分成熟,但元刊本中却蕴含着丰富的社会性和人民性；另外还发现了戏曲在墓地演出的新材料。与此相对，明刊本的改编者不是从普通民众的立场出发的，因而社会性和人民性比较微弱。他还指出明刊本作为读物来说十分优秀，有其自身特点，但就字句而言则远逊于元刊本。

《元刊本〈拜月亭〉考》（《神户外国语大学论丛》32 卷 1 号，1981年）一文，以元刊本为基础对杂剧《拜月亭》的内容和形制进行了整体推定还原并予以介绍，同时对情节上的相关问题作了阐释。其引用文献中就包括《古本戏曲丛刊》初集所收世德堂本《拜月亭记》，四集所收元刊本与脉望馆钞本《汗衫记》《好酒赵元遇上皇》等作品。

太田辰夫《"等"考》（《神户外国语大学论丛》32 卷 1 号，1981 年）一文，以《元刊古今杂剧三十种》中所见科白中冠有"等"字的 13 种剧目为中心，考察"等"字的含义。文章比对元刊本和脉望馆钞本，推测在人物之前冠以的"等"字是对主角以外所有配角的一种总称用字。此外，太田还指出若"等"字之后所接为表示动作的词语时，则是提示此处为主语，是配角的台词以及动作。本文在使用《元曲选》《孤本元明杂剧》等文献作为考证底本的同时，也用到了《古本戏曲丛刊》四集所收《元刊古今杂剧三十种》以及脉望馆钞本。

《元刊本〈调风月〉考》（《日本中国学会报》35 集，1983 年）一文梳理和考辨其他刊本中被省略，仅仅只留存于元刊本中的关汉卿所作杂剧《诈妮子调风月》中的科白，这个考论使得此剧的情节展开得以清晰明了，彰显了作为作家的关汉卿所具有的独特和伟大的才情。文章介绍了钱南扬、赵景深、戴不凡、王季思、徐沁君等人的先行研究，并指出了其中的不足之处，同时作者将研究视野拓展到金史和女真语领域。在对杂剧人物进行分析及对剧本结构进行综合考证时，除参照了《全元散曲》外，仍以《古本戏曲丛刊》为主要文本依据。

太田辰夫《杂剧〈文字合同〉考》（《中文研究集刊》创刊号，1988年）以《元曲选》为底本，比勘《古本戏曲丛刊》第四集所收息机子《古本杂剧选》，同时参考戴不凡《现存金人杂剧试订（初稿）》（载《戴不凡戏曲研究论文集》），对该剧剧情和内容进行了详细分析。文章以业已刊行的《清平堂话本》《初刻拍案惊奇》中的包拯故事作为参照，同时联系元曲《忍字记》、《礼记》、《红楼梦》、元《二十四孝诗选》、《醒世恒言》等作品，又参考《古本戏曲丛刊》初集《目连救母劝善戏文》，并以元曲《杀狗

劝夫》、唐传奇《任氏传》、《金史》、元刊本《拜月亭》作为旁证，展开
论述。

太田辰夫《〈目连救母劝善戏文〉所引〈西游记〉考》（《神户外国语
大学论丛》26 卷 1 号，1975 年）是其《西游记》研究系列论文中的一篇。
文章以《古本戏曲丛刊》初集的《劝善记》为底本，并参照赵景深、周贻
白的研究，根据内容将全剧分成 103 个段落，并介绍了故事的梗概；同时论
述明刊本《西游记》之前的旧本《西游记》对《目连救母劝善戏文》的影
响，得出旧本《西游记》与《销释真空宝卷》所引用的内容最为接近的
结论。

6. 《田中谦二博士颂寿纪念中国古典戏曲论集》（汲古书院，1991 年）

本书所收论文中，有数篇在研究考证时都引用了《古本戏曲丛刊》。其
中，金文京的《从所谓一人独唱看元杂剧特色》在论述中，皆以《古本戏
曲丛刊》四集所收元刊本与脉望馆钞校本为依据。小松谦的《内府本系诸
本考》在考证时，除《元曲选》外，就是以《古本戏曲丛刊》四集所收元
刊本杂剧的文本为主要依据进行分析论述。赤松纪彦《〈元曲选〉中的萌
芽》则以《丛刊》第四集所收元刊本杂剧等与《元曲选》进行比对，在文
献资料的基础上论述其观点。日下翠《关于元刊本的散场》，在使用《古本
戏曲丛刊》四集所收元刊本杂剧文本的同时，也利用了其中收录的明刊本。
井上泰山的《元杂剧中的道士与道姑》使用的文献中则有《古本戏曲丛刊》
第四集中的脉望馆钞校本。

7. 小松谦《中国古典戏剧研究》（汲古书院，2001 年）

小松谦的研究领域是中国古典小说和戏曲，称得上是当代日本国内中
国文学研究的先导之一。该书第二章"元刊本考——以祭祀演出剧目为中
心"，在元代刊行本的基础上，考察元杂剧的原貌。小松谦参考了田仲一成
《中国祭祀戏剧研究》中提出的"英雄镇魂记"观点，将元刊本杂剧与明刊
《元曲选》进行比勘，以考论其内容和性质，他在文中使用的底本与文献资
料来自《古本戏曲丛刊》第四集中的元刊本、于小谷本等明刊本。他通过
比对发现，与元刊本中大量存在的带有祭祀演剧特点的作品相比，明刊本
的此类作品明显不多。他还指出元刊本中的镇魂剧并没有被明刊本所继承，
可以说在明代已消亡，即使在明刊本中有所体现，也被大幅度改编过。并
推测此种演变的背后，应是明刊本的文本多数基于明代的宫廷戏曲，而作
为宫廷演出，要为皇帝表演，所以比起宗教性，剧本更加强调文本的娱

乐性。

"明代的元杂剧——以读物文本成立的过程为中心"部分考辨的是以《元曲选》为主明代刊行的元杂剧剧本，另外《古本戏曲丛刊》四集所收元刊本及脉望馆本也是其考察对象。作者认为在元刊本向明刊本转变之时，不仅存在明代宫廷的内府本，同时根据演出时的时代社会背景，其他的文本也进行了相应的改变。最后作者强调，即使元刊本杂剧在文本上并不完整，但是在考察元杂剧的原貌时，还应以元刊本作为唯一可靠的研究对象。

第三章"脉望馆古今杂剧考"，考察的是收录于《丛刊》四集的赵琦美手抄本的性质和来历。这一系列的作品中，明朝皇帝的祝寿戏数量很多，应该是在宫廷中针对为皇帝和皇太后演出所写，作者推断它们可能是嘉靖或者万历年间的作品。特别是于小谷本中的多个作品，都是在成化年间被转化成文字文本的。

第四章"明刊本刊行的原因"，该部分承接上篇，指出明代的曲本其实是为上流阶层服务的，是应他们的需要而出版的。论述时所引用的资料之一就是《古本戏曲丛刊》四集所收《古今名剧合选》。

第五章"《元曲选》及《古今名剧合选》考"，考论被《元曲选》选为参考文本在明代出版刊行的元杂剧，以及《元曲选》对其所作的改变。其中借以比照的资料便是《古本戏曲丛刊》第四集的《古今名剧合选》。以《汉宫秋》一剧为例，将《古本戏曲丛刊》四集所收古名家本、顾曲斋本、孟称舜本与《元曲选》本进行比对研究。小松谦认为臧晋叔家藏本中的"秘本"的核心便是《徐氏刊古名家杂剧》，而孟称舜本主要则是以顾曲斋本和《元曲选》作为底本。

第六章"明代诸本考"，以《古本戏曲丛刊》四集本为考察对象，对古名家本、顾曲斋本、《阳春奏》、息机子本、继志斋本、孟称舜本等诸种明刊本进行系统梳理，并将《元曲选》纳入其中比对，认为明刊本杂剧中既有来自内府本的作品，也有与宫廷完全无关的作品，或者是改编自宫廷本的作品。

8. 根山彻《明清戏曲演剧史研究》（创文社，2001 年）

这部书是专门研究汤显祖作品的专著。其第三章"《牡丹亭》《还魂记》中对杜诗的接受"中所使用的《香囊记》是《丛刊》初集本，第六章"《牡丹亭》《还魂记》版本探析"则提到吴兴闵氏本《牡丹亭》、《还魂记》及《邯郸梦记》收录于《丛刊》初集。尾章"汤显祖创作理念及其影响"，列举了玉茗堂批评本中的各个作品，借助《古本戏曲丛刊》初集、二集中所收文本进行分析论证。该书虽然出版于 2001 年，但其第三章及第六章于 1991 年和 1997 年即已先行刊发。

9. 井上泰山《三国剧翻译集》（关西大学出版部，2002 年）

本书中对《古本戏曲丛刊》第四集中所收录的《三国剧》等进行了翻译，在"解题"部分也提到了《古本戏曲丛刊》第四集中的明刊本元杂剧。

10.《元刊杂剧研究》（汲古书院，2007 年）

这部系列著作共三集，分别由日本汲古书院出版于 2007 年、2011 年及 2014 年。内容包括：初集之《三夺槊》《气英布》《西蜀梦》《单刀会》，二集之《贬夜郎》《介子推》，以及三集之《范张鸡黍》。《元刊杂剧研究》对前人的研究有新的推进。其译注体例大致为：每一剧本逐曲加以校注，一曲先列中文原文，后列日文校记、注释及译文。同时，对本册作品的全部版本和选收零曲进行校勘，合成《校勘表》，又附《语句索引》。

第一集中，小松谦氏的"解说"参考了金文京的"《元刊杂剧三十种》序"（《未名》第 3 号，1983 年），并注入了自己的新见解。其中被翻译为日语的三十种元杂剧的原本，依据的是《古本戏曲丛刊》第四集的元刊本，同时参考了脉望馆钞本及《元曲选》。此外，作者梳理了京都大学覆刻本、《中华再造善本》所收《元刊杂剧三十种》本，逐一校注，并指出其版本的问题。

第二集中的小松谦《〈贬夜郎〉解说》提到了《古本戏曲丛刊》第四集所收文本。

第三集的小松谦"解说"，在谈到明代《范张鸡黍》剧盛行的原因时，引证了《古本戏曲丛刊》第四集本。在对这个剧本进行译注时，亦将《丛刊》四集所收本作为底本的一种；书末所附土屋育子校勘表所用文献即有出自《古本戏曲丛刊》第四集者。

三 《古本戏曲丛刊》第九集在日本的利用

《古本戏曲丛刊》第九集在日本的全面利用始于"日本学术振兴会科学研究费补助金特别推进研究"之下的"清代宫廷演剧文化研究"（平成 20 年度~24 年度）这一研究项目。这个项目的展开，推动了日本学界对《古本戏曲丛刊》的深入了解。其研究成果收入《清朝宫廷演剧文化的世界》

（《东北亚细亚研究中心丛书》第 49 号，东北大学东北亚细亚研究中心，2012 年），因其深入精到，成为清代宫廷大戏研究方面的重要开端。

以下，就《清朝宫廷演剧文化的世界》一书中所收论文逐一进行介绍。

大塚秀高的《〈昭代箫韶〉与杨家将故事》一文，可以说是第一篇在真正意义上对《昭代箫韶》进行专门研究的论文，精到深入。论文以《古本戏曲丛刊》第九集所收本为底本，通过细读文本，在厘清作者王廷章及作品编撰时间的基础上，指出《昭代箫韶》中的杨家将故事是以熊大木《南北两宋志传》的北宋部分为基础，并以正史《宋史》作为补充进行增减，增加了剧本的主题意识，并附有该剧全部内容的要约梗概。

大塚秀高还论述指出《昭代箫韶》虽然取材于小说《北宋志传》的杨家将故事，但二者故事存在很大差异。同时，将《古本戏曲丛刊》所收另一杨家将故事的戏曲作品《铁旗阵》与《丛刊》第四集所收脉望馆钞本明内府杂剧《八大王开诏书救忠臣》进行比对，在此基础上论证《昭代箫韶》没有采用历史和当时流传下来的故事，戏曲人物德昭与历史上的赵德昭没有相似之处，作为戏曲人物的德昭只是为嘉庆皇帝创作的形象而已。虽然序和凡例中写明是杨家四代，但剧本只写到第三代。接着作者依据文本分析论述了《昭代箫韶》在三层戏台上的演出状况。最后，作者认为很多长编连台大戏都围绕恶人在阴间遭报应，牺牲将领的丰功伟绩得到彰扬展开。依据这个模式，作者对被北岳大帝送往阴司的潘仁美等人受到杨业制裁，以及出家后法名觉悟的五郎杨春所行瑜伽焰口等这些具体的描写进行了说明，指出元杂剧中存在的孤魂镇抚的思想通过明代小说影响到了清代的长编连台大戏。文章最后附有的《昭代箫韶》情节一览表和《昭代箫韶》演出表，也是依据《古本戏曲丛刊》第九集所编。

马场昭佳《关于宫廷大戏〈忠义璇图〉》的文献依据是《古本戏曲丛刊》第九集收的《忠义璇图》。文章对该作品的内容、作者、创作时期进行了论证，对有可能是作品底本的《水浒传》版本进行了确定，并比勘了其与戏曲在内容上的不同，是第一次对《忠义璇图》进行全面专门研究的论文。文中作者判断该剧可能是应庄恪亲王允禄之命，周祥钰等人从乾隆七年开始动笔，到乾隆十八年、十九年前后完成的；该剧所引为底本的《水浒传》虽然经考证认定为一百二十回本，但剧中也能窥见七十回本的影响；并指出全剧与小说在内容上有九成都相同，不过小说中梁山好汉击溃官军、征辽故事、宋江等人为天上星宿转世这三个情节在剧中被略去；并认为出现这样变化的原因是创作者认为当其太平盛世，皇帝圣明，其创作意图秉承朝廷旨意，善赏恶罚，宋江等人为乱一方，死后必堕无间地狱，而在北宋末年为朝廷效力的忠臣们的事迹则应发扬光大。从这个角度说，创作者们试图通过《忠义璇图》一剧来折射《水浒传》的害处。作者在论文的最后还提到，《忠义璇图》一剧创作者们的苦心并没有被当政者理解而被迫中途停演，并且该剧亦推动了清后期《荡寇志》的出现。论文中所附表格为《古本戏曲丛刊》九集《忠义璇图》与《水浒传》相关内容的对照。

在《清朝宫廷演剧文化的世界》一书的"梗概编"中，各研究者意图对在日本乏人问津的《丛刊》九集所收宫廷大戏的内容进行介绍，并将《升平宝筏》等数个大戏的内容进行了概括。

磯部彰在《〈升平宝筏〉（北京故宫博物院本）的梗概》一文中的序章中论述了《升平宝筏》的形成过程，并对现存的几个版本作了介绍；在对《升平宝筏》各出的题名进行比对时，使用的有大阪府立中之岛图书馆本以及中国首都图书馆本（《西游传奇》）、北京故宫博物院本（《古本戏曲丛刊》九集所收）三种藏本，并由此引出了该剧的梗概。

磯部彰《〈钓鱼船〉梗概》一文中称《钓鱼船》虽然不是宫廷大戏，但作为与《进瓜记》和《升平宝筏》相互关联的重要资料，该剧自有其价值所在。该论文中概括《钓鱼船》内容时所使用的底本收录在《丛刊》三集中，《〈进瓜记〉梗概》一文中所使用的底本出自《丛刊》。

小松谦《〈如意宝册〉梗概》一文中对《丛刊》九集所收《如意宝册》内容进行了全面的概括，同时与小说《平妖传》作了比对参照。

磯部祐子的《〈故宫珍本丛刊〉所收昆弋各种承应戏①②③》三篇论文及《升平署月令承应戏》一文中，没有用到《丛刊》九集所收戏本，其内容是对《故宫珍本丛刊》及《民国京昆史料丛书》第四辑所收各种承应戏内容的概括提要。《丛刊》九集中仅收录了宫廷连台大戏，要了解清朝宫廷演剧的全貌，作为能够与《丛刊》九集相互参照的补充资料，承应戏剧本不可或缺。承应戏与宫廷大戏在研究方向上虽然完全不同，但是对于有关年节期间所演宫廷戏剧的研究来说意义重大。

陈仲奇《〈中国地方戏曲集成〉剧目概要一览》中，对《中国地方戏曲集成》（1958～1963）自湖北省卷至江西省卷所收录地方剧进行了简要的概括介绍。这些概要是作者在思考《丛刊》初集、五集、九集所收各种古代戏曲在清末以降的演变过程的基础上所作，作为基本的文献是十分有价值的。此篇论文中虽然没有直接提到《丛刊》，但是作为源流的参考资料引用了许多和《丛刊》有关的小说。

四　《清朝宫廷演剧文化研究》与
《古本戏曲丛刊》

磯部彰编《清朝宫廷演剧文化研究》一书是"日本学术振兴会科学研究费补助金特别推进"之下研究项目"清朝宫廷演剧文化研究"（Grant-in-Aid for Specially Promoted Research "A Study of the Culture of Court Theatre during the Qing Dynasty"）成果论文及资料的汇总合集。它由"大戏的研究""节戏·小戏研究""宫廷本及资料研究""清朝与东亚细亚文化""资料汇集及介绍"五部分构成。其中"大戏的研究"一章中收录的是研究《丛刊》九集所收《楚汉春秋》《如意宝册》等连台大戏的论文。

大塚秀高的《关于〈楚汉春秋〉》一文中，以《丛刊》九集所收《楚汉春秋》为底本，在参考吴晓铃观点的基础上，对其内容进行分析。首先，在第一节"《楚汉春秋》的性质特点及成立时期"里，大塚氏推测《楚汉春秋》应创作于嘉庆时期，与其关联较深的《演义楚汉传》等作品的创作则在其之前。第二节"《楚汉春秋》与历史演义小说"部分，赞同吴晓铃提出的《楚汉春秋》改编自小说《西汉通俗演义》这一观点，在此基础上对该小说的各种版本进行了介绍，推定其应属于剑啸阁本系统的《西汉通俗演义》。作者认为该剧从情节上来看，与其说是历史通俗演义，不如更确切地说其创作意图是为了表现丰富多样的男女之情。第三节"《楚汉春秋》的上演环境"中，通过九集所收本中出现的"高座"等字眼，对当时该剧在三层舞台上演出时的样子进行了推测。以此，第四节"《楚汉春秋》的男女关系——以吕雉与虞美人为中心"中，该剧将刘邦之妻吕雉与虞美人进行比对描绘，论述时将重点放在了楚怀王的家人，即戏曲中新加入的不见于史书的女性角色，而这些人物对故事情节的发展也起到了推动作用，并认为这是本剧在创作上的特点之一。第五节"韩信与张良的故事"，该部分指出《楚汉春秋》第三本以后，最引人注目的就是原本作为配角登场的韩信和张良摇身登场变为主角，甚至还出现了其妻子和家人的戏份。大塚秀高认为，由此可以看到作品的真正意图，描写胸怀大志的丈夫背后，应有静守孤独的妻子的身影。也就是说，该剧正是希望通过一个个独守深闺的坚贞女子来传达自己的创作意图，作品虚构韩信的妻子高氏和张良妻子赵静娥这两个人物，其背后隐现的是树立女性形象典范的意义。第六节"'楚汉'的残存状况"，该部分以与《楚汉春秋》关系甚深的《楚汉传》《演义楚汉传》为中心，将以楚汉战争为主题的清朝宫廷戏统称为"楚汉"，论述这类戏曲的文本及编者。第七节"'楚汉'与《楚汉春秋》"中为论证前节所提出的"楚汉"类剧本是否为《楚汉春秋》的先行作品，对曲牌、曲词进行了比对，并为后节得出结论作铺垫。第八节"从'楚汉'到《楚汉春秋》"，通过情节对"楚汉剧本"与《楚汉春秋》进行比较，论述其先后的传承关系。在最后一节"小结"中指出"楚汉"剧是《楚汉春秋》的祖本，并推测其当在雍正或康熙年间成书。最后，在文末附上了别表，分别为：《楚汉春秋》十本情节表与小说的对比表，"楚汉"、《西汉演义》、《楚汉春秋》三者的项目对比表，"楚汉"剧与《楚汉春秋》的出名对比表。

小松谦《关于〈鼎峙春秋〉——清代宫廷中的三国戏》，主要围绕九集所收之《鼎峙春秋》为中心进行论述。宫廷所演的大戏可以说是拥有相同主题作品的集大成者，因此小松谦认为通过将戏曲与小说进行比对，不仅可以发现小说与演剧的差异，还可能借此使戏剧作品散佚的部分得以重构，或者能够使人重新发现小说文本中容易被人忽略的一些问题。并且从口语文学的视角出发，对以三国故事为题材的《鼎峙春秋》一剧的内容进行检讨。

首先，在第一部分中，小松氏将《鼎峙春秋》的内容与《三国演义》毛宗岗本进行比较，称自《三国志平话》以来作为三国故事中最重要的刘关张三兄弟的故事是《鼎峙春秋》的表现中心。但是另一方面，又有例外，如与刘关张三人不存在直接关系的连环计（第二本），董承等人密谋反曹失败（第三本）等；还比如以刘备死后诸葛亮征服南蛮事（第九、十本）作为该剧结束。这些例外产生的原因何在？小松氏认为要理清这些疑问，作品的成书背景、写作目的及结构方式必须仔细辨析，这是研究和解决问题的关键点。在第二部分，指出虽然《鼎峙春秋》中大规模地承袭了《丛刊》初集所收《连环计》《古城记》《草庐记》等剧，但也有许多不一致的地方。而作为小规模的流用，《鼎峙春秋》中还可见关汉卿所作《关大王单刀会》一剧的影响，在参考关作《丛刊》四集元刊本、赵琦美抄本以及其他散出戏选本的基础上，认为《鼎峙春秋》所依据的《关大王单刀会》应是经明代宫廷流传下来的戏本。此外，他还指出曹操游地狱一场是在《三国演义》毛宗岗本的基础上，借用《四声猿》而形成的。在第三部分，小松谦认为，从《鼎峙春秋》中在一定程度上或许可以将已经失传的戏曲作品重新复原出来，并考证《鼎峙春秋》的相关部分应是取用自《风月锦囊》以及今已亡佚的传奇《桃园记》；对于剧中描写张辽恶行的部分，推想其出处可能并非是《丛刊》二集所收之《青虹啸》，而是亡佚已久的《射鹿记》，或许还有《赤壁记》的部分内容。关于刘备东吴结亲一出，则在片仓健博的研究基础上，判断其出自《草庐记》和《锦囊记》。而征讨南蛮一出，虽然《丛刊》二集中收录有《七胜记》一本，但该剧中却完全不见引用痕迹。第四部分，作者认为《鼎峙春秋》全剧故事是以刘关张三兄弟为中心展开的，因此各出多取材自既有的《桃园记》《连环计》《草庐记》等戏，或截其全本，或取其单出，相互贯穿而成；而故事中与情节分散有突兀感的部分则是依据小说所致。但是，与此同时，由于宫廷大戏的特点和性质，为了满足女性角色的登场和昆山腔系统的插入等需要，剧中也能见到与刘关张三兄弟无关的蔡文姬故事。还有，虽然该剧所使用的《丛刊》九集所收本是嘉靖本，但也有个别地方根据毛宗岗本做了修改，其原因可能是出于增加该剧中"宾白"的需要。另外，对刘关张三兄弟的败北、死亡，以及有关迫害皇帝的情节因为不适合出现在宫廷戏剧中而采取了回避的态度；即使在故事情节中有所表现，也只是以暗示或者间接的手法一笔带过。通过《丛刊》九集本的文本，作者判断整个戏剧不是一时完成的。第五部分主要论述的是刘备死后剧本的情节展开，同时指出这一可以被看作是加场戏的部分中就潜藏着《鼎峙春秋》最真实的创作动机；也就是说，虽然该剧在内容上与小说一致，但在具体表现征讨南蛮这一事件上，其遣词造句则与小说大不相同，而这正是为了迎合自夸有"十全武功"的乾隆帝而特意作的修改。而且，曹操周游地狱这一部分，也正是曹操这样不尊崇刘备为正统的反贼所遭到的必然报应，可以说是一种通过寓言化来宣扬皇帝权威的表现手法。这样处理是在树立皇帝的权威。同时，南蛮征讨这一情节与乾隆十四年（1749）清廷对大金川的征讨史实相符合，因此小松谦推测该剧有可能是在此战之后创作并上演的。第六部分是文章的总结，强调《鼎峙春秋》版本极其复杂，《丛刊》本的改编等问题是值得研究的，也是今后课题关注点和重点。

　　文章最后附《〈鼎峙春秋〉内容及出处一览表》，详细地对该剧进行了提要整理。

小松谦《关于〈鼎峙春秋〉古本戏曲丛刊九集本与北平图书馆本的关系》以《丛刊》九集本与旧北平图书馆本《鼎峙春秋》为中心，比对二者内容上的差异。他通过梳理发现，旧北平本的情节展开主要依据的是《三国演义》的回目顺序，以刘备即帝位、曹操下地狱为结局，三兄弟的最终结局被略去，故事的发展可以说是戛然而止，最后亦没有诸葛亮南征凯旋之事。小松氏认为旧北平本中的舞台指示更为详细具体，因此比《丛刊》九集本更具典型性。另外，《丛刊》九集本与毛宗岗本虽然拥有相同的部分，但在具体的出数上却不统一。从旧北平本将全剧统一分为二十四出的角度看，其应是在参考《丛刊》九集所收《劝善金科》的基础上，利用《丛刊》九集本或者是与之接近的本子改编而成的；作为论据，以在《丛刊》九集本中多次登场的董祀为例进行了说明。最后在结论中说明《丛刊》九集本应该是提供给外国使节观看的一种本子，而与之相对的旧北平本则是面向国内小说爱好者的一种文本。

论文最后附有《〈鼎峙春秋〉古本戏曲丛刊九集本·北平图书馆对比表》，以《丛刊》本为标准总结两个版本差异。

磯部彰《关于大阪府立中之岛图书馆所藏〈升平宝筏〉与其特点》一文，对大阪府立中之岛图书馆所藏安殿本之四色抄本《升平宝筏》作了详细、专门的介绍，同时利用《古本戏曲丛刊》九集所收本（即北京故宫博物院藏内府钞本）进行比对梳理，证明大阪本就是乾隆帝所用之安殿本，彰显了大阪本的特殊意义。文章分为八小节。首先第一节是"清代宫廷演剧研究史略"，这部分对从民国初年小朝廷时代的宫廷戏剧研究开始，到新中国成立后的《古本戏曲丛刊》九集的编纂刊行，再到1980年前后《中国戏曲志》的编纂为止的各个历史时期中关涉的研究状况和相关材料进行了梳理介绍。第二节是"清代宫廷戏剧的主要作品"，详细介绍了《丛刊》九集所收的各种连台大戏。第三节"《升平宝筏》的创作目的"，以《丛刊》九集本为文献基础，认为因为乾隆帝极为尊崇唐太宗的治国成就，并且出于向东亚各朝贡国家的使节们宣扬皇清帝德的目的，因而制作了《升平宝筏》。另外，文中还推测，《升平宝筏》是以小说《西游真诠》、元明戏曲及康熙时代的旧本《西游记》剧本为底本编写成的戏剧作品。第四节"现存《升平宝筏》诸本"，对大阪本及《丛刊》九集本以外的主要版本文本进行梳理，指出在文本上存在大阪本与《丛刊》九集本两大系统。提出第一陈光蕊江流和尚故事的完备或省略，第二唐太宗西域亲征颉利可汗故事的有无，这两点是判断两个系统的依据所在，同时列举大阪本与《丛刊》本的不同之处予以说明。第五节"《升平宝筏》中所见与《西游记》之不同"，从《升平宝筏》与《西游记》（特别是与《西游真诠》）内容上所存在的差异出发，论述《升平宝筏》所作的相应改变。第六节"《升平宝筏》与元明戏曲"，考察元吴昌龄《唐三藏西天取经》戏、明初杨景贤撰《杨东来先生批评〈西游记〉》戏及《江流传奇》、《钓鱼船》（《丛刊》三集本）是通过怎样的形式被用于《升平宝筏》编纂的。第七节"《升平宝筏》与庆祝戏"，作者注意到与《丛刊》九集本相比，大阪本所收戏本中留存有大量的庆祝戏这一事实。并且，不论这些庆贺场面在戏中的占比如何，虽然它们同戏曲故事本身的关系不大，但从中亦能彰显出宫廷演剧的特征。第八节"大阪本与故宫本的异同"，围绕着第四节中提出的两大系统论，具体论述大阪本与《丛刊》九集本的不同之处。在最后"总结——大阪本与故宫本之时代前后"中，承接第八节的论述，以三犀牛精故事中字句上的差异为切入点，得出了大阪本是时代较早的乾隆写本，而《丛刊》九集本是乾隆晚期五十五年以前被修改过的钞本，或者是嘉庆时期的修订本这一结论。

磯部彰《北京故宫博物院本〈升平宝筏〉的研究》，以对《丛刊》九集本的论述为主，对借以区别大阪本与《丛刊》九集本这两大系统的差异点之一的陈光蕊江流和尚故事进行比较，其次又对另一差异点的颉利可汗故事进行了分析。认为九集本里有关颉利可汗的故事，反映出剧本创作者是充分领会到了康熙、乾隆两位皇帝对噶尔丹以及准噶尔部有意压制的圣意而做出了相应改变。另外，《丛刊》九集本应该就是乾隆五十五年万寿节演出时的台本（以上这个结论是笔者当时的推测，经过这几年的研究来看，可能大阪本才是乾隆五十五年万寿节演出时的台本——笔者注）。

文章最后附有附录《〈升平宝筏〉三种出名对比表——以大阪本·首都图书馆·〈丛刊〉九集本三种为例》。

磯部彰《旧北平图书馆本〈升平宝筏〉的研究》，将旧北平图书馆本《升平宝筏》的内容与大阪本及《丛刊》九集本比对，凸显出旧北平图书馆本的版本特点。同时，通过与北平本在各出题名上的对比推导出，《丛刊》九集附载的提纲本与旧北平图书馆本之间有着极深的关联。在与大阪本进行版本比较后发现，北平本是一方面利用小说《西游记》，同时又根据宫廷剧的特征对不适当之处进行删改，最后形成的可以在三层戏台上演出的过渡性版本，其与九集《丛刊》本也大不相同。而且，将大阪本与北平本、

《丛刊》九集本相比较，《升平宝筏》在文本上似乎显现出复杂的系统关系。另一方面通过考证，认为从出名来看，《丛刊》九集所收提纲本有可能是根据北平本整理出的。再者，论文后附录有《〈升平宝筏〉诸钞本》一表，对国家图书馆所藏三种《升平宝筏》进行了简要概括。

磯部彰《清代宫廷〈西游记〉单折戏与〈升平宝筏〉的关系》，介绍了故宫博物院所藏与《西游记》有关的宫廷单折戏，考察了《故宫珍本丛刊》所收《流沙河总本》等几个作品与大阪本、北平本、《丛刊》九集本《升平宝筏》的关系，同时也对这些戏在宫廷中的演出地点与场所进行了介绍。在文后附录三中，收录了若干档案中能看到的道光四年以后《西游记》单折戏演出的关联资料。

小松谦《关于〈劝善金科〉——论清代宫廷目连戏》，以《丛刊》九集本所收之五色套印本为根据，不仅论及宫廷戏，更将视野扩展到整个东亚目连戏的研究，也对中国戏曲的特点与本质进行了考论。因为小松谦无缘得见戴云所介绍使用的康熙旧本《劝善金科》原本，因此本文是在戴云所作《劝善金科研究》（北京大学出版社，2006 年）一书的基础上进行论述的。文章第一部分"《劝善金科》的成立时期"，小松依据康熙旧本第十卷第二十三出中所载"康熙二十年十二月二十日"这一明确的日期记载，认为《劝善金科》一剧应该是在康熙二十年平定三藩之乱后，为庆祝平乱胜利所制作并上演的庆贺演出；而且张照应该只是本剧的改编者而非创作者。第二部分"《劝善金科》和郑之珍《目连救母劝善戏文》"，该部分作者综合论述了康熙旧本《劝善金科》是以郑之珍《目连救母劝善戏文》为主要框架进行创作，《丛刊》九集本的五色套印本《劝善金科》又是在康熙旧本的基础上改编而成的，并将《丛刊》本与郑之珍本以图表的形式进行了比较。从表中来看，戏剧最初和最后的部分并没有沿袭既有的戏曲，彰显出该剧的独特性。此外，康熙旧本中有三十五出都使用了出自郑之珍《目连救母劝善戏文》中的南曲"古风"韵，因而作者推测康熙旧本中其他使用"古风"韵而又可以确定不是引自郑之珍本的地方，应该大部是借用自南曲中的相关目连戏。第三部分"《目连救母劝善戏文》以外的材料——《劝善金科》的创作论"，认为除戴云书中提到的郑廷玉的元杂剧《看钱奴买冤家债主》、孟汉卿的元杂剧《张孔目智勘魔合罗》、屠隆的传奇《昙花记》之外，还有作者不明的杂剧《包待制陈州粜米》第一折中有关贪官投机买卖场面的描写，也成了《劝善金科》的创作素材。进而作者又指出，在参考元代杂剧时，其依据并非是《丛刊》四集中所收诸本，而是使用《元曲选》所收版本。南曲中的传奇作品除上述之《昙花记》外，《明珠记》《赠书记》亦是其创作时的参考材料，并且这些剧本应当就是收录于《六十种曲》中的本子。作者推测出现这种现象背后的原因，可能是因为奉康熙之命的词臣们必须尽快在短时间内将《劝善金科》创作完成，是他们利用自己手头所持的面向知识层的戏曲读本进行创作的结果。第四部分"《劝善金科》的时代设定"，作者认为《劝善金科》把时代设立在唐代末年，是因为借用了《昙花记》《明珠记》这两部以中唐为舞台，以朱泚、李希烈的叛乱为背景的作品的缘故。《劝善金科》宣扬的是因果报应和忠孝节义，因而与带有亡魂救赎活动特征的目连戏在性质上有所差别。第五部分"张照的改编意图"，作者指出康熙旧本和《丛刊》九集本最大的区别是最后第十本的内容，其情节从根本上颠覆了直到第九本为止都在着力表现的对堕入地狱的恐惧之情。这应当是为了配合将康熙二十年腊月大赦天下这一情景搬上舞台，着力渲染不论人间抑或是地狱在大赦之后都一派升平，极力赞颂现任皇帝的功绩，这应该也是张照在改编剧本时的最为着力之处。论文最后附有《〈劝善金科〉内容出处一览表》，以及根据《丛刊》九集本所作的《劝善金科》梗概。

大塚秀高《〈铁旗阵〉与〈昭代箫韶〉》，以《丛刊》九集本《铁旗阵》为中心，论述其和同样是讲述杨家将故事的《昭代箫韶》（同收录于《丛刊》九集）之间的关系，并且认为在九集本《铁旗阵》之前，应有一部既有的原本《铁旗阵》。第一部分为"关于九集本《铁旗阵》中的杨家将父子征战南唐故事"，作者首先否认了吴晓铃关于《铁旗阵》原本于《杨家府世代忠勇通俗演义》的说法，认定其应该是基于《南宋志传通俗演义》一书，并将杨家将的时代提前，设定他们皆为北宋太宗时的武将。第二部分"《铁旗阵》与《昭代箫韶》"，认为《丛刊》九集本《铁旗阵》乃是在吴晓铃所称之"内府抄本"的中国国家图书馆所藏升平署旧藏钞本（大塚秀高称原《铁旗阵》）第十四段以前部分的基础上，修改并独立出来的；而自第十五段以后的部分改成了供三层戏台演出时使用的并经过朱墨套印的本子，即是全十本二百四十出的《昭代箫韶》。第三部分"原《铁旗阵》中杨家将父子征辽故事"，此部分以升平署旧藏残钞本《铁旗阵》（原《铁旗阵》）中各出的题名为切入口，认为其各出应分别收入在《丛刊》九集本《铁旗阵》与《昭代箫韶》中。另外，又以《故宫珍本丛刊》所收《昭代箫韶》提纲本为依据，推测原《铁旗阵》的具体构成，并在次节利用首都图书馆藏本对其进行了证明。第四部分"原《铁旗阵》的构成"，此部分承接前一部分，作者认为与升平署旧藏残钞本相比，在内容上不尽相同但有着相同文章结构的吴晓铃旧藏首都图书馆本《铁旗阵》实际上是前者的残本，认为这两种本子本来是一本书，并将这两种残本合二为一后的本子称为升平署藏残钞本，并认为这个本子就是原《铁旗阵》，其书是利用了杨家将征南唐之事与征辽故事之间的因果联系，将其一体化之后所形成的一个剧本。第五部分"原《铁旗阵》的情节"，将原《铁旗阵》与《丛刊》九集本《铁旗阵》中的长江渡河作战部分进行比对后发现，《丛刊》九集本中叙述这一情节的正是全十五段中唯一没有题名的第十五段，或可视为改编者当时还尚未决定具体的题名，并且十五段中有的部分稍显唐突，在故事内容上也不完整，因此推断此部分是九集本中变动最大，或是完全以新的构想重写的部分；与此相对，认为原《铁旗阵》中的自长江渡河作战至采石矶之战这一故事发展顺序最为合适妥当。作者推测《丛刊》九集本删去长江渡河这一情节，可能是出于改编者想要回避落入与之相类似的《三国演义》中所载赤壁之战的窠臼的考虑。第六部分"原型《铁旗阵》中所见之杨家将父子征战南唐故事"，此部分探讨从原型《铁旗阵》到原《铁旗阵》再到《丛刊》九集本《铁旗阵》中杨家将父子征南唐故事情节的流变。其中，将升平署旧藏残钞本《铁旗阵》中题名为两个字的出目认定为原型《铁旗阵》的断简残编。以"助兵"（即《丛刊》集本"杨景阅兵"）为例，论述其流变的具体过程。第七部分"从提纲和串头看《铁旗阵》"，以前节中推定的《铁旗阵》在流变过程中存在三个阶段的文本为基础，使用提纲本和串头本进行补充说明。串头是记录各出中所有要上场人物上下场及白、唱有无等的一种笔记，与提纲相比，更易于对舞台上演出的情节进行理解。第八部分"从曲谱来看《昭代箫韶》刊行以后的《铁旗阵》与《昭代箫韶》"，把《故宫珍本丛刊》第687册中所收南府旧藏《铁旗阵》曲谱、第688册中所收南府及升平署旧藏《昭代箫韶》曲谱，与《丛刊》九集本《铁旗阵》做比对，讨论其曲谱特点。第九部分"两组提纲的启示——咸丰本与光绪本"，这部分再次回顾讨论提纲本。第十部分"原《铁旗阵》与原型《铁旗阵》的成立时期"，这部分以史实为基础，认为原型《铁旗阵》可能创作于康熙二十八年《尼布楚条约》签订之后，而原《铁旗阵》应创作于康熙在位期间。余论"《铁旗阵》之名的由来"，该部分作者推论，《铁旗阵》这一名称正式确立的原因，可能与《水浒传》中所出现的四斗五方旗相关联；另外，其与清代的八旗制度也不无关系。论文最后附有《别表 1〈古本戏曲丛刊〉九集所收〈铁旗阵〉情节》，《别表 2 - 1，2 - 2 升平署旧藏残钞本〈铁旗阵〉与〈丛刊〉九集本〈铁旗阵〉、〈昭代箫韶〉的关系（附：情节）》，《别表 3〈昭代箫韶〉各种文本对照表》，《别表 4 丛刊九集本〈铁旗阵〉、〈昭代箫韶〉与升平署旧藏残钞本〈铁旗阵〉对照表》，《别表 5〈铁旗阵〉各种文本对照表》，详细列出了各本出名的对应关系，其中使用了《丛刊》九集本等。

小松谦《关于〈如意宝册〉》，以《丛刊》九集本《如意宝册》等宫廷演剧作品的研究为基础，探讨清代以前的声腔。第一节，在论证南曲四大声腔中弋阳腔与昆山腔兴盛的基础上，探讨《如意宝册》的声腔。小松认为，《如意宝册》的声腔是以弋阳腔为基础，间或交杂以昆山腔和青阳腔。第二节，利用小说《平妖传》并探讨其内容，认为《如意宝册》所依据的小说版本是四十回本，而《如意宝册》所使用的基本上都是小说前二十回的内容。另外，提出了该剧在编纂时存在参考《井中天》及其他亡佚的明末戏曲的可能性。第三节，梳理了《如意宝册》与天许斋本《平妖传》在故事情节上的异同，以胡永儿这一人物形象由《平妖传》中的正面人物到《如意宝册》中的反面人物这一转变为例，指出宫廷戏剧在创作时是站在统治者的立场，极力对反叛者进行贬低矮化。第四节，探讨了《如意宝册》的曲词。认为《如意宝册》中对北曲套数的使用上存在偏见，剧本后半几乎没有使用北曲的套数。作为参考，作者引用了《丛刊》四集中所收《脉望馆钞校本古今杂剧》中的《苏子瞻风雪贬黄州》。接着，作者总结了第一节至第三节的分析，并在此基础上导出了整体的结论。文中附有以《丛刊》九集本为依据所作之《附表〈如意宝册〉内容一览表》，在表中对全剧内容作了提要整理。

《清朝宫廷演剧文化研究》的第二篇"节戏·小戏的研究"，虽然并不是针对《丛刊》九集中的大戏，而是以月令承应戏为对象进行的研究，不过其中也提到了《丛刊》九集，并有所引用。

矶部祐子《东北大学所藏乾隆内府剧〈如是观〉等四种与乾隆帝的戏曲观》，介绍了日本东北大学附属图书馆所藏安殿本《如是观他三种》，从这四种《如是观》《滑子拾金》《冥判到任》《太尉赏雪》的剧本内容入手，论述了乾隆帝对戏曲的欣赏趣味和戏曲文化政策。第一部分"关于如是观"，参照《丛刊》三集本所收张大复《如是观》三十出本，并对东北大学安殿本、《丛刊》三集本、《昆曲粹存初集》所收本第四出进行比较，认为安殿本中对清代统治者所忌讳的部分做了更改，作为旁证史料还引用了相关的奏折以及乾隆帝的批复。并由此论述乾隆皇帝对于戏曲中有关异民族蔑称部分的态度，作者认为若作品在艺术性上必要时，出于娱乐的目的，乾隆帝采取的是可以不用尽行删去的态度，由此看出乾隆帝对于以娱乐为目的戏曲所持宽容之心。在探讨《滑子拾金》时也以《古本戏曲丛刊》初集中的《冯京三元记》等作为比较作品进行论述。

该书第三篇"宫廷本及资料研究"，收录了陈仲奇《关于〈中国地方戏集成〉的编辑出版》等论文，因其中没有涉及《古本戏曲丛刊》，所以在此省略。

第四篇"清朝与东亚文化"，讨论蒙古王侯对清朝宫廷文化的受容及朝鲜燕行使眼中的清朝戏剧演出，因与《古本戏曲丛刊》关联较少，亦在此省略。杉山清彦在其《大清帝国的支配次序与宫廷演剧——满清王朝的祝祭与王权》一文中，引入青木保在《礼仪的象征性》中所说通过举办盛大的礼仪典礼来显示国家强大的存在感这一观点。在研究清帝国的建构和运作以及分析承办宫廷戏剧演出的南府等机构时，作者利用了本书前面所收有关《丛刊》九集大戏的研究成果，对演出剧目进行了介绍。杉山氏的论文起着本书总论的作用，对包括《古本戏曲丛刊》九集在内的清代宫廷戏剧所具有的历史背景及历史作用进行了详细明了的论述。另外，本书所收论文中有一部分业已通过其他杂志刊发，其初刊大致在 2009 年到 2013 年之间。

"清朝宫廷演剧文化研究"之研究团队共刊行了四册附带有解说的有关宫廷演剧的研究资料集，在各个解题一节中，也有谈及《古本戏曲丛刊》的地方。具体大略如下：

（1）《东北大学附属图书馆藏〈如是观等四种〉原典及研究》（矶部祐子编著，2009 年）

本论文的解题一节，是以《清朝宫廷演剧文化的研究》中所收论文为基础缩略而成。其中虽然提到了《丛刊》九集，但因与前述内容相同，在此不再另述。

（2）《庆应义塾图书馆藏〈四郎探母等四种〉原典及解题》（高桥智编、金文京著，2009 年）

金文京在有关《四郎探母等四种》解题中，谈及与《乌盆记》有关的《盆儿记》时，指出其应就是《丛刊》四集中所收脉望馆钞本。

（3）《上海图书馆所藏〈江流记〉原典及解题》（矶部彰编著，2010 年）

解题中，作者将《丛刊》九集本《升平宝筏》与大阪府立中之岛图书馆藏《升平宝筏》两个本子和《江流记》的内容相比较，在指出三本间差异的基础上提出《江流记》的特征。

（4）《上海图书馆所藏〈进瓜记〉原典及解题》（矶部彰编著，2011 年）

解题中，作者将《丛刊》三集所收本及首都图书馆的《钓鱼船》作为先行文献，对依据《钓鱼船》改变而来的宫廷戏曲《进瓜记》的传承和背景做了说明。解题结尾处将《钓鱼船》、《进瓜记》、世德堂本《西游记》三种本子的相关部分进行了对比，并制作了《三种对比表》。

以上之外，矶部彰利用《丛刊》三集、九集所收本所作的有关《钓鱼船》《进瓜记》《升平宝筏》先行研究的著书，还有以下数种。不过因为其内容多已在本文的前面部分进行了概括，因此只列举书名。

矶部彰著《〈西游记〉资料的研究》（东北大学出版会，2007 年）

第 8 章《〈钓鱼船〉与〈进瓜记〉——明清的刘全进瓜、李翠莲还魂故事考》（1992 年初版）

第 9 章《〈升平宝筏〉与〈西游记〉——清代内府剧的一个侧面》（1998 年初版）

第 10 章《〈升平宝筏〉的内容——北京故宫博物院本与大阪中之岛图书馆本》

【附记】本次介绍之外，还有田中谦二、田仲一成等所做之优秀的戏曲研究，他们在研究中应该也会涉及《古本戏曲丛刊》，但是因为篇幅关系，在此不能一一介绍。

[作者单位：日本东北大学亚洲研究中心；译者单位：中国社会科学院文学研究所]

特约访谈 ◀

初到文学所

刘世德 口述　夏　薇 整理

文学所成立之初，一个单位，挂两块牌子。一称"中国科学院文学研究所"；另一称"北京大学文学研究所"。编制、经费和工资，由中国科学院负责。办公室和宿舍，由北京大学负责。文学所一开始设于北京大学燕园哲学楼，一两年后，在属于中国科学院的中关村社会南楼又设立了办公地点。

当时中国科学院院长是郭沫若，中国科学院哲学社会科学学部主任是潘梓年，副主任是刘导生。开国之初，郑振铎任文化部文物局局长、中国科学院文学所所长、中国科学院考古所所长，此为空前绝后之事。"文革"前，文学所所长就是郑振铎，副所长是何其芳。1958 年郑振铎率团出国访问，乘坐的飞机失事后，文学所所长由何其芳继任。

郑振铎的文学所所长一职只是挂名，不来所上班。我只见过他一次，那是他来所作报告。何其芳任文学所所长时，副所长是唐棣华（黄克诚的夫人）。学术办公室主任是朱寨，行政办公室主任张书明。图书室主任范宁，副主任汪蔚林。资料室主任吴晓铃。"文革"后，文学所所长是沙汀，常务副所长是陈荒煤。

文学所原先受双重领导：中宣部（周扬）和中国科学院（后来是中国社会科学院）。

我 1955 年 9 月进所。那时我 24 岁，何其芳 42 岁。全所 34 人，像个小家庭似的。

文学所当时分为中国文学部和外国文学部。何其芳兼中国文学部主任，卞之琳任外国文学部主任。开始时，中国文学部分为古代文学史组（组长何其芳，写文学史）、古典文学组（组长余冠英，编选本）、现代文学组（组长杨思仲，即陈涌）、民间文学组（组长贾芝）和文艺理论组（组长蔡仪）。那时候学习苏联的经验，设学术秘书，是所长之外最重要的职位，由罗大冈担任。学术办公室即现在科研处的前身。

外国文学研究所 1963 年自文学所析出，所长冯至。冯至去世后，由邵荃麟接任。

1956 年春节前后，我参加"中国科学院迎新大会"，地点在中关村科学院大礼堂，主持人是团委书记田夫，与会者数百人。这证明，文学所隶属于中国科学院。"新"既指"新春"，也指"新人"（新进入中国科学院之人）。

1955 年前后古代组改为两个组，一个叫文学史组，何其芳是组长，成员有范宁、胡念贻、曹道衡、邓绍基和我。60 年代，何其芳曾派邓绍基前去听取胡乔木的意见。胡乔木说，卢森堡是个小国，赠给我国的礼品中有该国文学史，十巨册，而文学所的中国文学史只有三册，太不相称。所以你们要搞大文学史。

据我所知，郑振铎到所开大会发表演说，只有一次。我参加了。郑振铎说，文学所要搞大部头的东西。

大概在 1958 年，郑振铎作为文化部副部长，率领代表团赴东欧进行访问，因飞机失事而离世。在全所哀悼大会上，何其芳说，要继承郑振铎的遗志，搞《古本小说丛刊》。后由我、陈庆浩、石昌渝担任主编，中华书局出版。

文学史组负责编写文学史，一开始，由《诗经》《楚辞》写起。胡念贻和曹道衡准备了很多有关的资料。这时正好赶上在国际上纪念四大文化名人（含屈原），何其芳、胡念贻、曹道衡写了论文，何其芳在纪念屈原大会上作了报告。接着，几年后又是纪念吴敬梓，何其芳又写了论文，并在纪念大会上作了报告。

于是，何其芳就萌生了一个新的想法：文学史也可以"倒着写"，不妨从研究、撰写明清小说开始。于是文学史组转变了工作重点。

另一个叫古典文学组，负责搞选本等，包括余冠英、俞平伯、王伯祥、王佩璋、周妙中等。

我进所后，何其芳任古代组组长，我任古代组秘书。60 年代初期，古代室又细分为先秦至隋文学组（组长余冠英）、唐宋文学组（组长钱锺书）、元明清文学组（组长何其芳，我任组秘书）。其间所写文学史就是按这个分期。

在古代文学史分期问题上，文学所有与众（学术界）不同的主张：隋代归前，唐代属后。这个看法是由钱锺书和何其芳共同提出的，得到了大家的赞同。

1958 年，开全所大会，大辩论，热烈非常。当时，文学所在西郊，所内的年轻人要求搬进城里，老教授们觉得西郊安静，不想搬走。但是，搞文学研究焉能远离文艺界？焉能不看戏？最后辩论的结果是年轻人得胜。于是，文学所搬到前（日本）海军大楼。中国科学院的哲学社会科学部（有独立性，以区别于其他学部）也在海军大楼，文学所在六号楼。

我原来住在中关村（当时叫中官村），进城后，住在东四头条一号（即后来的朝内大街 101 号）中国科学院宿舍。这是一个大院，原非宿舍，而是办公室。平房，没有厨房，厕所是公共的，一栋两层的小楼共住四户人家（钱锺书、范宁等），大院内住有文学所、历史所、考古所、自然科学史所等人员。文学所有钱锺书、余冠英、范宁、李荒芜、陈友琴、夏森（汝信）、邓绍基、胡念贻、曹道衡、张国民、马世龙、我等。后来我迁居劲松902 楼中国社会科学院宿舍。

上海解放后，工商局局长是许涤新。"文革"前，他又任中共中央统战部副部长，他是我夫人朱静霞的亲戚。朱静霞 1956 年来京后，与许涤新并无来往。"文革"中，许涤新靠边站，住在内务部街，没有人去探望他，生活很是寂寥。我们住朝内大街 201 号，胡同正对面是朝内菜市场。市场东侧有拐棒胡同，可通内务部街。我和朱静霞常去探望许涤新。许涤新那时候很热情，常与我谈文艺界之事，并告诉我，他和何其芳是在重庆时就认识的老朋友。一次，他对我说："你回去告诉其芳，要重视吴世昌。"又说，"全国解放后，回国的科学家很多，但都是自然科学家。吴世昌是第一个回国的社会科学家。这一点很重要。"吴世昌后来担任人大文教卫副主任，可能和这一点有关。

吴世昌于 1963 年回国后，进入文学所。何其芳当时派我去看他，探询他意欲参加哪一方面的研究工作。当时吴世昌刚回国，住在华侨大厦，我拉了陈毓罴同去。谈了很多有关国内红学界的话题。他说，在英国时研究的是《红楼梦》，回来想从事莎士比亚的研究。我回到所里，向何其芳作了汇报。何其芳说，还是请他参加《红楼梦》的研究吧。

20 世纪 60 年代初期，文学所和中国人民大学合办文艺理论研习班，对外招生，何其芳任班主任。双方议定，学员毕业时，由文学所挑选一部分留所。王春元、何文轩等人就是这样进入文学所的。

何其芳引进人才还有两例，一个是陈毓罴。他从北大毕业后，被分配到兰州大学教书。后来兰州大学派他到苏联莫斯科大学去做研究生，学习和研究契诃夫。临毕业前，他写信给何其芳，要求来文学所工作，并寄来他发表过的文章。于是，何其芳给兰州大学校长江隆基写信，希望把陈毓罴调到文学所，并答应用另一位刚分配来所的复旦大学毕业生作为交换。江隆基原是北京大学副校长、党委书记，1957 年以后调往兰州大学，而何其芳也曾是北京大学党委委员，二人彼此很熟，结果陈毓罴被成功调到文学所。另一个是蒋荷生（蒋和森），1953 年毕业于复旦大学新闻系，分配至《文艺报》工作。他写了一篇《林黛玉论》，寄给《人民文学》。何其芳当时担任《人民文学》编委，同意发表，并很欣赏此文，在编后记中写下了热情的鼓励的话，随后就把蒋荷生调进了文学所。

我于 1955 年 9 月进所，与我同时进所的有四人。古代组：邓绍基（复旦大学）。现代组：陈尚哲（北京大学）、吴子敏（复旦大学）、张慧珠（南京大学）。因所行政办公室已有一位年老的单身女干部，也叫张慧珠，同名，于是南京来的张慧珠就改名叫萧玫。我来所之前，古代室已有的人员是：俞平伯、王伯祥、余冠英、钱锺书、力扬、吴晓铃、范宁、胡念贻、曹道衡、周妙中、王佩璋。我来所之后，古代组的人员又增加了吴世昌、乔象钟、徐凌云、梁共民、蒋荷生、陈毓罴等。周妙中（女，研究戏曲）1957 年以后调往中华书局，做《古本戏曲丛刊》的责编。

王佩璋 50 年代参加下放劳动锻炼，到国棉三厂。有人揭发她因发泄不满，往生产机器中掺铁砂，被所内开除。何其芳爱惜人才，安排她到中华书局工作，并亲笔给中华书局领导写了推荐信，但王佩璋拒绝接受，始终未去。"文革"中，文学所接到派出所电话，说是王佩璋在北海跳水自杀，要文学所派人前去处理。文学所当时就派张大姐（张慧珠）前去处理此事。关于此事的情况如何（死还是未死），我不详知（据张胜利向王佩璋丈夫的亲属了解，说王是服安眠药自杀）。但当时在文学所一般人中，都说她是跳水自杀。

王智量原是北京大学中文系苏联文艺理论专家的翻译，后调进文学所，在苏联东欧组工作，1957 年被定为"右派"分子，其妻和他离婚，他也被调往上海工作。几年后，王智量给何其芳写信，诉说生活困难。何其芳于是又替他写信给上海方面，帮他解决了问题。

和我同时来文学所的有北大同班同学陈尚哲。他分在现代组。他会写诗。何其芳在自己的办公室中放了一张办公桌，给陈尚哲用，让他代写给读者来信的回复。当时何其芳经常收到大量的来信，询问如何读诗、如何写诗。陈尚哲的任务除本职工作外，就是整理这些来信，并根据何其芳的意见写回信。

1956 至 1957 年之际，在文学所古代室成立了"红楼梦研究小组"，小组成员有何其芳、胡念贻、曹道衡、邓绍基和我。有时开会也请王佩璋参加。研究小组约定每人写一篇论文。何其芳写了《论红楼梦》，我们帮助搜集了一些有关的资料，文章完成后，研究小组的同志们逐字逐句地进行了讨论。论文发表后，何其芳做东，请我们在五道口的同和居聚餐。我和邓绍基合写了《评〈红楼梦〉是市民文学说》，发表于《北京大学学报》。胡念贻、曹道衡也各写了一篇文章发表了。这四篇论文，内容重点不同，有所分工，可以看作是一个系列。从此时开始，我们无形中形成了一个学派。在这个学派中，在曹雪芹家世、生平、交游以及红楼梦主题、人物形象、思想、艺术、版本等方面，基本上有着共识。学派中人还包括本所的范宁、王佩璋等（但不包括吴世昌、蒋荷生）。何其芳说过，我们不搞宗派，但我们要形成一个学派。

中国社会科学院由原来的中国科学院哲学社会科学学部改建而来。1957年，中国科学院设学部委员制。哲学社会科学学部的学部委员（文学部分）有三位：周扬、何其芳、冯至。1957 年工资定级，文学所的研究员分为四级，第四级是研究员、副研究员的交叉级。文学所的一级研究员有三位：何其芳、俞平伯、钱锺书。二级研究员有余冠英、蔡仪、孙楷第等。范宁是三级。吴晓铃系自语言所调来，语言所定他为四级。语言所所长一开始是罗常培，学术秘书是吴晓铃（在西南联大时期罗常培是系主任，吴晓铃是系秘书）。后来吴晓铃与夫人石素真转入文学所。

1954 年红楼梦批判开始以后，俞平伯受到了何其芳的"保护"，文学所没有开过专门针对俞平伯的批判会。何其芳在文学所主办的《文学研究集刊》上发表自己的论文《论红楼梦》时，特意把它列为第二篇，而将俞平伯的《〈蜀道难〉说》置为首篇，以示对老师的尊重。研究员评级时，何其芳在文学所的会上建议评俞平伯为一级研究员。有人持异议，认为刚经过

"红楼梦大批判"，俞平伯不应评为一级，何其芳力排众议，说：不能学生是一级，老师反而是二级。

当时每隔一两年，领导上就下达精简机构的任务，需要完成规定的指标。何其芳采取的态度是：遵从领导的指示，一般是精简掉那些他认为不适合在文学所做研究工作的人，精英骨干绝不随意调走。几年下来，一直保持着精干的队伍。

那时候，院、所都十分重视拥有自己的理论刊物，并让这些刊物在全国起重点影响的作用。院里有《新建设》，所里有《文学研究》。文学界的老专家都愿意为《文学研究》这本杂志提供文稿。例如，北大游国恩教授就为《文学研究》的最初几期写了几篇补白短文。《文学研究》在全国学界有极大的影响力。后来改名为《文学评论》。原因是那几年反"右倾"，有人认为文学所"不食人间烟火"，因此要加强现实性、战斗性，因此改名《文学评论》。

何其芳非常重视《文学研究》，亲自担任主编。他曾对我说，文学所必须办一个刊物，而且要让它在全国有影响、起作用。1956 年分配来很多应届毕业的大学生，其中分至编辑部的不在少数。

那时，派邓绍基往复旦大学挑选毕业生，被调来古代室的就有董乃斌、陆永品。其中有一位女同学，是考试成绩最好的，她叫冀勤。一天我在何其芳的办公室，他问我，你看这位女同学该分到哪个部门？我问他，现在哪个研究室最缺人需要补强？他说，民间组。我说，那就应该分到民间组。（我那时不禁想起我刚到所的时候，何其芳征求我的志愿，首先第一句话就是问我愿不愿意到民间组工作。）谁知何其芳说：不对，我认为要分到编辑部。由此可见，何其芳十分重视编辑部，急欲为它增加力量。而我当时存有重研究、轻编辑的想法。

1956 年、1957 年之际，文学所筹备办两个刊物。一曰《文学知识》，由路坎主编，编辑有吴子敏、青林（卞之琳夫人）等，中国青年出版社出版。这个刊物连续办了几年，获得读者的好评。其中连载了何其芳的《这样读诗与写诗》。一曰《繁星》，作为《北京日报》的副刊，由樊骏主编，后因故胎死腹中。

文学所对新入所的年轻人采取一个措施：抄写图书馆的目录卡片。另外还有两点：一是劳动锻炼；二是熟悉藏书，增长知识。

年轻同志一进所，领导又为他们指定一位导师。何其芳亲自担任我的导师。他还任命我做古代组的秘书。我和他接触的机会就比较多。他对我说，他只能在文艺理论和文学欣赏能力方面给我一些帮助，至于古代文学知识、治学方法、能力，则要全靠我自己的努力。

何其芳还给一些年纪大的研究员配备助手。给俞平伯配备王佩璋做校点、整理《红楼梦》的助手。他一度把我派给孙楷第做助手。行前嘱咐我说，要虚心、谨慎，帮助孙楷第整理资料和进行研究工作。他并说，孙楷第生性多疑，常怀疑有人偷他的资料，你也是研究小说的，在这方面更要多加注意。当时，孙楷第把大批的三言二拍的资料（散叶抄录）交给我，叫我整理。他又准备和我以尤贞起抄本为底本，做《录鬼簿》的汇校本。我和孙楷第的关系处得还不错，他也很信任我。但是，1957年底，我参加下乡劳动锻炼，一年后返京。此事遂告终止。

1958年底、1959年初，我下乡一年后归来。全所正在热火朝天地开展"开国十年文学总结"的工作。古代室全员参加。我回所向何其芳报到，他说，开国十年的事，你插不上手，我已和翔老谈好，派你临时到《文学遗产》编辑部工作，一年以后你再回来。

我到了《文学遗产》编辑部，给我安排的工作是看二审稿，并划版面（当时《文学遗产》是《光明日报》的副刊）。

一年后，我回研究室，开始参加三卷本《中国文学史》的编写工作。

20世纪50年代，文学所的年轻研究人员间，普遍存在一种重研究、轻其他（图书、资料、行政）的倾向。古代组的梁共民有一次坐在办公桌前闭目思考问题，行政科的马世龙不知为了什么事，轻轻地碰了他的手臂一下，梁共民一时没有防备，突然用手拨开了马世龙的手臂。此事被陈涌（杨思仲）知道了，他在一次所领导小组的会议上针对此事说，对研究人员要尊重，人家正在思考问题，你为什么要去干扰？后来在"反右"时，陈涌被定为"右派"分子。有人揭发此事，作为陈的罪状之一。

陈涌原来在延安鲁艺时是周扬的学生。文学所当时受双重领导，中宣部是其中之一，而周扬当时是副部长。在"反右"时，周扬执意要划陈涌为"右派"分子，何其芳不止一次说情，仍未能改变。

1956年，北京大学燕园内有一大盛事：中文系开设"红楼梦"专题课。由何其芳、吴组缃二人轮流主讲，采用打擂台的方式。海报贴出后，大家踊跃参加听讲，大教室内人满为患，走廊上、门旁、门外都挤满了人。何、吴二人不避讳观点的分歧。辩论的焦点是：《红楼梦》是不是反映了资本主义萌芽？贾宝玉是不是"新人"？对薛宝钗如何评价？我每堂课都去听，并记了详细的笔记。

1961 年由王昆仑、何其芳二人发起，由文化部、文联、作协、故宫博物院四家出面，筹备举行曹雪芹逝世二百周年纪念展览会。何其芳派我参加筹备组工作。

在何其芳的主持和推动下，在《文学遗产》《新建设》等刊物展开关于曹雪芹生卒年的大讨论。由中央领导批准，原定于 1962 年在北京举行纪念伟大作家曹雪芹逝世二百周年的大会，未能如期召开，原定何其芳的大会演讲也取消了。他的演讲稿《曹雪芹的贡献》作为论文，在《文学评论》发表。

新中国成立后，非常重视群众来信。文学所也不例外。文学所常直接接到群众来信，或由中央部门转来的群众来信，询问一些学术问题。我知道的有三次。一次是有人写信给文学所，询问有关晚清小说《官场现形记》当年在报纸上连载的问题。何其芳亲自执笔写了回信，做出解答。何其芳指定由行政科的张大姐（慧珠）用毛笔誊写回信寄出并存档。另一次是有人写信来问《浮生六记》中的两记的真伪问题。何其芳指定我回复。我征询钱锺书意见后写了回信。回信照样由张大姐誊写寄出。张大姐是老北京人，为人谦虚、和气，毛笔字写得不错。还有一次是山东路大荒把他整理的蒲松龄文集的稿件寄给周扬，征求意见。周扬转给何其芳，何其芳又交给了我。因为稿纸、内容繁多，放在我手边有半年之久。最后，我写了我的意见：在经过进一步的整理后，此书稿可以公开出版。何其芳就把这个意见上报了周扬。

郑州大学、安徽大学成立时，领导上希望文学所派人支援。派谁去郑州大学，我已不记得。但安徽大学派谁去，我却记得。1960 年，文学所来了一批新进来的大学毕业生，其中有北大的李汉秋。他们来所报到后，被安排到某地去挖鱼塘（当时，安排所内年轻同志参加义务劳动是常事），前后约一年。当他们回所后，立刻被分配去支援安徽大学。

50 年代，所内有"夫妻老婆店"的谑称。夫妻同在所内的有何其芳、牟决鸣（民间组），毛星、贾经琪（人事科），蔡仪、乔象钟（古代组），王燎荧（文艺理论组）、葛涛（人事科），卞之琳、青林（文学知识编辑部），钱锺书、杨季康（杨绛），孙楷第、温芳云（图书室），张书明、李明（行政科），曹道衡、张雪明（行政科），吴晓铃、石素真（东方组），蒋荷生、张晓翠（编辑部），陈翔鹤、王迪若（《文学遗产》），濮良沛（林非）、冀勤，王积贤、萧玫，我和朱静霞等。后来，何其芳为了避嫌，把牟决鸣调往民间文艺研究会。

　　古代室是第一大室，人员最多时达四十余人。在何其芳时代，各室排名是理论第一，古代第二。到了刘再复时代，各室排名改为当代第一，现代第二，古代排在末位。

　　以上就是我"初到文学所"时看见、听见的一些大事小情。时间虽已过去，记忆却不模糊，它们不仅满载着我青年的岁月，也是开启我今后学术生涯的钥匙。每一代人的肩头都担有承前启后的责任，我眼中的上一代和下一代人眼中的我，等待着新一代人的评说。

　　　　　　　　　　　［作者单位：中国社会科学院文学研究所］

新著序跋 ◀

关于《文选》旧注的整理问题

刘跃进

内容提要：《文选》作为中国文学史上的经典，从隋唐以迄明清，对其注释者代有人出，形成了不同的注本。复杂的版本，使《文选》的研究增添了诸多繁难，而不断出现的新资料，也为"文选学"提出了新的研究课题。解读《文选》的唯一途径是研读原文，而更好地理解原文，各家的注释则是不二的选择。因此，通过排比、辑录的方式，将李善所引旧注、独注、五臣注、《文选集注》所引各家注释及陆续发现的若干古注汇辑成编，形成一部经过整理的汇注本，将有助于进一步推动《文选》的研究。

关　键　词：《文选》　旧注　整理

一　《文选》的经典意义

五十岁以后，我常常反思过去三十年的读书经历，发现以前读书往往贪多求全，虽努力扩大视野，增加知识储量，但对于历代经典，还缺乏深入细密的理解。《朱子语类》特别强调熟读经典的意义，给我很深刻的启发。朱熹说：

泛观博取，不若熟读而精思。

大凡看文字，少看熟读，一也；不要钻研立说，但要反复体验，二也；埋头理会，不要求效，三也。三者，学者当守此。

　　读书之法，读一遍了，又思量一遍，思量一遍，又读一遍。读诵者，所以助其思量，常教此心在上面流转。若只是口里读，心里不思量，看如何也记不子细。

为此，他特别强调先从《论语》《孟子》《大学》《中庸》这四部经典读起，特作《四书集注》。《朱子语类》就是朱子平时讲解经典的课堂笔记，不仅继续对这四部经典加以论述，还对其他几部经书的精微之处给予要言不烦的辨析。他不仅强调熟读，还主张"诵"书，即大声念出来。朱子如此反复强调熟读经典，实在是有所感而发。

　　纸张发明之前，文字主要刻写在甲骨和竹简上，通常不会太繁富。1959 年武威出土汉简《仪礼》，每枚简宽 1 厘米，长 54 厘米，可以书写60 到 80 字。由此推断，一部《史记》50 余万字，得用十万枚竹简才能容纳下来。古人说学富五车，其实知识总量有限。《史记·滑稽列传》载东方朔初入长安，至公车上书，"凡用三千奏牍。公车令两人共持举其书，仅然能胜之。人主从上方读之，止，辄乙其处，读之二月乃尽"。东汉之后，纸张日益广泛运用，改变了这种状况。抄书、著书成为风气，也成为一种职业。由此而来，大城市有了书店，王充就是在书肆中饱读诗书，博学深思，成为一代思想家。对于整个社会而言，有了书肆，文化更为普及。左思《三都赋》问世之后，可以使洛阳为之纸贵。这说明读书的人越来越多。

　　雕版印刷发明之后，书籍成倍增长，取阅容易。尤其是北宋庆历年间毕昇发明了活字印刷，同时代沈括《梦溪笔谈》及时记录下来，感慨说，如果仅仅印三两份，这种印刷未必占优势；倘若印上千份，优势就非常明显了。问题随之而来：书多了，人们反而不再愿意精读，或者说没有心思精读了。"文字印本多，人不著心读。"读书方式发生变化，做学问的方式也发生了变化。就像纸张发明之后，过去为少数人垄断的学术文化迅速为大众所熟知，结果，信口雌黄、大讲天人合一的今文经学由此败落。雕版印刷术尤其是活字印刷术的发明，也具有这种颠覆性的能量。朱熹说："汉时诸儒以经相授者，只是暗诵，所以记得牢。"随着书籍的普及，过去那些靠卖弄学问而发迹的人逐渐失去市场，也就失去了影响力。人们不再迷信权威，而更多地强调自己的感受和理解。宋人逐渐崇尚心解，强调性理之学，这种学风的变化固然有着深刻的思想文化背景，同时也与文字载体的这种变化密切相关。今天看来，朱熹的忧虑，不无启迪意义。

我们也曾有过从无书可读到群书泛滥、无所适从的阅读经历。我们这一代人，扛过枪，下过乡，真正的读书生涯多是从1977年恢复高考进入大学后才开始的，在如饥似渴地恶补古今中外文学知识的同时，又都不约而同地拓展研究空间，试图从哲学的、宗教的、社会学的、人类学的方面来观照文学，渴望走出自己的学术道路。

世纪之交，随着互联网的普及，电子图书异军突起，迅速占领市场。而今，读书已非难事。但在知识爆炸的时代，我们的大脑实际上已经成为各类知识竞相涌入的跑马场，很少有消化吸收的机会。我们的古代文学研究界，论文呈几何态势增长，目不暇接，但是总是感觉到非常浮泛。很多研究成果是项目体或者学位体的产物，多是先有题目，再去论证，与过去所谓以论带史的研究并无本质区别。在这样背景下，我常常想到经典重读问题。

美国著名学者哈罗德·布鲁姆著《西方正典》，用五百多页篇幅介绍了从但丁、乔叟、赛凡提斯到乔伊丝、卡夫卡、博尔赫斯、贝克特等二十六位西方文学大师的经典著作。作者认为，任何作家都会受到前辈文学名家和经典名作的影响，这种惟恐不及前辈的焦虑常常会使后来者忽略了自身的审美特性和原创性，并让自己陷入前人文本窠臼而不得出。作者在《影响的焦虑》中指出，能否摆脱前代大师们的创作模式，建立起自己的创作特色，形成新的经典，这是天才和庸才的根本区别。我们所以重视经典、重读经典，是因为经典阐述的是文化中比较根本的命题，由此可以反省文化中一些重大问题，而这些问题既与民族文化传承息息相关，又与当代文化建设密切相关。

当然，如何选择经典，又如何阅读经典，确实见仁见智，没有一定之规。中国学问源于《诗》《书》《礼》《乐》《易》《春秋》等所谓"六经"。《乐经》不传，古文经学家以为《乐经》实有，因秦火而亡；今文经学家认为没有《乐经》，乐包括在《诗》和《礼》之中，只有五经。唐宋之后，逐渐又从五经到七经、九经乃至十三经。这是儒家基本经典，也是中国文化的基本典籍。当然也有在此基础上另推出一些典籍者，如段玉裁《十经斋记》（《经韵楼集》卷九）就在此基础上益之以《大戴礼记》《国语》《史记》《汉书》《资治通鉴》《说文解字》《九章算经》《周髀算经》等，以为二十一经。但无论如何划分，都以五经为基始。

中国文学史上的经典，不胜枚举。历史上可以称之为"学"的，只有"选学"与"红学"。"红学"是专门学问，博学大家、草根学者比比皆是。对此，我无从置喙。结合我所感兴趣的汉魏六朝文学研究，我也信奉传统见解，主张熟读《昭明文选》。

问题是，如何研究经典？就个人读书阅历说，我特别赞赏下列四种读书方法。

一是开卷有得式的读书，钱锺书为代表。他主张从基本典籍读起。《管锥编》论及了《周易正义》《毛诗正义》《左传正义》《史记会注考证》《老子王弼注》《列子张湛注》《焦氏易林》《楚辞补注》《太平广记》《全上古三代秦汉三国六朝文》等十部寻常典籍，都由具体问题生发开去。商务印书馆出版了《钱锺书手稿集》中文之部凡二十二册，多是读书笔记。这是中国最传统的读书方法，泛览博观，随文札记。如王应麟《困学纪闻》、顾炎武《日知录》、赵翼《廿二史札记》、钱大昕《廿二史考异》、王鸣盛《十七史商榷》等，洵为传世之作。由于现代学科的限制，人们固守一隅，阅读面很窄，结果导致现在最大的问题是没有"问题"（意识）。

二是探求本源式的读书，陈垣为代表。他特别强调搜集资料要竭泽而渔。最有效的办法，就是从目录学入手，作史源学的研究。他特别关注年代学（《二十史朔闰表》《中西回史日历》）、避讳学（《史讳举例》）、校勘学（《元典章校补释例》）等，原原本本，一丝不苟。他主张一是一、二是二，拿证据说话。陈智超整理《陈垣史源学杂文》引述陈垣的话说："考证为史学方法之一，欲实事求是，非考证不可。"他还总结出这样几条基本原则："一、读书不统观首尾，不可妄下批评。二、读史不知人论世，不能妄相比较。三、读书不点句分段，则上下文易混。四、读书不细心寻绎，则甲乙事易淆。五、引书不论朝代，则因果每倒置。六、引书不注卷数，则引据嫌浮泛。"①

三是含而不露式的研究，陈寅恪为代表。他的研究，问题多很具体乃至细小，所得结论却有很大的辐射性，给人启发。《隋唐制度渊源略论稿》《唐代政治史述论稿》篇幅不长，结论可能不一定都很准确，但他的研究方

---

① 陈智超编注《陈垣史源学杂文》，生活·读书·新知三联书店，2007，第5页。

法、他的学术视野，开阔而充满感召力。他的研究，有的时候带有一定的臆测性，主张对古人应抱有"同情的理解"。我们的研究多缺少这种同情，往往居高临下，急于给古人排座次，不能也不愿意与古人平等对话。

四是集腋成裘式的研究，严耕望为代表。严耕望先生的学问是有迹可循的，他也有先入为主的框架，却不先做论文，而是做资料长编。比如《唐代交通图考》研究，就倾其大半生精力。《魏晋南北朝佛教地理考》《两汉太守刺史考》，也都是资料排比、考订异同的著作。很多有成就的学者，在从事某项课题研究之前，总是先做好资料长编工作。关键是如何编。每个课题不一样，长编体例自然也各不相同。

考察上述大家的研究经历，几条基本经验值得注意：

第一是读书治学的三个步骤，一要耐心阅读原典，二要精细处理材料，三要做充实而有光辉的综合研究。

第二是他们关注的领域主要是政治制度史、社会思潮史。研究文学、研究历史、研究哲学，其实都离不开政治制度史与社会思潮史的研究。

第三是发现与发明并重，创造了自己的学术品牌。

我个人认为严耕望的读书方法比较切实可循。资料的搜集与文献的研究相辅相成，紧密结合。资料编讫，自己也就真正进入了这个领域。同时，这份资料的整理出版，又为学界提供一部经过系统整理的参考著作。这样的著作，于公于私，均有裨益。

于是我想到了《文选》的整理。三十年前读《文选》，往往见树见木不见林，如果能够从文献的角度系统整理《文选》旧注，应当是很有意义的事。

二　解读《文选》的途径

解读《文选》，唯一的途径是研读原文；而更好地理解原文，各家注释又是不二选择。从广义上说，所谓"文选学"，主要是《文选》注释学。通常来说，阅读《文选》，大都从李善注开始。因为李善注《文选》，是一次集校集释工作。他汇总了此前有关《文选》研究的成果，择善而从，又补充了大量的资料，因枝振叶，沿波讨源，成为当时名著。宋代盛行的六臣注《文选》，其实也是一种集成的尝试，将李善注与五臣注合刊，去粗取精，便于阅读。除六臣之外，还有一些古注。清代以来的学者更加系统地整理校订，希望能够对《文选》文本及历代注释做系统的集校辑释工作。但总的来看，都留下这样或那样的遗憾。最主要的原因是，《文选》的版本比较复杂，有三十卷本，有六十卷本，还有一百二十卷本。同样是李善注或者是五臣注，各本之间的差异也非常大，常常叫人感到无所适从。这就使得集校集注工作充满挑战。还有，新的资料不断出现，尤其是敦煌本和古钞本的问世，不断地给"文选学"提出新的研究课题。

长期以来，我在研读《文选》及其各家注的过程中遇到某一问题，常常要前后披寻，比勘众本，总是感觉到挂一漏万，缺乏一种具体而微的整体观照。于是，我很希望能有这样一个辑录旧注、编排得宜的读本，一编在手，重要的版本异同可以一目了然，重要的学术见解亦尽收眼底。① 为此，我曾以班固《典引》及蔡邕注为例，试作尝试。② 《典引》最早见载于范晔《后汉书·班固传》。其后，梁代昭明太子编《文选》收录在"符命"类中，接在司马相如《封禅文》、扬雄《剧秦美新》之后。范晔《后汉书》载《典引》与《文选》录文已有差异，而《文选》各本之间差异尤大。

先看范晔书和尤袤刻李善注本的异同。最明显的不同是范书没有收录约四百字的序文。而收录序文的《文选》本，序文下却没有蔡邕注。由此推断，蔡邕所见《典引》和李贤注《后汉书》似乎都没有序文。另外，文字方面也多有差异。凡通假字，姑且不论。即较重要者如："以冠德卓绝者，莫崇乎陶唐。"范本作"卓蹝"。李贤注："为道德之冠首，蹝跡之卓异者，莫高于陶唐。"说明李贤所见之本也作"蹝"。而五臣、李善注之奎章阁本作"绰"。"以方伯统牧"，范本作"以伯方统牧"。李贤注："伯方犹方伯也。"是李善本作"方伯"是也。"黄钺之威"，范本作"黄戚之威"。李贤注："黄戚，黄金饰斧也。《礼记》曰：诸侯赐弓矢然后专征伐，赐斧钺然后杀。"既然用《礼记》的典故，当作"黄钺"为是。奎章阁作"黄

---

① 阮元《揅经室集·一集》卷十一《国朝汉学师承记序》云："元又尝思国朝诸儒，说经之书甚多，以及文集说部，皆有可采。窃欲析缕分条，加以剪截，引系于群经各章句之下。譬如休宁戴氏解《尚书》'光被四表'为'横被'，则系之《尧典》；宝应刘氏解《论语》'哀而不伤'，即《诗》'惟以不永伤'之'伤'，则系之《论语·八佾篇》，而互见《周南》。如此勒成一书，名曰《大清经解》。徒以学力日荒，政事无暇，而能总此事，审是非，定去取者，海内学友惟江君暨顾君千里二三人。他年各家所著之书，或不尽传，奥义单辞，沦替可惜，若之何哉！"中华书局1993年版，第248～249页。

② 文载《秦汉文学论丛》，凤凰出版社2008年版。

铖"是也。"而礼官儒林屯用笃诲之士，不传祖宗之鬐髴。""用"字，范本作"朋"。李贤注："朋，群也"。是李贤所见本也作"朋"字。由上述几例看，尤刻李善本较之范本略优。但是，根据胡克家《文选考异》①，尤刻《文选》时，曾据多种版本校改。这些或许是尤刻所改，虽然有很多已不可详考，但是依然可以推寻一些蛛丝马迹，如尤刻序中"此论非耶？将见问意开寱耶？"五臣本无"将见"七字。奎章阁本注："善本无'将见问意开寱耶'七字"。可见，此七字或是尤刻所加。据何本而增，便不得而知。

再看尤刻李善注本和五臣注本的差异。"犹启发愤满"，五臣本作"犹樂启发愤懑"。张铣注："樂，谓樂为其事也。"是五臣所见有"樂"字。奎章阁本也有"樂"字。"五德初始"，五臣本"始"作"起"。张铣注："言帝王以五行相承，乃初起是法。"是五臣所见本确为"起"字。奎章阁本也作"起"字。"真神明之式也"，五臣本"真"作"聖"。奎章阁本也作"聖"字。"恭揖群后"，五臣本"揖"作"輯"。"有于德不台，渊穆之让"，五臣本"渊穆"前有"嗣"字。李周翰注："自谦不能嗣于古先圣帝明王之列，此深美之让也。"是五臣所见有"嗣"字。"是故谊士伟而不敦"，五臣本"伟"作"華"。张铣注："汤以臣伐君，故古今义士以为華薄之事不为敦厚之道也。"是五臣所见确为"華"字。"内沾豪芒"，五臣本作"内霑毫芒"。虽然范本、李善注本均作"豪"，但是就文意而言，显然"毫"字为是。"性类循理"，五臣本"循"字作"脩"。"至令迁正"，五臣本"令"字作"於"。"孔猷先命"，下有蔡邕注："繇，道也。言孔子先定道诚至信也。"可以肯定蔡邕所见为"繇"字，而不是"猷"字。五臣本"猷"作"繇"。刘良注："繇，道。"是五臣所见也作"繇"字。"寱寐次于心"，五臣本"心"上有"聖"字。范本也有"聖"字。奎章阁本也作"聖心"。"惮敕天命也"，五臣本"天"下无"命"字。奎章阁本亦无此字。从上述几例来看，五臣注本似乎更接近于蔡邕注本。过去我们对于五臣注多所否定，如果就《典引》异文来看，五臣自有其独特的价值。

通过这样的个案研究，我发现，校订《文选》所录作品，至少可以选择三条途径。一是根据不同的版本，包括早期钞本如敦煌吐鲁番本、宋元刊本等加以勘对，还有像唐代陆柬之的书法作品《文赋》，也是校订的

---

① 据专家考证，《文选考异》是顾千里所作，考见李庆《顾千里研究》，上海古籍出版社1989年版。

依据。① 二是通过不同的征引加以校正，如《文选》选录的作品，有一百多篇见于史传，可据以校订；还有的是前人只言片语的引证，也是校勘的资源。三是根据对于文意的理解进行必要的校订。校订所录作品，虽然于字句的去取定夺之间差异较大，但是终究还是有很多便利条件，有据可依，有章可循。相比较而言，整理《文选》各家注释，就远非易事了。众所周知，《文选》注释影响最大的主要是李善注和五臣注，此外，还有李善所征引的各家旧注以及《文选集注》所引各家注。在流传过程中，李善注本与五臣注虽各有传承，但是与后来的六臣本相比勘，发现其中的关系错综复杂。而六臣注诸本，也不尽相同，有的是李善注在前，五臣注在后；有的则是五臣注在前，李善注在后。这样，各家注释，详略各异，繁简不同。因此，要想整理出一个眉目清晰的旧注汇释定本，不是不可能，但是相当困难。

清代学者研究《文选》，主要集中在李善注与五臣注上。正文与注释相互校订，根据旧注体例定夺去取，内证与外证比勘寻绎，因声求义，钩沉索隐，在文字、训诂、版本等方面取得了前所未有的成绩，令人赞叹不已。当然，他们的研究也存在着一些问题。概括而言，主要集中在下列三个方面。

第一，清代以来的《选》学家，根据当时所见书籍对于李善注释所引书加以校订。问题是，李善所见书，与后来流传者未必完全一致，譬如李善引《说文》《尔雅》就与今本多有不同。更何况，清代《选》学名家所见书也未必就是善本。如果只用通行本校订李善注，其结论很难取信于人。下举数例。

（1）班固《西都赋》李善注"容华视真二千石"之"容"字，"充衣视千石"之"衣"字，《文选考异》所见为"俗""依"，作者认为作"容"和"衣"为是，而"俗"与"依"两字，"此尤校改之也"。今见尤刻本正作"容"和"衣"。

（2）班固《西都赋》"内则别风之嶕峣"，陈八郎本、朝鲜五臣注本下无"之"字，是。但是《文选考异》以为此"之"字为尤袤所加，就非常武断。刘文兴《北宋本李善注文选校记》指出北宋本就有"之"字，"据此

---

① 上海书画出版社 1978 年影印出版。陆柬之为虞世南外甥，应当生活在唐代贞观年间，故行文避"渊""世"字，当与李善同时代。

则非尤添，乃宋刻原有也"。①

（3）张衡《西京赋》"黑水玄阯"，《文选考异》作者所见为"沚"，据薛综注，认为当作"阯"，今尤袤本正如此。

（4）班固《东都赋》"寝威盛容"之"寝"，陈八郎本、朝鲜五臣注本、《后汉书》并作"禒"，梁章钜曰："尤本注禒误作侵。"然中国国家图书馆所藏尤袤本正作"禒"，显然梁氏所据为误本。

（5）《西京赋》"上春候来"下李善注"孟春鸿雁来"，《文选旁证》卷三据误本，以为"鸿"下当有"雁"字。而敦煌本、北宋本、尤袤本并有"雁"字。

（6）《东京赋》"而众听或疑"，而胡绍煐所见为"而象听或疑"。《文选笺证》卷三："按：当作：而众听者惑疑。字涉注而误。惑与下野为韵。"而尤袤本不误。

（7）江淹《恨赋》"若乃骑叠迹，车屯轨"之"屯"字，胡绍瑛所见为"同"，于是在《文选笺证》中考证曰："六臣本作屯轨。按注引《楚辞》：屯余车其千乘。王逸曰：屯，陈也。明为正文屯字作注。则善本作屯，不作同。此为后人所改。"殊不知，尤袤本正作"屯"。

（8）《吴都赋》"宋王于是陋其结绿"，"宋王"，王念孙所见本为"宋玉"，于是考曰："宋王与隋侯对，无取于宋玉也。"而尤袤正作"宋王"。

（9）《汉高祖功臣颂》李善注"蹴两儿弃之"之"蹴"，梁章钜所见本为"蹷"。又云"尤本作取，亦非"，谓当作"蹴"字为是。然今尤袤本正作"蹴"字。

（10）《剧秦美新》"仲尼不遭用，《春秋》因斯发"，梁章钜谓："尤本'因'误作'困'。"然今尤袤本正作"因"，非误。

应当说，《文选考异》《文选旁证》还有《文选笺证》的作者，目光如炬，根据有限的版本就能径直判断是非曲直，多数情况下，判断言而有征，可谓不移之论。但他们的研究也存在一些明显的问题。譬如，《文选考异》的作者认为，"凡各本所见善注，初不甚相悬，逮尤延之多所校改，遂致迥异"。作者没有见过北宋本，更没有见到敦煌本，他指摘为尤袤所改处，往往北宋本乃至敦煌本即是如此。这是《文选考异》的最大问题。再看梁章钜《文选旁证》，虽取资广泛，时有新见，也常常为版本所困。如果据此误

---

① 刘文兴：《北宋本李善注文选校记》，《国立北平图书馆馆刊》5 卷第 5 号，1931 年 9 ~ 10 月。

本再加引申发挥，就带来了一些新的问题。譬如梁章钜就没有见到过五臣注本，常常通过六臣注本中的五臣注来推断五臣注本的原貌。而今，我们看到完整的五臣注就有两种，还有日本所藏古钞本五臣注残卷。由此发现，五臣注与五臣注本的正文，也时有不一致的地方。仅据注文推测正文，如谓"五臣作某，良注可证"，根据现存版本，梁氏推测，往往靠不住。《东都赋》"韶武备"，梁氏谓："五臣武作'舞'，翰注可证。"根据六臣注中的五臣注，乃至陈八郎本、朝鲜五臣注本，注文中确实作"舞"，但是，这两种五臣注的正文又都是"武"字。朝鲜本刊刻的年代虽然略晚，但是它所依据的版本可能还早于陈八郎本。不管如何，今天所能看到的五臣注本均作"韶武备"，梁氏推测不确。又如扬雄《甘泉赋》"齐总总以撙撙"，梁章钜《文选旁证》卷九："五臣'撙'作'尊'，铣注可证。"然陈八郎不作"尊"，作"蕈"。因此我们说，梁氏据所见本五臣注推测五臣本原貌，确实不可靠。这是梁章钜《文选旁证》的一个很大的问题。胡绍瑛的《文选笺证》，篇幅虽然不多，但是由于撰写年代较晚，征引张云璈、段玉裁、王念孙、王引之、顾千里、朱珔、梁章钜等人的成果，辨析去取，加以裁断，非常精审。同样，胡氏所据底本也时有讹误，据以论断，不免错讹。如张衡《思玄赋》"何道真之淳粹兮"之"真"字，胡氏所见为"贞"，推断曰："此涉注引《楚辞》'除秽累而反贞句'，误。"尤袤本正作"真"字。又，"翩缤处彼湘濒"之"翩"字，胡氏所见为"顲"字，谓："此'翩'字误作'顲'"，尤袤本正作"翩"字。潘岳《西征赋》"狙潜铅以脱膑"，李善注"狙，伺候"。然胡所见本误作"狙，猕猴也"。故论曰："'猕猴'，当'伺候'二字之讹。《史记·留侯世家》：'狙击秦皇帝博浪中'。《集解》引服虔曰：'狙，伺候也'。训与《仓颉篇》同。六臣本善注作'伺候'，不误。"实际上，尤袤本正作"狙，伺候"。

　　第二，古人引书，往往节引，未必依样照录。如《魏都赋》"宪章所不缀"，刘逵注引《礼记》曰"孔子宪章文、武"，就是节引。又如张衡《思玄赋》："潜服膺以永靓兮，绵日月而不衰。"李善注引《礼记》作"服膺拳拳"，而李贤注引则作"服膺拳拳而不息"。《礼记》原文是："得一善，则拳拳服膺而弗失之矣。"李善注颠倒其文，而李贤注释不仅颠倒其文，还将"弗失之矣"改作"不息"。只有两种可能，一是二李引《礼记》另有别本，二是约略引之。又如木华《海赋》"百川潜渫"，用今本《尚书大传》"大川相间小川属，东归于海"的典故，《水经注序》引同。《长歌行》

李善注则引作"百川赴东海"。蔡邕《郭有道碑》李善注引作"百川趣于东海"，同一文本，后人所引各不相同。如果用今本订补，几乎每则引录均有异文。据此可以订补原书之误之阙，也可据原书订正李善引书之讹。应当说，这项工作很有意义，但是这些工作已经溢出本书划定的范围，而且有些考证也与李善注书的本意有所背离，故不取。

第三，清人对于《文选》的考订，很多集中在李善注释所涉及的史实及典章制度的辨析，很多实际是详注，甚至是引申发挥，辗转求证，有时背离《文选》主旨。如《上林赋》"亡是公听然而笑"，汪师韩谓"听然"通作"哂然"，又通作"吲然"，又通作"龂然"，甚至还可以作"怡然"。这种引申，就本篇而言并无任何版本依据，似乎有些牵引过多。又如鲍照《舞鹤赋》"燕姬色沮"，《文选旁证》引叶树藩据《拾遗记》的记载，认为燕姬指燕昭王广延国善舞者二人，曰旋娟、提嫫，实属附会。其实燕姬犹如郑女、赵媛、齐娥等，泛指美女而已。这些研究，不免求之过深。

三　《文选旧注辑存》的编纂

基于上述认识，我试图给自己寻找一条重新研读《文选》的途径，辑录旧注，客观胪列，编纂一部《文选旧注辑存》。这里需要说明的是，所谓《文选》旧注，我的理解，有五个方面的含义：一是李善所引旧注，二是李善独自注释，三是五臣注，四是《文选集注》所引各家注释，五是后来陆续发现的若干古注。编排的目的，博观约取，原原本本，可以给读者提供一个经过整理的汇注本。

（一）李善辑注

李善辑录旧注有三种情况。

一是比较完整的引述。譬如薛综的《两京赋注》，刘逵的《吴都赋注》和《蜀都赋注》，① 张载的《魏都赋注》和《鲁灵光殿赋注》，郭璞的《子虚赋注》和《上林赋注》，徐爰《射雉赋》，颜延年和沈约的《咏怀诗注》，王逸的《楚辞注》，蔡邕的《典引注》，刘孝标的《演连珠注》等。特别是

---

① 卷四左思《三都赋》中的《蜀都赋》有刘渊林注。李善曰："《三都赋》成，张载为注魏都，刘逵为注吴、蜀，自是之后，渐行于俗也。"

李善所引薛综注，很值得注意。饶宗颐《敦煌吐鲁番本〈文选〉》（中华书局 2000 年影印本）收录《西京赋》三百五十三行，起"井干叠而百增"，讫篇终，尾题"文选卷第二"。双行夹注，薛综注，李善补注，与尤袤本大致相同。但有几点值得注意。第一是缮写时间。卷末有"永年二月十九日弘济寺写"数字，"年"旁有批改作"隆"字。永隆为唐高宗李治年号，永隆二年为西元 681 年。而据《旧唐书·李善传》，李善在高宗"明庆中累补太子内率府录事参军、崇贤馆直学士，兼沛王侍读。尝批注《文选》，分为六十卷，表上之"。今存李善上表标注"显庆三年九月日上表"，与史传同。说明《文选注》成于显庆三年（658）。而这个钞本距李善上表仅二十三年，为现存李善注最早的抄本了。第二，李善注所引唐人资料，最多的是《汉书》颜师古注，他称"颜监"。第三，尤本注音多作某某切，而敦煌本作某某反。第四，《爾雅》并作《尔雅》。不仅《爾雅》如此，敦煌钞本，还有好几个简体字与今天相同。

二是部分征引旧注。曹大家《幽通赋注》、项岱《幽通赋注》、綦毋邃《两京赋音》、曹毗《魏都赋注》、颜延之的《射雉赋注》[1] 以及无名氏《思玄赋注》等都是如此。张衡《思玄赋》题下标为"旧注"。李善曰："未详注者姓名。挚虞《流别》题云衡注。详其义训，甚多疏略，而注又称愚以为疑，非衡明矣。但行来既久，故不去。"有些无名氏的注释，李善有所关注，但没有征引。如卷七潘岳作品下李善注："《藉田》《西征》咸有旧注，以其释文肤浅，引证疏略，故并不取焉。"

三是收录在史书中的作品，如《史记》三家注、《汉书》颜师古注等。如卷七扬雄《甘泉赋》李善注："旧有集注者，并篇内具列其姓名，亦称臣善以相别。佗皆类此。"这里所说的"旧有集注"，实际指史传如《史记》《汉书》的旧注。又如卷七、卷八司马相如《子虚赋》《上林赋》标为郭璞注，李善未有说明。实际上是李善辑录各家旧注而成。除史传固有注释外，李善还收集到若干专门注释，如司马彪《上林赋注》、伏俨《子虚赋注》等。

李善辑录旧注，除"骚"体悉本王逸注外，其他多用"善曰"二字作为区分，加以补充。卷二张衡《西京赋》有薛综注。"旧注是者，因而留

---

[1] 《射雉赋》"雉鷕鷕而朝雊"句下，徐爰注："雌雉不得言雊。颜延年以潘为误用也。"说明颜延之亦对此赋有注。

之，并于篇首题其姓名。其有乖缪，臣乃具释，并称臣善以别之。他皆类此。"可见原来是"臣善"，后来的版本多为"善曰"，似已不是原貌。法藏敦煌本 P2527 为东方朔《答客难》及李善注，以"臣善"曰领起。引用前人之说，以"臣善"别之。如注"以管窥天，以蠡测海"："服虔曰：管音管。张晏曰：蠡，瓠瓢也。文颖曰：筳音庭。臣善曰：《庄子》魏牟谓公孙龙曰……"这种注释体例，保留了李善注的部分原貌。

（二）李善独注

《宋会要辑稿·崇儒》四之三："景德四年八月，诏三馆秘阁直馆校理分校《文苑英华》、李善《文选》，摹印颁行。……李善注《文选》校勘毕，先令刻板。又命官覆勘，未几宫城火，二书皆烬。至天圣中，监三馆书籍刘崇超上言：李善《文选》援引赅赡，典故分明，欲集国子监官校订净本，送三馆雕印。从之。天圣七年十一月，板成，又命直讲黄鉴、公孙觉校对焉。"中国国家图书馆藏北宋本《文选》李善注残卷，有学者认为此本即为国子监本，现存二十四卷（包括残卷）。此外，台北故宫博物院藏北宋本李注残卷，乃前十六卷中的十一卷（包括残卷）。这样总计现存北宋残卷凡三十五卷。[①]

最完整李善注刻本是中国国家图书馆藏南宋淳熙八年（1181）尤袤刻本（中华书局 1974 年影印）。[②] 诚如影印说明所言："李善注《文选》，北京图书馆所藏南宋淳熙八年（1181）尤袤刻本，是现存完整的最早刻本。这个本子，目录和《李善与五臣同异》中有重刻补版，正文六十卷中除第四十五卷第二十一页记明为'乙丑重刊'外（在影印本中这一页已改用北京大学图书馆藏本中的初版），其余部分还是尤刻初版。"而胡克家委托顾千里所校订的尤刻本《文选》则是一个屡经修补的后印本。

（三）五臣注

从现存资料看，世间还保留若干五臣注的本子，譬如日本就有古钞本

---

① 详见劳健《北宋本〈文选〉李善注残卷跋》及笔者所附案语。
② 阮元《揅经室三集》卷四载《南宋淳熙贵池刊尤氏文选序》，称他所见尤袤本卷二十八、卷九十九叶并有"景定壬戌重刊本"记。台湾藏有尤袤本递修本，著录为"尤延之贵池刊理宗间递修本"，其中卷二十八叶版心有"壬戌重刊"，无"景定"二字，卷九十九叶版心处模糊难辨。疑"景定"是阮元据递修本的推测。

五臣注，日本昭和十二年（1937）由东方文化学院影印出版。收录邹阳《狱中上书自明》、司马相如《上疏谏猎》、枚乘《上书谏吴王》和《上书重谏吴王》、江淹《诣建平王上书》（至"信而"止）、任昉《奏弹曹景宗》（自"军事、左将军"始）、《奏弹刘整》（至"范及息逡道是采音"止）、沈约《奏弹王源》（始"丞王源忝藉世资"）等、杨德祖《答临淄侯笺》、繁钦《与魏文帝笺》、吴质《答魏太子笺》《在元城与魏太子笺》、阮籍《为郑卫劝晋王笺》（仅仅开篇几句）等。其"民"字缺笔，或换以"人"字。抄录也多失误。如枚乘《上书重谏吴王》脱吕延济注"失职，谓削地也。责，求。先帝约，谓本封"和正文"今汉亲诛其三公，以谢前过"。因此，就版本而言，未必最好。此外，还有朝鲜正德五臣注刻本，现保存全帙，版刻精审。虽刊刻年代不及陈八郎本，但也时有优异之处，可补陈八郎本之不足。本文在辑录五臣注时，多所参校。

目前所见最完整的宋刻本是保存在台湾"中央图书馆"的南宋绍兴三十八年陈八郎宅刻本。① 顾廷龙《读宋椠五臣注文选记》亦提到此本："余外叔祖王胜之先生，藏书甚富，尤多善本，海内孤本，宋椠五臣注《文选》三十卷其一也。年来获侍杖履，幸窥秘籍。……是书原委，详外叔祖跋。"② 顾廷龙跋还多出"诸家印记累累，悉以坿志"，记录毛氏藏印、徐氏印以及栩缘老人印，如"王氏书库""同愈""王氏秘箧""栩缘所藏""三十卷簫选人家""王同愈""栩栩盦""元和王同愈"等。最后落款是"十八年八月四日记於槎南艸堂"。这段跋，不见台湾影印本，而吴湖凡题记又未见顾廷龙过录。蒋镜寰辑《文选书录述要》亦著录此书："宋绍兴辛巳刊本。见《邵亭知见传本书目》。王同愈《宋椠五臣文选跋》。此书为吴中王胜之同愈所藏，半叶十二行，行二十二字。"③ 傅增湘《藏园群书经眼录·文选注三十卷》亦有著录。

（四）《文选集注》

左思《三都赋》为《文选》卷第八，而李善本则卷第四，说明集注本为一百二十卷。现有上海古籍出版社的影印本。其来源及特点，周勋初先

---

① 详见王同愈《宋椠五臣〈文选〉三十卷跋》及笔者所附案语。

② 顾廷龙：《读宋椠五臣注文选记》，《国立中山大学语言历史研究所周刊》第9集第102期，1929年10月。

③ 蒋镜寰辑《文选书录述要》，《江苏省苏州图书馆刊》第3号，1932年4月。

生影印本前言有概括的描述。傅刚先生《〈文选集注〉的发现、流传和整理》有比较详尽的介绍。① 一般认为这是唐钞，也有人认为是 12 世纪的汇注本。② 不论抄写年代如何，其中保留了很多古注，有着较大的学术价值。除此影印本外，日本奈良女子大学横山弘藏《南都赋》开篇及注至"陪京之南"；庆应义塾大学左藤道生藏，始自"体爽垲以闲敞，纷郁郁其难详"，至五臣注"难悉"二字。此本的价值不仅仅保留很多已经失传的旧注，即便是李善注和五臣注，也多可作为校勘的依据。此外，李善注例，凡见前注，例不重注。卷一班固《两都赋》多有说明，如《西都赋》："石渠，已见上文。然同卷再见者，并云已见上文，务从省也。他皆类此。"《东都赋》："娄敬，已见上文。凡人姓名，皆不重见。馀皆类此。"《东都赋》："诸夏，已见《西都赋》。其异篇再见者，并云已见某篇。他皆类此。"《东都赋》："诸夏，已见上文。其事烦已重见及易知者，直云已见上文，而它皆类此。"按此例，"其异篇再见者，并云已见某篇。他皆类此"，如果再三出现且易知者，则"直云已见上文"。问题是，很多情况下，如果仅云已见上文，不知上文何篇，而集注本则具列篇名，颇便查询。

（五）佚名古注

俄藏敦煌《文选》242 残本有束广微《补亡诗》，自"明明后辟"始，讫曹子建《上责躬应诏诗表》"驰心辇毂"句，相当于李善注本《文选》卷十九至二十，其中曹子建《上责躬应诏诗表》在卷二十，而在五臣本则同为卷十。这份残卷共计 185 行，行 13 字左右。小注双行，行 19 字左右。抄写工整细腻，为典型的初唐经生抄写体。其注释部分，与李善注、五臣注不尽相同，应是另外一个注本，具有文献史料价值。

此外，天津艺术馆藏旧钞本卷四十三"书下"赵景真《与嵇茂齐书》至卷末《北山移文》，有部分佚注。日本永青文库所藏旧钞本卷四十四"檄"司马相如《喻巴蜀檄》，至卷末司马相如《难蜀父老》开篇至"使疏逖不闭，曶爽闇昧，得耀乎光明"止，也有部分佚注，均不知何时何人所作，都可以视之为无名氏的注释。

上述五种旧注，除尤袤刻李善注外，清代《文选》学家多数未曾披览。

---

① 傅刚：《〈文选集注〉的发现、流传和整理》，《文学遗产》2011 年第 5 期。

② 陈翀：《萧统〈文选〉文体分类及其文体观考论》，《中华文史论丛》2011 年第 1 期。

推进《文选》学研究的进步，新资料的系统整理依然是其中最重要的工作。《文选旧注辑存》只是一种初步尝试。凤凰出版社姜小青总编知道后，很希望我能把这种读书所得贡献给大家。这个建议当然很好，但是在具体操作过程中，还有很多问题回避不了。譬如，《文选集注》有很多异体字，如何处理，还颇费心思。现在的做法，是尽量保存各自版本原貌，偶作统改。另外，对于现存各种六臣注本的异同是非，我几乎没有涉猎。原因是，我重点关注的是各家注释。至于宋元以来的校释成果，散见群书，我也只是择要摘录。我的意图，不是做《文选》的集校汇注工作，而只是为阅读《文选》提供方便。尽管作了这样多的界定，收缩范围，而全书依然达到四百余万字，编排还不是很难，主要是剪刀加浆糊的工作，而校勘却异常繁难。现存李善注和五臣注，各本之间，差异很大。我选择尤袤刻本李善注作为工作底本。五臣注部分用陈八郎宅刻本为准。此外，《文选集注》所引各家注、敦煌吐鲁番本所引各家古注等，也保持原貌。各家注释的排列，基本以注者时代为先后。我希望做这样的编排，可以省却读者前后披寻的繁难。客观地说，目前所做的主要还是校异同的工作，定是非则更加重要。为此，举凡涉及原文异同、字音训释及相关评论等内容，则在案语中略有说明辨析，目的是为将来开展这方面的研究工作提供一些线索。而对那些纠缠不清的问题，或者只是一家之说的判断，不再繁琐征引。

重读经典，刚刚开始。通过这种排比研读，我们有更多的机会走近经典，体味经典，从中体会到传统文章的妙处以及探索写作经验，或许还可以探寻一些带有规律性的东西，为今天的文学经典的创造提供若干有意义的借鉴。倘如此，这种研读，就不仅仅是发思古之幽情，也有着现实意义。

2011 年 8 月 1 日草，2016 年 5 月 1 日修订

［作者单位：中国社会科学院文学研究所］

前沿思考 ◀

当前先唐文学研究的几点新动向

孙少华

内容提要：近几年来，先唐文学尤其是先秦两汉文学研究呈现出较为活跃的势头，魏晋南北朝文学研究则以史学、考古学的新史料，将此阶段的文学研究推进到一个新的高度。具体来说，新方法的不断尝试与应用、研究梯队的逐渐形成、海外汉学与本土文学研究的日益结合、学术性与普及性的共生并存，都是先唐文学研究取得良好成绩的表现。但是，先唐文学研究也存在一些不容忽视的问题，值得引起我们的注意，如文本研究出现的机械性、技术性弊端等，就需要我们在具体的研究过程中加以避免。同时，文学理论、文学思想、文学批评的研究，也应该引起研究者必要的重视。

关 键 词：先唐文学　文本研究　新史料　文学理论

近五年来，中国古代文学研究呈现出快速发展的繁荣势头。各种学术会议的召开、各种学术议题的讨论、各个研究方向的深入展开、各种新方法与传统方法的结合与尝试、各种学术选题的多样化设计与实施，都证明中国古代文学研究的丰富性与多样性已经进入一个新的境地。

先唐文学研究方面，先秦、两汉文学呈现出一定的活跃势头，研究深度不断增加；汉魏六朝文学研究则利用史学、考古学的新史料，将本阶段文学研究推进到一个新高度。某种程度上说，文学研究的某些成果，已经引起了历史、考古、宗教、哲学等其他学科的注意。这一点，说明先唐文学研究已经重新走上学术研究的前沿，并在一定程度上起到了引领时代风气之先的作用。

本文拟以先唐文学研究为例，谈谈最近五年出现的一些新动向，并对存在的问题展开初步反思。

客观上说来，根据笔者的观察与思考，这种新动向及存在的问题可以从以下几个方面进行介绍。

一　新方法的尝试与应用

近几年来，文学、历史等学科的研究，都非常重视对新方法的尝试与应用。在这个过程中，各种学术读书会的成立，无疑起到了非常重要的推动作用。它不仅带动年轻人迅速进入古代文学研究的前沿，催生了一系列与读书会有关的各种学术活动，而且激发了不同层次的学者对文学研究方法的反思，并尝试用新的研究方法对老话题展开重新研究。

何为"新方法"？晚清民国以来，前辈学人运用中国古代传统的训诂、考证的方法，结合西方各种学科（如心理学、社会学、统计学、地理学、哲学）的理论方法，在历史、哲学、文学等方面取得了非凡的成就。这大大推进了古代文学研究中古代散文、诗词、小说、戏曲的研究进程。尤其是古代小说、戏曲的研究，盛极一时。

顾颉刚等人发起的"古史辨派"，更是在取得了专门的成果的基础上推出了一大批年轻学者，直接影响了后来的中国古代文学研究，其影响至今犹存。其方法，主要的还是传统的文史结合的考据学路子。

当前的古代文学研究的"新方法"，一方面也特别强调"文史结合"，并且推崇尽可能利用出土文献的资料；另一方面这种"新方法"还强调注意结合西方一直使用的实物、图像、文本相结合的方法。这种复合型的研究方法，我们姑且称为"多重证据法"。

目前的实物、图像研究，主要限于考古、艺术史的研究，除了个别与出土文献有关的选题，文学研究领域尚未完全并很好地借用实物与图像相结合的方法。即使出土文献的文学研究，目前看大多局限于文献资料的整理与分析，对文学本体的研究仍然不多。事实上，利用实物、图像与文本相结合，我们同样可以得出较为重要的研究结论。例如，在作者眼里，实物是一种什么状况？实物进入图像、文本之后，在作者与读者眼里发生了哪些变化？图像与文本中的同一个对象，又有何异同？从文学作品的产生、流传、接受等不同角度看，这些问题都值得深入探讨。

文本研究，看似来源于海外汉学的提倡，但实际上也与中国传统的版本、校勘、训诂、音韵学密不可分，不过是将这些方法运用到了文学文本层面的分析。在这个方面，以"周秦汉唐读书会"为主的各种读书会的成立，无疑起到了重要的推动作用。

2014 年 4 月，在《文学遗产》推动下，"周秦汉唐读书会"率先成立，在反思旧的文学史观基础上，读书会学人集中对文本的复杂性、特殊性展开讨论，迅速推进了文学文本的研究进程。这种系列读书会的意义在于：

第一，催生了全国一系列读书会、同仁会、学术研讨会的产生与讨论，快速推动了各种研究方向的繁荣与发展。后来也是在《文学遗产》的协助下，宋代、明代、清代、词学、乐府学、《文选》、中古文学、先秦诸子等各种读书会陆续成立，在召集了一批年轻学者的基础上，相关议题的讨论更趋深入、议题更为集中。

第二，推动年轻学者积极思考古典文学研究方法，并促使他们积极学习外语，走出国门，借鉴国外汉学研究经验。在读书会的交流过程中，各种读书会一方面注意缩小规模，另一方面注意邀请海外学者的参与，在扩大学者眼界的同时，也促使很多学人感觉到外语在古代文学研究中的重要意义。近几年来，越来越多的年轻学者利用多种渠道到北美、韩日、欧洲及港澳台地区访学，又将各种新的学风、理念带回来，在推动古代文学研究方法多元化的同时，更为古代文学研究培养了后劲。

第三，催生了多种文学研究方法的试验与尝试。目前的古代文学研究，文献研究方法越来越受到重视，大量的文献整理与研究专著层出不穷。尤其是，传统的版本、校勘、资料搜集成果越来越多。此类研究，可以不断为文学研究提供新资料，当然是必不可少的。但是，在此基础上，如何借助多元的研究方法，对古代文学进行更为深入的研究，甚至能够形成不同于以往的研究气象，就成为当代学人思考的话题。

以往我们总在关注文献、理论、文学的综合研究及其出路，但一直未在三者之间找到一个为多数学者接受的范式。无论是理论还是文学，文献是基础，这一点毫无疑问。但如何使这个基础为理论与文学研究服务，则是研究者长期以来就一直思考但未能突破的难题。对于古代文学研究而言，与文献结合的一个很好的方式，就是对文学文本的分析。西方阐释学一直强调"文本"分析的意义，中国古代文学研究也一直借鉴这种方法，但具体应用上还存在很多障碍。尤其是，"古史辨派"提出的很多问题，至今尚未很好解决。这也为文史研究提出了很大挑战。如何跳出这些困扰，进入文学研究的内部，也是研究者思考的话题。本此，结合中国传统的文献分析、民国以来疑古与信古的争议以及西方阐释学思路，一批学人在文本研究方面进行了新的尝试，取得了一定成绩。如孙少华、徐建委合著的《从文献到文本——先唐经典文本的抄撰与流变》①，就针对文史文本中存在的各种复杂问题尝试分析，对文本系统、文本流变及其复杂性等问题进行了深入思考。客观上说来，文本自其产生之日起就一直不断处于流动、变化之中。对文本的"不可靠性""流动性"等问题，要有一个辩证的认识。但如何在正确认识文本性质基础上，更为可靠、客观甚至科学地开展文学研究，是一个需要认真思考并积极对待的问题。

二 研究渐趋深入，梯队逐渐形成

在这个过程中，20世纪四五十年代的老一辈学者起到了很好的传帮带作用；同时，一系列重大课题的产生，也具有非常重要的催化作用。

在当下各种学术研讨会中，20世纪四五十年代的学者，仍然发挥着非常重要的模范作用。如在论文指导、方法讨论、方向指引、新人培养、学科建设等方面，老一辈学人具有重要的学术影响。在这个方面，国家社科基金重大课题是其中重要的学术推手。

老一辈学人有经验、有资历、有学术影响，因此在设置课题、选拔成员、指导工作等方面，还是具有不可替代的地位。目前看，重大课题的作用主要体现在三个方面：第一，将研究方向带入更加深入、全面的地步；第二，培养新人，带动年轻队伍；第三，传承"学脉"。

例如，关于《文选》、诗文评研究，中国社会科学院文学研究所刘跃进先生领衔的"汉魏六朝集部文献集成"重大课题组，在《文选》《诗品》方面形成了系列成果。尤其是《文选旧注辑存》②，在文献整理方面是一种有意义的新尝试，并在打破旧经典基础上创造了新经典。另外，该课题组带动了一批年轻学者对《文选》展开了多重研究，形成了一系列《文选》

---

① 孙少华、徐建委：《从文献到文本——先唐经典文本的抄撰与流变》，上海古籍出版社，2016。
② 刘跃进：《文选旧注辑存》，凤凰出版社，2017。

研究新成果。最重要的是，该课题组规划的"汉魏六朝集部文献丛刊"选择了该时期非常重要的版本，将为学界提供最为全面的汉魏六朝文献参考书目。

再如，关于文体学研究，中山大学吴承学先生领衔的"中国古代文体学发展史"重大课题组，无疑是非常成功的典型。他们不仅在文体学方面形成了多种成果，而且带动年轻队伍不断发展，完成了从 60（如彭玉平、许云和）、70（如何诗海、刘湘兰）、80（如李晓红、李冠兰）至 90 后（如刘春现）的学者梯队建设。这对于一个单位、一个地区良好学风的养成、稳定的学术队伍的建设、具有传统特色的"学脉"的培养，具有重要意义。

诸子学研究领域，山东大学郑杰文先生领衔的"子海"重大课题组，以文献整理见长。他们先后推出了一系列经典、稀见、海外古籍版本，大大丰富了诸子典籍的版本数量和种类。其他还有华东师范大学方勇教授提出的"新子学"研究，在文献与诸子思想研究方面都取得了不错的成绩。

史传文学研究方面，陕西师范大学张新科教授领衔的"中外《史记》文学研究资料整理与研究"，在《史记》不同文献方面出版了不少有价值的成果。

文学理论与文学思想研究方面，近五年来也有一定突破。例如左东岭先生领衔的"易代之际文学思想研究"重大课题、中国社会科学院"中华文艺思想通史"的编写，都是在较为充分的文学研究基础上的理论提升。

当然，国内重大课题还有很多，以上笔者仅据个人熟悉的先唐领域略举数例，以供读者参考。

三　海外汉学与本土文学研究的结合日益紧密

近几年来，海外汉学与本土文学研究的结合非常紧密，主要体现在：

第一，海外学者参与大陆学者召集的各种形式的学术研讨会，并积极参与讨论，取得了深入的交流成果。例如，南京大学张伯伟先生领衔的域外汉学研究团队，近几年推出了不少研究成果，并与东亚学术圈有较为密切的学术活动，推进了东亚学术、文化的交流，对大陆的学术研究也有反哺作用。从当前的某些学术会议看，韩日、欧美、大洋洲学者，深度介入中国社会科学院文学研究所、北京大学、中国人民大学、复旦大学、南京大学等高校、科研机构举办的学术会议，双方的学术交流深入而细致，某种程度上推动了中国古代文学研究的全球化进程。

第二，大陆出版社积极引进海外汉学的各种学术成果，大大开阔了大陆学者的眼界，其成熟的学术经验，为文学研究者积极吸取并使用。例如，近几年来，商务印书馆、三联书店、山西人民出版社、北京大学出版社等引进的西方汉学名著，很大程度上引起了大陆年轻学子的关注，在方法论与选题上具有一定的启发意义。当然，海外汉学著作的引进，某种程度上是一件好事，只是如何将其中成熟的部分为我所用，打开古代文学研究的新局面，还是亟待思考的问题。

第三，大陆高校建立各种形式的高等研究院，积极引进海内外优秀年轻学者，深度促进了各层次学者之间的交流与学习。尤其是，个别高校采用人才引进、建立研究机构等形式，积极引进海外研究人员就业或参与学术管理①，也密切了海内外之间的学术联系，从另一种意义上将中国古代文学研究的成果推向了世界前台。

第四，海外汉学家的研究方法与理念，已经为大多数学者所接受。其中，北美著名的汉学家对大陆研究者的影响较大，对推进古代文学研究的深入思考具有一定正面意义。例如，对文学研究者影响较大的康达维、夏含夷、宇文所安、班大为、包弼德、苏源熙②，以及最近在大陆较为活跃的柯马丁等人。近十余年来，大陆很多高校的青年学者陆续赴北美访学，一定程度上加深了双方的文学研究交流。

虽然如此，海外汉学研究与我们本土的学术研究还有一些隔膜，如何尽快实现二者的对接，需要我们在以后的研究中不断探索、磨合。

四　学术性与普及性并存

在继续保持与提高文学研究的学术性基础上，按照国家传统文化的发展需要，文学的普及性工作日益受到重视。近几年来，各大出版社连续出版了历代文学鉴赏丛书，笔者也参与了部分赏析工作，认为对于细读文本、加深对作品本意的理解，还是很有帮助的。

当前，虽然我们一再提倡对优秀传统文化的继承与创新，但是，仍然

---

① 如南京大学、南开大学、北京师范大学等引进韩国及台湾地区学者就业；中国人民大学文学院成立文本研究中心等。

② 参见安平秋《北美汉学家辞典》，人民文学出版社，2001。

有不少人对古典文学、古代优秀传统文化持有偏见。这说明传统文化继承与发展的道路是多么曲折而漫长。2017 年底，本人在福建的一次活动中，被当地的两位高校教授追问一个问题：古代文学究竟有什么经济效益和现实意义？作为中华优秀传统文化的一分子，古代文学研究的意义自不待言。尽管这个问题，十九大报告已经将其提升到优秀传统文化的创新性发展和创造性转换、培育和践行社会主义核心价值观的高度，但仍然有人提出这样的疑问，说明我们的"文化自信""道路自信"的建设之路，也是多么艰难而漫长。虽然针对他们的这种疑问，笔者也指出我们正在进行严肃的学术研究与传统文化普及相结合的工作，但仍然被固执地认为，中国传统文化走向世界是根本不可能的事情。对这些自诩有海外学习经历，同时对中华优秀传统文化抱有偏见的"顽固派"，我们与其费尽口舌解释，不如踏踏实实做点儿文学普及的工作。这样更务实，也更有说服力。反过来，我们也希望他们能够认真阅读我们的文学鉴赏作品，努力提高他们的文学素养。一个人只有文学素养提高了，文化修养提高了，才能理解自身民族文化的优越之处。

因此，无论从哪一个方面来看，除了严肃的学术研究，文学研究者必须重视对古典文学以及优秀传统文化的宣传与普及工作。一个经济高度发达的国家，如果有一流的经济，但没有一流的文化，是非常危险的事情。而如何提高整个国民的文化素质与文学素养，并引导人们将这种知识转化为自身的修养，则是文学研究者的重要工作。

其实，不仅其他人存在类似疑问，文学研究者内部，也对文学提高与普及的关系存在不同认识。长期以来，作为高校、科研机构的"学院派"而言，鉴赏、赏析似乎是等而下之、非学术性的事情，其实不然。古代诗文、小说、戏曲的创作初衷，是给读者提供一个直接的欣赏性文本，使读者从中获得古典文学的优美、崇高等艺术享受①。金圣叹批评唐诗、《水浒传》的成就提示我们：读书一样是一门大学问，鉴赏一样可以成为一门大学问。关键是我们能将读书、批评或鉴赏进行到何种程度。至于与之相关的考据、注释、校勘与训诂等学问，则是文本流传过程中衍生出来的问题。所以，如何通过阅读文本，尽可能抵近作者的内心，而非简单抵近文本的原貌，就值得研究者深入思考。事实上，尽可能抵近作者的初衷，就更有

---

① 经学、史学的著作，其本意也是给读者以政治教化、历史教训等方面的智慧，而非其他。

利于解决文本流传过程中的文本变貌问题①。

这个问题，其实也就涉及"文"与"人"的关系问题。文学研究，如果抛开"人"（包括作者、读者、传播者等不同层面的"人"）的元素，将文学研究曲解为索然无味的"材料分析"，单纯从技术性层面研究"文本"，不仅会使得文学研究非常枯燥，而且会将本来已经独立出来的"文学学科"重新打回到民国之前的认识状态。这是值得警惕的事情②。因此，我们不仅要培养研究者懂得如何开展复杂、困难的文献、文本研究，还要培养他们阅读文本、欣赏文本、理解文本与作者本意的能力，也就是文本鉴赏能力。中古时期的《文章流别论》《诗品》《文心雕龙》等诗文评著作，无不是通过品评"人"而品评"文"、通过品评"文"而理解"人"的。孟子云："故说诗者，不以文害辞，不以辞害志、以意逆志，是为得之。"③ 又云："颂其诗，读其书，不知其人可乎？是以论其世也。"④ 诚哉斯言！我们的文学研究，不能局限于文本之内的"文"与"辞"，更需要关注文本之外的"志"与"人"⑤。所以，古代文学的鉴赏能力，不仅是一门大学问，而且是必须经过一定学术训练与提高之后才能获得的技能。

五　存在的问题与反思

当前的先唐文学研究，存在一些不可忽视的问题，值得引起我们的注意。

首先，关于文本研究，必须避免机械性、技术性研究，无限复制雷同

---

① 由于古代尤其是先秦两汉的文本载体单一，若频繁、大幅度调整或改变文本的面目，其困难程度比我们今天要大得多。

② 文史哲研究，有不同的思维逻辑与理论方法，其解决的问题也不尽相同。我们在研究方法上，必须重视"文史哲不分"，这没有问题，毕竟古代学术研究，材料是"共享"的；但在研究目标、目的、方向与最终落脚点上，研究者必须具有较为清醒的学科意识。毕竟，当前我们还没有将文史哲统一为一门学科的能力，更无必要。

③ 焦循：《孟子正义》卷十八《万章上》，中华书局，2004，下册，第638页。

④ 焦循：《孟子正义》卷二十一《万章下》，下册，第726页。

⑤ 涉及后者，必然涉及对文学思想、文学理论的探讨。长期以来，我们过于强调文学研究中"文献"的重要意义，而忽视了一百年来我们曾经创造过辉煌成绩的文学批评、文学思想、文学理论研究，甚至将此类研究误解为"空疏"之学。客观上说，这是一种偏见。文学批评、文学思想、文学理论是文学研究的凝练与升华，有时候可以解决用"文献"解决不了的文学问题。

选题的做法。同时，对于古代文本中存在的问题，要避免简单化理解，尤其不能将其简单等同于西方文本存在的问题。先秦时期以"文"为主，口述重于书写；秦汉以后，"文字"开始固定，书写重于口述。但无论哪一种文本形式，中国古代文本重"理""义"不重"辞""字"的现象比较突出。这一点，与西方古典学、阐释学中的文本认识有很大差异。秦汉以后的汉字书写方法，基本上是固定不变的，也不像西方的语言文字变化之大。所以，中国古代文本中产生文字差异是一种"常态"，并且基本上不影响文本主旨的表达①。

　　就此而言，文本研究不能简单关注文本内部的文字异同，而是应该关注到文本之外"人"的因素，以及文本的义理、思想、文化层面带来的宏观价值。目前来看，文本研究确实已经出现了一些弊端，有些研究者过分使用同一种文本解读法去解读不同的文本材料，虽然能够取得看似不同于他人的结论，但哗众取宠的成分也很大，结果造成了个人研究的琐碎与重复，甚至引起了学界不必要的反感。与其随便找一点儿材料来进行所谓的"文本研究"，倒不如老老实实确立一个自己的研究基地，认认真真读一部书，踏踏实实整理出一部自己满意，也让学界满意的学术成果。

　　其次，读书非为作文。各种读书会的成立，是一种积极健康的学术风气，但其中未免也存在一些瑕疵，不可避免地会出现一些不良习气，甚至个别读书者存在"读书即为作文"的错误思想②。这很容易造成研究者的心浮气躁，给研究者本人和学界带来危害。尤其是当前，很多人热衷于"经学"研究，但不知老老实实一点一滴认真读一部书才是"真经学"；随意与经学题目沾边，写几篇经学文章，非"真经学"也。此即清人陈澧所云："随意检阅，非经学也。读书而即写一简题目作一篇文字者，尤非经学也。学者之病，在懒而躁，不肯读一部书。此病能使天下乱。"陈澧将天下思想发生动乱的根源归结于"不肯读一部书"上，或者言过其实，但说"不肯

---

①　当然，历史事实的忠实记录或选择性记录，甚至歪曲性记录，是另一回事，与文本文字歧异无关。

②　毫无疑问，这种种轻浮的学风确实存在（虽不普遍，但值得警惕），即个别学者通过刻意寻找"话题"，运用写作技巧，快速为文。他们这样做，当然能快速获得论文发表，甚至引起同行注意，但未曾意识到，这种急功近利"攻占"各类权威期刊的文章，并非自己深耕多年的研究心得，多是刻意寻找的所谓"新题目"，其实并无多大学术生机，甚至无甚重大学术价值。这种不良学风，应该引起研究者的警觉。

读一部书"危害甚大，则有其道理。钱穆结合此论进一步说："若把读书认做是作文的工具，这便表现为主，工夫为次。只要东西翻阅，搜求一二题目，来写文章，此种风气，定会养成学术界一种懒而且躁的心理。懒是不肯平心静气，精详阅读。躁是急于成名，好出锋头，掩盖前贤，凌驾古人。"① 这种现象，值得引起我们的警惕。

再次，文学理论、文学思想、文学批评研究值得重视。当前的古代文学研究，文献整理较为兴盛，资料分析与研究较为缺乏；文学批评后继乏人，长期以来得不到应有的重视②。即如《诗品》《文心雕龙》、古代诗话一类的理论研究成果，也是乏善可陈。如何在认认真真读书基础上，从扎实的文献研究的成果中提炼出具有高度概括性的理论命题，是一种本领，也是一种大学问。我们需要新时代的"锺嵘"和"刘勰"。

最后，海外汉学研究的成果及其积极意义，已经为学界有目共睹，并且被同仁普遍接受。然而，与晚清民国时期中国传统文化与古代文学遇到的情况类似，中西如何找到一个契合点，在西为中用的基础上真正将西方有价值的理论、方法转化为古代文学研究的有力工具，值得我们深入思考。我们引进西方的方法与理论，引进海外研究成果及其先进经验，不能各说各话，必须避免"两张皮"现象。

民国时期文学研究的一个成就，就是学人综合了东西方先进的文学理论，并在反思传统、对外来思想与理论充分吸收的基础上，创造出了丰富的新成果。目前我们遇到了与当时相似的情形，但不同的是，目前海外的人文社会科学研究也遭遇到了理论缺失的困境。从具体研究情形看，民国时期的一大特色，就是将当时的碎片化、分散性研究，逐渐转变为具有一定学科体系的理论化研究。在这个意义上，西方"哲学"概念的引入，无疑具有重要推动作用。当初顾颉刚对诸子学研究的总结，一定程度上可以代表当时的普遍看法："九流诸子者，中国哲学之材料耳，中国哲学之历史耳，一家琐碎之言而非立统系的中国哲学也。"③ 他认为中国学术之所以不

---

① 包括上文陈澧之言，皆转引自钱穆《学龠》，九州出版社，2010，第 90 页。
② 毋庸讳言，20 世纪非常著名的文学批评、文学思想、文学理论研究专家目前大多在世，但他们之后，则很难见到成熟而有影响的研究成果，更遑论有超越前辈的作品。如何在继承前辈基础上培养研究人才，推出更新的研究成果，是目前文学批评、文学思想、文学理论研究的一个瓶颈。
③ 《顾颉刚书信集》卷 1，《顾颉刚全集》第 1 册，中华书局，2011，第 151 页。

能进步的原因，就在于"笺注"成果多，而"集略之书"少①。实际上是说研究者过于醉心于文献整理，而忽视了理论的总结。这种说法有其具体历史语境，但今天看来，仍有启示意义。

我们当前的文学研究，存在两种现象：第一，文献整理成果的大量出现；第二，理论性、思想性研究正在重新受到重视，并得以尝试与创新。对于文学研究来说，文献必不可少，而思想、理论亦不可偏废，否则，就有可能重新出现顾颉刚当年的忧虑，而中国文学研究之路也会越走越窄，重新变得琐碎而不成体系，甚至会如顾颉刚所言有"逐末之罪"。

另外，还要看到，与新科技发展的进程类似，古代文学研究目前也处于新时代的一个前沿位置。如果把握好历史时机与研究方向，文学研究就会走上一个新的拐点，甚至跃上一个新的高度。相反，文学研究就会失去很好的发展机遇，给学科造成莫大戕害。对于个人而言也是如此，如果跟上了时代的发展，个人的研究就有可能进入一个新境地，否则就会思想僵化、固步自封。在这个问题上，我们必须保持高度警惕。

[作者单位：中国社会科学院文学研究所]

---

① 顾颉刚称："中国学术之不进，由于笺注多而集略少。集略之书，期于统观而得其比较，定其类从，实为成立科学之途径，然非博闻则不易为；笺注者，曲成其意，务得解释，一学之中，此籍与彼籍不同可不计，以至一篇之中，前后自陷，亦可不问，虽非究心，而援笔可托，使中国之学离析分崩，经籍则一而习之者分为数家之传，相争相诋，终不得见其真际者，逐末之罪也。"（《顾颉刚书信集》卷1，《顾颉刚全集》第1册，第151～152页）

关于明代壁画研究的几个问题

——基于读柯律格《明代的图像与视觉性》的一些思考

王敏庆

内容提要： 关于明代壁画研究需关注的几个问题，本文主要提及了三点。一是关于明代壁画式微的讨论，认为明代壁画的式微与文人画占据画坛主流，文人画家或理论家掌握话语权有关。而在实际中，明代壁画的数量及质量都并不逊色。二是关于明代壁画的绘制者问题，明代壁画的绘制者并不都是画工或画匠，其中也应该还包括一些上层职业画家。三是关于壁画与书籍版画的关系问题，明以前一个壁画画稿的流传主要是点性的、线性的，但明代以后则是面性的。书籍印刷的蓬勃发展，与前代相比给明代的视觉文化所带来的是质的变化。

关 键 词： 明代壁画　职业画家　文人画家　书籍版画

柯律格（Craig Clunas）教授是西方研究中国美术史及物质文化史的重要学者，因其借鉴视觉文化的研究方法而引起学界的诸多思考。柯律格自1991 年起陆续出版《长物：早期现代中国的物质文化与社会现状》（*Superfluous Things：Material Culture and Social Status in Early Modern China*）、《丰饶之地：明代中国的园林文化》（*Fruitful Sites：Garden Culture in Ming Dynasty China*）、《中国艺术》（*Art in China*）、《雅债：文徵明的社交性艺术》（*Elegant Debts：the Social Art of Wen Zhengming*）、《明代的图像与视觉性》

（*Pictures and Visuality in Early Modern China*）以及 2017 年刚刚出版《中国绘画及其观者》（*Chinese Painting and Its Audiences*）等著作。其中《明代的图像与视觉性》是笔者比较关注的一本，书中除去绪论和结论外还包括"图绘的地位""天地人三才""视觉实践""木制版画复制时代的艺术品""对图像的畏惧"五部分。此书在"图绘的地位"一章中专门谈及了壁画，由于笔者的专业涉及古代宗教美术领域，故而对明代壁画的研究格外关注。

通常对于古代寺观壁画的研究，人们往往集中在对壁画的年代、人物身份、风格、粉本、图像程序、宗教意涵等方面的考察，而在柯律格的书中则是把明代壁画作为一个整体现象来加以讨论。他认为明代的壁画已然式微，并分析了原因以及关于壁画制作者身份等的相关问题。可能是囿于篇幅等原因，柯律格关于明代壁画的探讨尚未充分展开，所以这其中仍有不少具体问题值得我们关注和思考。

一 关于明代"壁画式微"的问题

《明代的图像与视觉性》第二章"图绘的地位"开篇便是"壁画的式微"，讲壁画由唐的兴盛转而到明的衰落。书中谈到甚至在元代尚有大画家赵孟頫、王蒙绘制壁画，而到了明代则已很难见到当时著名画家绘制的壁画，绘制壁画已经沦为贱役行列，像吴伟给南京寺庙绘制壁画也只是个别现象，而吴伟却又是个放荡不羁、打破一切常规的人物。此外，在各类与艺术相关的典籍中壁画已经很少被人提及。由此看来，到了明代，壁画既少有名家绘制，典籍更鲜有记载，而且从事壁画绘制还被视为贱役，风光已无法与唐、宋比肩，从表象上看确实是式微了。但书中柯律格教授转述的蔡九迪（Judith Zeitlin）关于蒲松龄研究①观点的一段话引起笔者对明代壁画"式微"的再思考，书中写道："对清初作家蒲松龄（1640—1715）来说，寺庙中的壁画并非人们日常生活中习以为常的一部分，而是一个危险和虚幻的神鬼之域，是幻象与现实之间几以致命的界限。"② 若说"寺庙中

---

① Judith Zeitlin, *Historian of the Strange*: *Pu Songling and the Classical Chinese Tale*, Stanford, 1993, pp. 183 – 199.
② 〔英〕柯律格：《明代的图像与视觉性》，黄晓鹃译，北京大学出版社，2016，第 27 页。

的壁画并非人们日常生活中习以为常的一部分"，怕是不符合明清时期中国的事实。根据笔者多年田野调查及查看的资料来看，情况正好相反，这些宗教场所中的壁画恰恰是人们司空见惯、习以为常的，是他们生活的一部分。因为书中的论断与笔者实际考察不符，所以不由得不反思关于壁画式微的问题：究竟判断壁画式微的标准是什么？是壁画的数量、质量，还是其他？

（一）明代壁画的数量

壁画是绘制在墙壁上的画，它包括地下墓室壁画和地面建筑上的壁画。其中地面建筑壁画又可分为宗教建筑壁画和世俗建筑壁画。到明代地下墓室壁画已经比较少见，这在大量明代墓葬考古发掘中不难看出。今天我们看到最多的明代壁画是宗教建筑上的，以佛、道二教最多。世俗建筑主要指人们的住宅建筑，以及世俗公共建筑。由于世俗建筑壁画就处于人们的日常生活之中，所以很容易被重绘、替换乃至损毁，故而世俗建筑上的壁画今天已很难见到，但我们仍可以通过其他相关图像资料而窥见一斑。明代宗教壁画的数量与宗教场所的数量密切相关，下面我们从两个具体实例便可以很直观地感受到明代宗教壁画数量之巨。能够存留到今天的明代宗教建筑相对于明代那个时期来说已经是很少了，不过我们可以从保存下来的明、清县志中知其大概，特别是县志所绘制的地图上可以很清晰地看到城中宗教建筑的分布。以沁州州治为例（图1），我们可以看到地图上所标出的宗教场所主要有文庙、崔府君庙、元妙观、鲁班庙、东岳庙（两座）、老君院、崇宁寺、三圣堂、文殊庵、观音堂、三官庙、马神祠、九天圣母祠、吴文端公祠、关帝庙、文中子祠、文禹祠、俞公祠以及城外左上角漳河汇流处的河神庙，共20处。综观古代县志，可以看到文庙（县学）、佛寺、道观、城隍庙几乎就是每座城池的标配，除此之外还有很多供奉其他神祇的祠庙庵院等。在这些场所中绝大多数都绘有壁画。沁州州治之下一城之内尚有二十几处重要宗教场所，更遑论还有城外。此外，宗教名山圣地如佛教的五台、九华、普陀、峨眉，道教的武当、青城、龙虎、齐云，更是寺庙宫观星罗棋布。

下面再看明清时期北京城的情况。清乾隆年间所绘制的《京城全图》描绘了乾隆时期京城内城的街道胡同的分布情况，地图上街道胡同、庙宇、住宅、衙署等的名称标注得十分清楚。据统计，当时北京内城约有大小寺

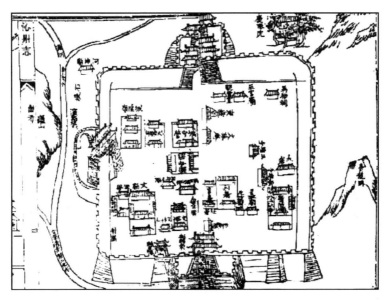

图 1　沁州州治图（清）

庙 829 座，当然这些祠庙大多数并非始建于清，而是明代甚至更早时期遗留下来，后世只是对它们不断地修葺维护，完全新建的庙宇只占其中不大的一部分，像上文所提沁州州治的情况亦是如此。北京内城，大约就是现在二环以内的地方，在这不大的面积内却存在着 800 多座宗教建筑，可见密度之高。当然，这些宗教建筑的规模存在差别，既有规模宏大的皇家寺院、丛林道观，也有只有一两间房屋的祠庙庵堂，还有大约只有半间小房般大小的立于井边的龙王庙、路口的土地庙等。图 2 便是北京内城一座佛教寺庙内的文殊菩萨像及其身后的壁画。从上述两个城市的个案我们可以看到，这些宗教活动场所相当密集地穿插在人们的生活区域当中，说明这些宗教场所的存在是符合人们生活需要的。凡寺观等宗教场所基本上都绘有壁画，现在所见者不多则是由自然或人为损毁所致。壁画的存在并非单纯为了装饰，而是有其宗教功能，它与建筑内的神祇塑像一起共同营造了一个宗教场域，从而将神圣与世俗区别开来，这也正是宗教场所壁画普遍存在的一个重要原因。另外，就制作神像和绘制壁画而言，相同级别的壁画和塑像，壁画的成本相对要低。对于经济不甚宽裕的寺观庵堂来说，在墙壁上绘制出大量神祇的形象比塑造神像要省钱得多，而宗教效果却是一样的，所以壁画的绘制量在同一空间内有时会多于塑像。以上是京城和山西沁州的两个个案，如果我们放眼整个大明帝国，从京城到地方，宗教壁画的绘制量是非常惊人的，何来"寺庙中的壁画并非人们日常生活中习以为常的一部分"之说？所差别者无非是壁画等级和水平的差异。其实即便是在唐、宋，壁画也并不都是被载入史册的那些名家所画，他们只是壁画绘制者中的一小部分。

图 2　北京内城寺庙造像与壁画（清）

（二）明代壁画的质量

下面再看明代壁画的质量。在人们一般的观念中，中国的宗教艺术鼎盛于隋唐，至明代已经衰落，清则更不屑提及。姑且不论这种评判是否公允，因为即便我们从艺术开始走向自觉的魏晋南北朝算起，至明代也有一千多年的历史。在这一千多年中人们的审美标准始终在变化着，再加上宗教艺术也有其自身的特点，所以这里有太多需要具体分析的因素，不能一概而论。如果说纵向比较往往会存在一些导致我们的评判不够客观的干扰因素的话，那么横向比较这种干扰则会小很多，即将明代的壁画与同时代、相近层次的作品进行比较。

图 3 至图 5 分别是明代著名画家吴伟的《武陵春图》以及明代北京大慧寺壁画中的两个人物。吴伟，生于英宗天顺三年、卒于武宗正德三年（1459～1508），字次翁，又字士英、鲁夫，号小仙。江夏（今湖北武汉）人，明代著名画家，江夏派的代表人物，画院待诏，孝宗时授锦衣卫百户及赐"画状元"图章。吴伟主要活动于宪宗成化和孝宗弘治年间。大慧寺壁画的绘制时间为正德八年（1513），也就是在吴伟刚刚去世的五年后绘制，所以这幅《武陵春图》与大慧寺壁画绘制的时间非常接近。此外，吴伟曾做过宫廷画家，被明孝宗所赏识，而大慧寺壁画的绘制也与明宫廷密切相关，因此，二者在级别上也相当。武陵春是当时青楼名妓，多才艺。画中的武陵春右手托腮、左手持卷，凝神沉思。吴伟以细笔勾勒人物，线

条流畅，婉转顿挫，疏密有致，钉头鼠尾描的线条表达温婉含蓄。人物除衣领、袖口及襟带以淡墨微染外，基本不着颜色。相比之下，大慧寺壁画不仅着色而且设色艳丽，但色彩的使用往往与人物的身份相符合。在人物面部的表现上，《武陵春图》基本就是墨线勾勒，而大慧寺壁画中的妙善公主像，其面部施以朱臕色晕染，增强了面部的立体感以及人物的生动性。对比武陵春与壁画中妙善公主像，妙善公主的端庄娴静之态、朱唇将启欲言之状传达到位，形象刻画并不逊于吴伟的《武陵春图》。就作品的线条运用而言，妙善像由于勾线后设色将线条遮盖不甚清楚，但同是壁画人物的女官像的线条勾勒则十分清晰。女官像线条同样为钉头鼠尾描法，但线条特征鲜明，不像《武陵春图》的线条那般含蓄。尤其是正侧面女官的衣领部位，衣领上部紧贴脖子的那根线条即为典型的钉头鼠尾描，起笔处的"钉头"恰到好处地表现了衣领贴着颈椎处转折的"实"，而越来越细的弧形线条——鼠尾则又很好地表现出了衣领渐渐离开人体（颈部）而出现的"虚"，线条正是在这虚实之间构建出人体的结构及人体与衣服的关系。壁画女官像上的其他线条亦是如此，例如由于人体运动产生的衣纹疏密、虚实变化等。大慧寺壁画人物的线条干净利落、充满力度，可以说其线的质量丝毫不让《武陵春图》。

图3　武陵春图（明·吴伟）图4　大慧寺妙善像（明）　图5　大慧寺女官像（明）

　　下面再看两组男性人物形象的比较。图6是山西繁峙公主寺壁画人物。公主寺壁画约绘制于弘治十六年（1503）后的几年中，与北京大慧寺壁画的绘制时间相近。公主寺壁画中的这位人物像为往古帝王之一，根据壁画题记，绘制者为河北真定府（今河北石家庄的正定）画匠。图7、图8和图9分别是文丛简和文点的《携琴图》、曾鲸和张风的《顾梦游像》以及周官的《携琴访友图》。文丛简和文点来自著名的文氏家族，为明四家之一文徵明的后裔，是典型的文人画家。曾鲸和张风也是明代著名画家，曾鲸创波臣派。《顾梦游像》中的人物为曾鲸所绘，画中的木石景物为张风绘制。周官主要生活于 14 世纪后半叶，时间稍早于公主寺壁画的绘制时间。明朱谋垔《画史会要》称："周官，长洲人，善山水，于白描尤精绝。"从《携琴访友图》中的人物形象来看，其白描人物确实不俗。公主寺壁画的作者只是普通的北方画匠，当然，这些画匠也是画工群体中的优秀者，后三幅绘画的作者们虽是知名画家，但与宫廷无涉。也就是说他们都是宫廷之外的各自领域的优秀者，因此将他们进行比较应当是较为公允的。在有了上边《武陵春图》与大慧寺壁画分析比较的基础上，我们对公主寺壁画与下面三幅绘画作品的认识便会比较轻松。从人物的面部表现刻画上看，公主寺壁画人物的须发可说是根根露肉、丝丝透风，绘画技法十分高超，人物倾身向左回首顾盼，其形体结构塑造也是相当结实、准确的。与三幅纸上绘画作品相比，不论是人物的神情还是形体结构都并不逊色，甚至可说是有过之而无不及。当然在用线方面它们存在差异。公主寺壁画人物的线条顿挫有力，线条较粗。而后面三幅纸上人物的绘画用线则比较匀净纤细，其中周官的《携琴访友图》用线与前边提到的吴伟的《武陵春图》非常相似。用线的差异，表现出来的只是画面风格的差别，而不是作品水平的高低。图 10 是画家杨敏绘制的《礼佛图》中的一位神祇形象，图 11 是北京大慧寺壁画中的人物，二者人物衣冠均十分相似。尽管二图的绘制者一为宫廷外，一个与宫廷有关，但就绘画水平而言也是难分伯仲。

图 6　山西繁峙公主寺壁画人物（明）

图 7　携琴图（明・文丛简、文点）

图 8　顾梦游像（明·曾鲸、张风）

图 9　携琴访友图（明·周官）

图 10　《礼佛图》局部（明·杨敏）

图 11　大慧寺壁画局部（明）

（三）关于壁画式微的探讨

综上所述，不论从数量还是质量来看，明代壁画都不弱，且数量和质量也应当是评判的重要标准，那么它的"式微"之说何来？柯律格在书中提到，在明代绘制壁画已被视为一种"贱役"，并引用《无声诗史》中关于沈周的一则故事进行说明。此外，他还在文中的不同位置分别提到"迄至明朝初年，品鉴传统已决然转与壁画为敌"。① （在注释中柯律格写道，早在11 世纪早期，主要的正统画家已对壁画失去兴趣。关于这一看法见班宗华 "*Survivals, Revivals, and the Classical Tradition of Chinese Figure Painting*"。② ）

---

① 《明代的图像与视觉性》，第 24 页。

② 参见《中国画国际研讨会论文集》，台北故宫博物院 1970 年 6 月 18 ~ 24 日（台北，1972 年版），第 143 ~ 210 页。

"更为重要的是，明代未能有大批出自当时大家的壁画以取而代之，而这些画家在 15 到 17 世纪之间是与王蒙、赵孟頫齐名的。"① "虽然在边远地区偶然还有人定制壁画，但身处文化中心的上层文人们已基本丧失对壁画的兴趣。"② 凡此种种，概括而言就是壁画已经不被当时主流画坛的艺术家、理论家所关注，在上层社会、画坛精英眼中绘制壁画是一种卑贱的工作，他们不屑提起，更不屑为之。因此，在艺术的主流话语当中，我们看到壁画的确是"式微"了，这与唐、宋甚至元代关于壁画的记录不绝于书，且有很多当时名家参与壁画创作的情况形成鲜明对比。那么导致明代壁画"式微"的根本原因究竟为何？柯律格先生在书中尽管没有直接说出，但从他给出的这种种表象背后已不难看出，其中一个非常重要的原因当是文人画的兴起。

北宋著名文人苏轼堪称是文人画理论的奠基人，他"抬高士人画，贬低画工，蔑视画院"③，例如其所作《书王维、吴道子画》中便这样写道："吴生虽妙绝，犹以画工论。摩诘得之于象外，有如仙翮谢笼樊。"可见，直至明清犹被尊为"画圣"的吴道子，在苏东坡的眼里已与画工等量齐观。而且从这两句诗中还可以看出文人画强调神似、忽视形似的绘画主张，这一点在他《书鄢陵王主簿所画折枝二首》的"论画与形似，见与儿童邻"的诗句中表达更为直接。关于苏轼的文人画理论可参见李福顺先生的《中国美术史》。④ 在文人画家的眼中"画不过意思而已"，他们只不过是通过绘画传达他们的思想、情感。文人画自元代以后渐成画坛主导，明代的董其昌则进一步加强了文人画系统，使之更加完备。一个典型而又非常有趣的例子是张风为江上先生（笪重光，明末清初书画家）绘制的一幅《石室仙机图》（图 12），从画末题款"丁酉冬老人自石城来过京口与江上先生同游金/焦北固三山戊戌夏复泛舟下姑苏至西子湖/往返时以三阅月为作此图于舟次画苦不工用识游览/岁时而已六月初三日上元张风大风识"可以看出，这幅画是张风为江上绘制的一幅"用识游览岁时"的画作。但从画面上我们却看不出任何与其所游之处相似的景物，而画面的核心却又是在深山石

----

① 《中国画国际研讨会论文集》，第 24～25 页。

② 《中国画国际研讨会论文集》，第 26 页。

③ 李福顺：《中国美术史》，黑龙江美术出版社，2001，第 114 页。

④ 李福顺：《中国美术史》，第 108～117 页。

室中对弈的三人及一名童子，这与他们游览山水似乎也很难直接扯上关系。然而，这画中的"意思"却又是张风与江上这两位身在明末清初的遗民画家所心照不宣的。① 总之，文人画不求形似、崇简尚意的特质正与寺观壁画的写实、重形似，以及有一定的叙事性要求大相径庭。换句话说，寺观壁画的特点是文人画所摒弃和鄙视的。由此我们也不难发现，明代壁画的式微其中有相当一部分是"人为"因素，即壁画的特点不符合士大夫文人的审美要求，而明代艺术评判的话语权正是掌握在这些处于上层社会的文人画家和评论家手中，因此壁画被这些掌握着话语权的文人画家排斥在了艺坛之外。

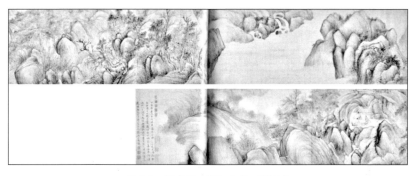

图 12　石室仙机图（明·张风）

当然，关于壁画"式微"，文人画的兴起并非唯一原因，柯律格在书中还说道："人们丧失兴趣者，并非这些壁画所表现的大量宗教主题，而是该绘画形式本身。"② 的确，壁画是中国一种古老的艺术形式，特别是南北朝、隋、唐时，在人们对宗教的狂热追求下达到极盛，五代、宋依然十分繁荣，诸多名家在墙壁上留下了他们的墨宝。宗教是人们生活的一部分，与此相应，寺观壁画亦然。即便从南北朝算起，壁画发展到明代业已有一千多年的历史，明人对壁画早已司空见惯。另外，壁画是一种在公共空间展示性较强的艺术，而绢帛纸张上的绘画，不论是对创作者还是欣赏者来说都更加私密。科技的进步、纸张的普及，以及用于绘画的绢帛也不像早期那样昂贵，这大概也是文人画兴起的一个物质条件。可以说明代壁画所谓的

---

① 付阳华：《以棋喻画，以画喻世——明遗民画家张风〈石室仙机图〉新解》，参见南京艺术学院主办"第四届全国艺术学青年学者论坛 2017 提名学者主题论坛"会议论文集。
② 《明代的图像与视觉性》，第 29 页。

"式微"是一种历史的合力，并且与其数量和质量没有必然关联。尽管壁画在明代的文字系统中淡出了人们的视野，但是在文人画的视域之外，在明人的实际生活中，壁画却大量地存在，其普遍性以及与百姓关系的紧密性超乎了我们的想象，而这一点也正是进行明代壁画研究需要格外关注的。

二 关于明代壁画绘制者的问题

明代从事绘画的大致可分为两大类，职业画家和非职业画家。非职业画家就是通常人们所说的文人画家，他们一般处于社会上层。职业画家基本也可分为两类：一类是大约处于社会中等阶层的画家群体，他们或可称为上层职业画家；另一类则是处于社会底层的画工或画匠。他们的社会构成大约如图 13 所示。[①] 画工或画匠多是国家编制在籍的匠人，除了按规定服差役之外，其余时间他们也同其他职业画家一样应主顾要求进行图画绘制。例如山西繁峙公主寺明代壁画，大雄宝殿东壁左上角有墨书题记："真定府画匠 茂钊、高升、高进、张鸾、冯秉相、赵喜"。[②] 寺庙是山西的，真定府（今石家庄正定）是河北的。通过题记我们知道，这是山西寺院邀请真定府的画匠来绘制的壁画。壁画的绘制一般工程量比较大，特别像寺观壁画，这往往需要一个班子，数人或数十人。在明代有画匠题记的壁画并不多见，画匠基本上都是籍籍无名。当然，这三者之间的界限并非绝对，例如有些人就悠游于文人画家和职业画家之间，典型者如唐寅。柯律格认为明代壁画多是画工画匠所为，虽偶有名家参与，但那只是例外。但就笔者观察，明代壁画的绘制应该还是有相当一部分上层职业画家，甚或生活较为窘迫、不得不以卖画为生的一般文人画家参与其中，也就是说除了画工外，明代还有相当一部分社会地位相对较高的画家群体也从事壁画绘制。

---

① 其实早在宋代，在文人（士人）画家群体逐渐形成后，画家群体的划分虽说基本如此，但不同时代会有不同特点。明代的特点是士商互动，精英文人和上层职业画家也没有宋代那么分明，而且不同阶层画家的界限也并非不可逾越。所以明代画家群体构成比较复杂，特别是本文所说的"上层职业画家"这个群体，此示意图仅示其大概，使人有一直观印象而已。（关于明代画家的问题，感谢中国人民大学美术学院付阳华老师的指点和建议。文中《石室仙机图》照片亦蒙付阳华老师所赐。）

② 李有成：《繁峙公主寺壁画》，《文物季刊》1994 年第 4 期。

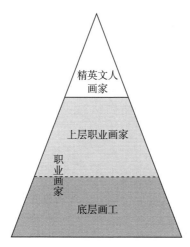

图 13　明代画家群体构成

　　明代宋旭是一位职业画家，他就曾为白雀寺绘制过山水题材的壁画。①
宋旭山水画师从沈石田，苏松派、云间派之首赵左与沈士充皆出自宋旭门
下，② 堪称晚明云山之宗。但他并无功名，一介布衣。清代沈季友说，宋旭
"字初旸，崇德人，家石门，号石门山人。隆、万间，布衣好学，通内外典，
能诗，善八分，尤以丹青擅名于时。层峦叠嶂，邃壑幽林，独造神逸，海内
竞购之。年七十有八，苕上诸名流招绘白雀寺壁，时称妙绝。与云间莫廷韩、
同邑吕心文友善。晚入奠山社，所作偈颂多透脱生死语，非区区一艺之士
也。"（《檇李诗系》卷十四）宋旭当年在白雀寺壁所画的乃为《名山十一
景》，大致形式约略类似于其所绘的册页《湖州十八景图》（图 14）之情形。
《浙江通志》也记载了宋旭绘白雀寺壁之事："白雀寺本名法华寺，为纪念南
朝梁代尼僧道迹而建，因道迹每诵《法华经》时有白雀旋绕作听法状，故又
名白雀寺。该寺毁于元末，明万历时僧人如松重建，仍名法华，嘉禾宋旭绘
名山十一景于殿壁，凡五月而成。"（卷二百二十九《乌程县城外寺观》"法华
寺"条）丁云鹏是明代著名的佛教人物画家，崇信佛教，其白描佛教人物尤
精。父亲是当地的名医，家境比较殷实。丁云鹏亦无功名，也属布衣，家境
较好使他无需依赖绘画为生，但他却以绘画为业。安徽歙县小溪村丛林寺的
水墨观音，据《歙县志》记载为丁云鹏所画，纯以水墨为之，并非像北方寺

---

①　一座寺院或道观，其壁画中的道释人物固然是其主体，但除此之外，还会有一些山水及花
　　鸟题材的壁画需要。
②　沈士充所画山水出于宋懋晋之门，但同时兼师赵左。

观那种设色艳丽、沥粉贴金的壁画风格，此水墨观音更具文人画的特色①（图15、图16）。此外，据明代朱谋垔《画史会要》卷四记载："上官伯达，福唐人，善画山水人物。南京报恩寺画廊是其遗迹。"像上官伯达这样被记录在绘画典籍中的壁画作者在明代十分少见，宋旭及丁云鹏绘制壁画的记录均是出自地方县志的记载，而非出现在画论画著中，此情形与前文讨论的文人画家排斥壁画、视壁画为贱役的主流思想是一致的。画家不论出于何种原因绘制了壁画，但在这些壁画上一般不会留下自己的名字，丛林寺的水墨观音也只是县志上记载为丁云鹏绘制，壁画上并没有他的题款。有一个旁例很能证明这一点。高居翰在《江岸送别》中提到，画家杜堇为诗人金琮（1448～1501）所题古诗而绘制的九幅插图上就没有题名或款印留下。知其为杜堇所绘，是由于金琮在卷尾对画者做了说明。高居翰认为，杜堇之所以不留款识或题名，是因为"这显示了这些画的'社会地位'；它们都是应命而作，附属于书法作品之下的"。这种画作自有其功能，"并未被视为画家个人的独立创作"，"当时以绘画作为插图而不落款的情况相当普遍，即使是知名画家的作品也不例外"。②画壁画与之有近似之处，为寺观庙堂绘制壁画，显然是应命之作，不是画家个人的独立创造，自然更谈不上什么崇简尚意、书写胸中逸气了，均与文人画宗旨不符，更何况绘制壁画还被视为贱役，为书籍或书法作品做插图尚不留款，更何况壁画了。

图 14　湖州十八景之一（明·宋旭）
克里夫兰美术馆藏

---

① 金延林：《文心妙相——歙县丛林寺水墨观音壁画的文人画特点》，《世界宗教文化》2015年第 2 期。

② 〔美〕高居翰：《江岸送别：明代初期与中期绘画》，夏春梅等译，生活·读书·新知三联书店，2015，第 155 页。

 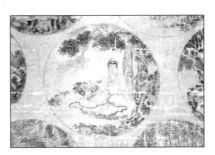

图 15　歙县丛林寺水墨观音之一　　　　图 16　歙县丛林寺水墨观音之二

　　上层职业画家为寺院绘制壁画，虽不能说像画工群体那样普及，但应该也是一种比较常见的现象。明代一些画家常寓居寺观之中，如《画史会要》卷四"萧公伯"条说："时有画师寓邑之普觉寺，公伯往事之，尽得其法。"上文提到的宋旭也常寓居寺院。宋旭崇信佛教，他住在鄱阳湖罗汉寺时，就应方丈慧通所请为寺院绘制了一套漆缣本的五百罗汉图。① 另外，南京博物院所藏的六开《礼佛图》，分别由盛茂烨、韩源、杨敏和盛颖绘制，其中盛茂烨和杨敏各绘两幅，余者一人一幅。除韩源外，其余三人在画面的题款中均自称"佛弟子"或"弟子"，可见这三位画家均是有着佛教信仰的居士。其中盛茂烨在其所绘的《阿育王施土因缘》（图 17）一画中落款写道："弟子盛茂烨静写于天宫寺之永安山房"。从题款虽不能知是哪里的天宫寺，但我们却可以知道当时的盛茂烨应该是寓居在天宫寺的永安山房。这些与某种宗教有着某种关系的画家中，即使是从个人宗教信仰的角度，应该也不乏为寺观绘制壁画者。再有，此套绘画中杨敏的《龙王礼佛图》俨然就像一幅壁画的粉本（图 18），画面中各类人物形象——佛陀、菩萨、护法神、龙王、龙王的扈从等与我们在寺院壁画上看到的形象几无二制。尤其画面中韦陀菩萨旁边戴狮头（或虎头）帽的护法神，其形象在唐代就已十分常见，其渊源可追溯到古希腊罗马，他并非中国本土的形象。从画面不难看出，杨敏俨然就是一位道释人物的高手。他的这幅《龙王礼佛图》说不定会是寺院壁画的粉本。

　　明代绘画典籍中虽少有记载绘制壁画者，但却记有不少画家善鬼神、仙佛人物，如朱谋垔《画史会要》卷四记蒋之（子）诚："工道释鬼神观音大士为本朝第一手，阮福海道释神像亚于子诚。胡隆字必兴，蒋子诚门人，

───────────

　　①　参见拙作《晚明画家宋旭的山水及佛画》，《荣宝斋》2017 年第 9 期。

图17　《礼佛图》之阿育王施土因缘故事（明·盛茂烨）

图18　《礼佛图》之龙王礼佛图（明·杨敏）

工于鬼神。"这些擅长道释人物、鬼神的画家，虽不排除为世俗人绘画的可能，但他们所擅长的对于宗教场所则更为适用，很容易被寺观请去。以卖画为生的画家们的生活并不都是富裕的，相当一部分也就是维持温饱，甚至有的生活比较清贫，所以当有主顾上门，即便是要求他们画壁画或屏风之类比较"低贱"的画种时，他们也不会拒绝。如《画史会要》卷四中关于画家邹鹏的记载："邹鹏，字远之，号筱石，金陵人，家贫画山水以养母。一日两青衣到门自陈主人商芜湖，请画屏障，先奉金为母寿。鹏欣然往。……后只闭门，有求画者必熟其声音方出见。""屏障"就是指屏风，《释名》卷六中说"屏风言可以屏障风也"。屏风分照壁屏风、截间屏风和四扇屏风等，属于建筑中的小木作。由于和建筑这种体力劳动相关，所以屏风画与壁画一样在明代已然倍受冷落，明代绘画典籍中同样很难看到画屏风的记载。从这条记录上看，邹鹏靠画画供养母亲，生活比较贫困，但当有主顾上门，并先付上定金时，他便欣然前往。

通过上述各种事例可以看出，明代应该有相当一部分画家，或出于个人信仰，或迫于生计，或出于受人邀请盛情难却等各种原因，为宗教场所绘制壁画。但由于世风所致，他们绘制的壁画并不留名，是一群"灰色的"绘制壁画的上层职业画家群体。①

三 壁画与书籍版画

中国壁画发展到明代，就其所处的时代环境而言，与前代最大的一点不同就是木板印刷技术的盛行，大量带有插图的书籍刊行于世。书籍中的版画起着图像传播的作用，对于壁画绘制者而言，书籍中的版画插图无异于壁画的粉本（画稿）。邢莉莉的《明代佛传故事画研究》对此有较深入的探讨。② 她以明代刊刻的《释氏源流》为核心，文中指出四川剑阁觉苑寺的佛传壁画所依据的画稿就是《释氏源流》。在书中她提到的《释氏源流》的一个刊本是成化二十二年（1486）内府刊刻的黑白版本（图19），其实该本还有一个相同载体形式的彩绘本（图20），该彩绘本称为《释氏源流应化事迹》，同样为成化二十二年（1486）所制，只是她当时并未看到。该彩绘本即王重民在《中国善本书提要》里所说的"盖先印轮廓，后铺以彩色，其颜色与欧洲中古时代之写本插图极相似"。③ 彩绘本的《释氏源流》书籍载体形式与黑白版画的一样，是线装书形式，一页文字一页图，只是黑白者全部为印刷，而彩图者笔者认为并非像王重民所描述是先印轮廓后铺色，而是绘制好后贴上去的，因为从有的画面残破处可以看出绘画层与书籍页是两层纸。也就是说，明代内府刻印的《释氏源流》有黑白线刻和彩绘两个版本。从彩图和黑白线刻的对比上看，黑白线刻相对简略，如同线描画稿，可为将来的壁画绘制者提供现成的绘画稿本；而彩色本则仿佛壁画的彩色成稿的小样，呈现的是壁画绘成后的彩色状态，像山西太原崇善寺壁

① 尽管画工或画匠绘制壁画也很少留有姓名，但作为一个群体他们绘制壁画的身份比较明确。上层职业画家或普通乃至落魄的文人画家绘制壁画的身份就比较模糊，他们除了绘制壁画外（绘制壁画很可能不是他们的经常行为），更多的还是绘制纸张或绢帛上的作品。

② 邢莉莉：《明代佛传故事画研究》，线装书局，2010。

③ 王重民：《中国善本书提要》，上海古籍出版社，1983，第409页。

画的画稿即与此类似。

图19　中国国家图书馆藏明内府刊《释氏源流》局部（1486）

图20　释氏源流应化事迹（1486）

　　《释氏源流应化事迹》即彩版《释氏源流》的工笔重彩形式与壁画一致。由于受线装书形式的限制，图画是一页一图表现一个故事情景，而壁画却是一整铺墙壁画满画，似乎在载体形态上没有什么关联。但如果我们将线装书上一页页图画拼合起来，这便形成了一铺恢弘的图像叙事。图21中，笔者将《释氏源流应化事迹》中关于佛传故事的六个连续情节拼合在一起，俨然就是一铺佛传故事图。当然，相邻两页图的接缝处显得十分生硬，但这对于擅长壁画的画师来说根本不是问题。一铺壁画中，一个情节与另一个情节往往以建筑、山水、树木、祥云等作为自然分割物，以保持整个画面的自然和流畅。所以画师在绘制壁画时只需将两幅图的衔接处以上述建筑、山水、树木等加以融通，整铺壁画便会浑然天成。图22中山西晋祠关帝庙清代壁画便是以自然物或人造物来分割画面，关羽的生平故事尽在其中。此铺壁画可资借鉴，能够帮助我们想象一下如果上面的《释氏源流应化事迹图》变成一铺壁画后的状态。就笔者目前资料所见，彩色的《释氏源流应化事迹》仅有一本，能接触到这个本子的人非常有限。相比之下，内府刊刻的黑白线版的《释氏源流》流传更为广泛，其受众面会比手绘本大得多，因此印刷的《释氏源流》就犹如批量生产的壁画粉本，它刊行问世之时，便是此类图像开始向四面八方呈面状传播并产生影响之日。

图 21 《释氏源流应化事迹》拼合图

图 22 晋祠关帝庙壁画（清）

带有插图的木刻书籍的大量印行，为画家们（包括工匠）提供了更广泛的取用素材，上文所及的《释氏源流》只是案例之一，它不仅为壁画提供了稿本，同样也能为其他绘画形式提供素材。高居翰的《画家生涯：传统中国画家的生活与工作》一书中也列举了一个非常典型的例子：明代画家汪家珍因为不擅长画人物，因此他绘制的《戴进对使》（图 24）中的人物就是仿照陈洪绶《水浒叶子》中吴用和萧让两人的形象（图23）所画。[1]
批量印刷出版的带插图书籍，俨然就是一个丰富的图像资料库，为绘画者
提供了需要的素材。不仅是在明代，即使是当代社会亦然。图26是赣南罗
祖教神坛上两幅十八罗汉图中的一幅，大约绘制于一二十年前，绘者所采
用的范本正是清末民初画家马骀所出版的《马骀画宝》（图25）中的罗汉
图。例如图25中倚鹿而坐的罗汉与罗祖教所供罗汉图中的倚鹿而坐的罗汉
形象一致，只是《马骀画宝》中的人物是一人一页，而罗教神坛上的则是
把九个罗汉组合在了一幅图中。

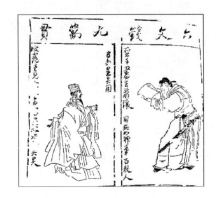

图23　水浒叶子·吴用、萧让（明·陈洪绶）

图24　戴逵对使（明·汪家珍）

图25　《马骀画宝》之罗汉图

图26　民间绘十八罗汉之一

　　从图19和图20中我们看到，黑白印本和彩绘本的《释氏源流》不论

---

[1]　〔美〕高居翰：《画家生涯：传统中国画家的生活与工作》，杨宗贤等译，生活·读书·新
　　知三联书店，2015，第112页。文中图片亦取自该书。

在风格和样式上都具有高度的一致性，这说明刊印带黑白插图书籍时所用的画稿和彩本的画稿是一个底本，即郑婷婷所说："主导版画风格的是绘稿者所绘的稿。"[①] 上文提及的明代典型的插图画家之一丁云鹏，他的画风即对徽州版画的风格产生了深刻的影响。[②] 版画和壁画的制作有一个相似点，那就是在绘画上版或上墙之前都需要先绘制画稿，因为很明显印制的书籍插图是不能直接使用的，而只能当作范本。这就为图像的再阐释和风格的重新塑造提供了很大契机，这也就是为什么我们会看到有着相同底稿的四川剑阁觉苑寺壁画中的佛传故事与内府刊本或彩绘本的《释氏源流》有着巨大差别的原因。

当然，书籍版画作为绘画稿本不是什么秘密，很多学者早已关注到，需要注意的是在此基础上书籍印刷给明代的视觉文化所带来的质的变化。还以本文讨论的壁画为例，明以前一个壁画画稿的流传主要是点性的、线性的，但明代以后则是面性的。同样的图像被批量印刷出来后分散到各处，那么这个图像带来的影响力则是放射状的，再加上传播环节中的种种变异，这也会使研究变得更加复杂。

四　结束语

笔者对明代壁画的关注源于目前正在进行的明代北京大慧寺雕塑和对壁画艺术的研究。由于时间所限，关于明代壁画与书籍版画和绘画流派的关系、与宫廷的关系，壁画的叙事性与书籍版画中叙事性的关系和特点等都还尚未涉及，当然这也是更加复杂的论题。在最后讨论壁画与书籍版画的关系中，笔者以为线装书的载体形式很可能对后来壁画的绘制形式产生了影响，即由原来的类似晋祠关帝庙壁画那种满壁绘制，故事情节以自然或人工景物分割的形式，变成墙壁上打上格子，一帧一帧的表现形式。这也许是线装书这种一页一页的印制形式带给壁画的影响。文中不当之处望方家指正。

[作者单位：中国社会科学院文学研究所]

---

① 郑婷婷：《石林居士序本〈牡丹亭还魂记〉版画研究》，台湾师范大学艺术史研究所东方艺术史组硕士学位论文，2013，第61页。

② 陈怡蓉：《丁云鹏与徽派版画之研究》，台北中国文化大学艺术学系硕士学位论文，1990。

宗教·翻译·文学：近代以来
理解梁发的不同思路

李思清

内容提要：基督教新教首位华人牧师梁发首先是一个宗教人物，这也是历来对他的共识性评价。梁发是中国近世较早从事新教布道读物写作的"非精英人士"，印刷技术是他职业生源的起点。他在教会系统内外产生影响，则得益于他的翻译与写作能力。梁发的文体选择，是对马礼逊、米怜中文文体观的呼应与发展，也在一定意义上拓展了近代文学的边界，宜从宗教、翻译、文学等多个层面认识和理解。

关 键 词：梁发　宗教　翻译　文学

梁发通常并不被认为是一个文学人物，但他在教会系统内外产生影响，在很大程度上有赖于他的布道演说和写作。① 从本质上讲，演说和写作是一种文学的方式。梁发略懂英文，却程度有限，并不能娴熟使用。这似乎意味着，他在翻译方面不可能有所作为。然而实际上，他仍然通过一些特殊的方式进行"翻译"——本文称之"间接性翻译"。一个并未受过良好教育的中国印刷工人，在有幸进入跨文化、跨国界的"异度空间"以后，究竟在何种程度上改变了"文化自我"？梁发的道路，与近代以来中国文化的演进轨迹有何交织，意义如何？

---

① "以上所列梁君之著作，容有未尽，只证其尔日之善用时机，卑真道借文字以风行当世耳。"《中华基督会第一宣教师梁发先生传略》，香港教会机关《大光报》刊印，1923，第5页。

　　伟烈亚力曾经尽可能详实地罗列过梁发的中文著译，但仍然不出差传史、教会史的范畴。① 近年来，近代基督教新教来华传教士与白话文学的关系问题颇受关注，但学者们的研究重心仍是马礼逊、米怜等人而很少及于梁发。② 费南山在探讨 19 世纪中国的“新学”问题时，认为过去普遍聚焦于“精英成员”，而忽略了早期从事知识传播的非职业者。费南山以李善兰为例，强调这些早期口岸知识分子“生活在一个混杂的社会环境中”，他们于是不得不“穿越不同职业、社会和民族群体的界限”，费南山称他们为“19 世纪中国新学领域的社会活动家”。③ 潘光哲从“知识仓库”“地理想像”“读书秩序”等层面讨论“晚清士人的西学阅读”，④ 注意到传教士出版的福音书刊也是中国士人追求“世界知识”的窗口。白话文学、翻译文学、“新学活动家”、“知识仓库”等思路或提法，为我们提供了观察传教士和口岸文人的新视野。不过他们都没有将梁发作为讨论的重点。

一

　　梁发约从 1811 年起从事马礼逊中译《圣经》的印刷，稍后随米怜前往马六甲。⑤ 梁发比王韬、李善兰等人更早地进入了一个跨越民族、国家、语言界限的“混杂的社会环境”。梁发没有受过良好的教育，也没有科举功名，因此他后来的作为也就更值得重视。与后来的王韬、李善兰等人不同，

---

① Alexander Wylie, *Memorials of Protestant Missionaries to the Chinese*: *Giving a List of Their Publications*, *and Obituary Notices of the Deceased*. Shanghae: American Presbyterian Mission Press, 1867, pp. 21 – 15.

② 韩南在《中国 19 世纪的传教士小说》一文中讨论了“基督教新教传教士及其助手用中文写的叙述文本”，并强调这些叙述文本是“以小说的形式”出现的。韩南提到了米怜、郭实猎、理雅各、叶纳清、李提摩太、傅兰雅等人，但并没有注意到梁发的写作。〔美〕韩南：《中国近代小说的兴起》，徐侠译，上海教育出版社，2010。司佳新近发表《从〈日记言行〉手稿看梁发的宗教观念》（《近代史研究》2017 年第 6 期）侧重从宗教层面展开分析。

③ 〔德〕朗密榭、〔德〕费南山主编《呈现意义：晚清中国新学领域》，李永胜、李增田译，王宪明校，天津人民出版社，2014，第 113 页。

④ 潘光哲：《晚清士人的西学阅读（一八三三～一八九八）》，中研院近代史研究所，2014，第 17 页。

⑤ 关于马礼逊、米怜、梁发等人在印刷领域的贡献，参见苏精《铸以代刻：传教士与中文印刷变局》（台湾大学出版中心，2014）、《中国，开门！马礼逊及相关人物研究》（基督教中国宗教文化研究社，2005）、《马礼逊与中文印刷出版》（台湾学生书局，2000）等。

梁发的"环境"不只"混杂"，而且危险。他两次被地方政府逮捕，挨过官府的大板，被痛打到出血①——19世纪上半叶的中西碰撞，在他身上留下过真实的"血痕"。

1930年，麦沾恩在为《梁发传》所写的《自序》中说，"虽然中外人士们，现在只有很少数能明白这个人为什么受了这么隆重的纪念，然而他死的时候（一八五五年），梁发这个名字，已洋溢于英美的教会了"。②麦沾恩没有低估梁发的意义，却把他产生影响的时间定得太迟。早在1834年，神治文就在英文的《传教先驱》杂志发表长篇文章，介绍梁发的生平和事迹了。③那一年，四十七岁的梁发已备受关注。

美国费城的长老会出版部曾于1842年出版一本名为《传教士的故事》的书，是专为教会内的儿童读者编写的读物。此书共讲述了十五个故事，涉及各大洲多个国家的传教先驱人物。其中第七个故事共12页，主人公就是中国的梁发，并且提到了他的儿子梁进德。④伯驾医生在广州眼科医局的年报中，也多次提到梁发。⑤

梁发的影响并不仅限于教会。1841年1月31日，伯驾在华盛顿向参、众议员演说时曾引用过梁发的话，并说："梁发甚愿在此医院中服务，因为他曾患险症，中国医生都以为无救，可是竟在此医院中医愈。我一生之中即使未做过其他善功，只恢复了这个为上帝所爱的仆人的康健，我也已经不枉为一世的人了。"麦沾恩为此感叹："梁（发）先生在美国历史上也有

---

① 1819年，梁发因在广州印刷自己撰写的布道书籍《救世录撮要略解》而遭人告发，被县署差人捉拿归案："梁发被衙役用竹片在腿上毒打三十大板，血从两足流下。……最后梁发出了罚金，并且具结以后永远不在广州工作，然后始蒙释放。"麦沾恩著，胡簪云译《中华最早的布道者梁发》，上海广学会，1931，第26～27页。《劝世良言》中记此事甚详，见梁发《劝世良言》九卷本（据1832年刻本之影印本排印，王戎笙校点、王庆成校订），《近代史资料》1979年第2期。亦见于 Alexander Wylie, *Memorials of Protestant Missionaries to the Chinese: Giving a List of Their Publications, and Obituary Notices of the Deceased.* Shanghae: American Presbyterian Mission Press, 1867, p. 21.

② Geo. H. McNeur, Leung Faat, *The First Chinese Protestant Evangelist*, Church of Christ in China, Kwangtung Synod, Canton, China, 1930, p. 1.

③ 美档会档案中收藏有这篇文章。中国国家图书馆藏缩微胶卷，Reel 256, No. 240, pp. 0812 - 0822.

④ M. A. S. Barber, *Missionary Tales for Little Listeners.* Philadelphia: Presbyterian Board of Publication, 1842, pp. 74 - 85.

⑤ Peter Parker, "The Fourteenth Report of the Opthalmic Hospital," Canton, *The Chinese Repository*, Mar. 1, 1848.

位置"。①

到了洪秀全领导的太平天国运动爆发，洪秀全与梁发所著《劝世良言》的关系，更是成为英美教会内外普遍关注的热点。麦都思为此在 1853 年的英文《北华捷报》上连载长文，讨论梁发对洪秀全的影响及梁发的传教贡献。洪仁玕口述、瑞典传教士韩山文笔录的 The Visions of Hung-Siu-tsuen and Origin of the Kwang-Si Insurrection 一书于 1854 年出版于香港。书中颇为生动地讲述了洪秀全与梁发的相遇及赠书情形：

> 翌日，秀全在龙藏街又遇见二人。二人中，其一手持小书一部共九本，名《劝世良言》。其人将全书赠与秀全。秀全考毕即携之回乡间，稍一涉猎其目录，即便置之书柜中；其时并不重视之。
>
> ……
>
> 一八四三年秀全教馆于离本乡约三十里之莲花村（Water-Lily）之李姓家。时在五月，其中表李某一日观于其书柜，偶于其藏书中抽出《劝世良言》，随问秀全其书之内容。秀全答以不大知得，此书为曩时到广州赴考时人所赠送者。……《劝世良言》一书，对于秀全之思想及行动影响至大。吾人试研究其内容，著者自署名为"学善"，而其本名实为梁发，其人则米怜博士（Dr. Milne）所指引入基督教之中国教徒也。②

以上有关梁发的报道及讨论发生时，梁发本人尚健在。这些郑重其事的描绘，大约会以各种渠道（如英美差会通过在华传教士转达、梁发之子梁进德在阅读英文报刊之后转述，等等）反馈给梁发，这对梁发无疑是一种激励和鼓舞。梁发确是基督教新教第一批中国信徒中最有成就、最具影响的一位。

基督教新教的传入是与近代以来的西学东渐交织在一起的。对于传教士引介的西学，中国士人表现出了足够的敬重和兴趣。世俗层面的西学虽被中国士人所接受，然而传教士与基督教在近现代中国却是命途多舛。梁发的身后命运，是与基督教的中国命运交织在一起的。一方面是民国知识

---

① 麦沾恩：《中华最早的布道者梁发》，胡簪云译，第 103 页。
② 韩山文：《太平天国起义记》，简又文译，"近代中国史料丛刊续编"第二十九辑，文海出版社，1976，第 4、7 页。

分子的反教思潮勃兴；一方面是不断壮大、不断本土化的教会系统对先驱人物的感念与追怀。当然，不少世俗知识分子虽然反教，却对近代以来的西学东渐不无好感。这两股力量共同促成了民国时代对梁发的二度发掘。梁发原先只受到英美教会的重视，到"中华教会之自立"形成一定气候和规模之后，作为中国教会之"先进者"又重新受到重视。教会系统在回顾新教在中国传播的历史时，再次发现梁发是一个无法回避的角色。与此同时，太平天国史研究界在追溯太平天国的宗教思想之来源时，也一再地述及《劝世良言》的影响，梁发的重要性在中华民国时代再次得到凸显。1923 年，香港教会机关《大光报》刊印《中华基督会第一宣教师梁发先生传略》，作为"全国青年会第九次大会赠送纪念品"分发。此《传略》由皮尧士、张祝龄二人合译。

土肥步称这一现象为"19 世纪的中国传教士梁发"在 20 世纪的"被'发现'"，① 在这个过程中，麦沾恩所写的《梁发传》起了推波助澜的作用。麦沾恩说，"梁发现在已经不止是属于中国的教会，并且简直是属于全世界的教会了"。② 麦沾恩的话自有道理，只是他未免把逻辑顺序说反了。梁发先是属于英国的伦敦会，之后才属于"中国的教会"。因为梁发所依托的是广州及港澳地区的西人社区。梁发两度遭到官方的逮捕，"中国"对他而言亲切而又可怖。梁发虽是中国人，但在文化、宗教和职业上，他已经越出"清朝"的体系之外。"清朝"自然也不以他为荣。

二

皮尧士、张祝龄二人合译的"梁发传略"称梁发所写《救世录撮要略解》为"基督教汉文小书之破天荒第一册也"；③ 在谈到梁发的著述时，皮尧士、张祝龄感慨道："译者考梁君先生著述及多种印制品，莫不佳妙。惜其书目尚能考据，惟欲觅其原书，恐不可得矣。"④

---

① 土肥步：《从中国基督教史看辛亥革命——"发现"梁发与太平天国史叙述的再解释》，潘柏均译，《社会科学研究》2014 年第 1 期。

② 麦沾恩：《梁发传·自序》，Church of Christ in China, Kwangtung Synod, Canton, China, 1930, p. 1。

③ 《中华基督会第一宣教师梁发先生传略》，香港教会机关《大光报》刊印，1923，第 2 页。

④ 《中华基督会第一宣教师梁发先生传略》，香港教会机关《大光报》刊印，1923，第 3 页。

梁发因为与英美传教士接触更早，所以他不光写下"基督教汉文小书之破天荒第一册"，还是较早翻译西方农学著作的人：

> 一八三七年，梁发先生从事一种新工作，他襄助美国公理会的杜里时（Tracy）牧师翻译一本小书，名叫《新加坡栽种会敬告中国务农之人》。梁发熟谙农事，他从小对于农事已经很有兴趣，这时杜里时请他襄助翻译一部对于农人有切实供献的书，自然是他所极愿为的了。非但如此，他还做了《鸦片速改文》一书，劝人戒除吸食鸦片的恶习，语极痛切。①

引文中提到的这本名为《新加坡栽种会敬告中国务农之人》的书，是梁发协助帝礼士译成中文的。但这个书名，是胡簪云据麦沾恩的英文梁发传记回译为中文的。据伟烈亚力所记，书名为《新嘉坡栽种会告诉中国做产之人》，这应该是帝礼士、梁发的原译书名。② 梁发襄助帝礼士翻译农学著作，这是非常重要的一条线索。因为以往很少注意到梁发在翻译方面的贡献，这本书足以证明梁发在农学、翻译等领域也曾有所作为。

梁发的翻译，是一种特殊形式的翻译。他自己的英文听说读写能力大约十分有限，但他长期生活在由英美传教士组成的社群中。这个社群的交际语言是中、英双语混杂的。传教士们的中文读写能力参差不齐，梁发在与他们交往的过程中，必然需要适应这种双语交织的环境。传教士也会有意识地教给他一些基本的英语概念。梁发 1820 年 1 月至 1821 年 5 月曾在米怜主持的英华书院修习神学。据米怜致马礼逊信中的描述，梁发在英华书院的"高班"；米怜说，"从去年（1819 年）开始，我给就读的学生一些英文概念。我每天教两三句，希望一俟他们学会一百个单字左右，就可以跟着教他们这种语文了"。米怜又说，"一周五天，我给阿发（即梁发）逐章讲解马太福音，为时二十到三十分钟，俾增进他的学识"。③

---

① 麦沾恩：《中华最早的布道者梁发》，胡簪云译，第 97 页。
② Alexander Wylie, *Memorials of Protestant Missionaries to the Chinese*：*Giving a List of Their Publications*，*and Obituary Notices of the Deceased.* Shanghae：American Presbyterian Mission Press，1867，p. 80.
③ 马礼逊夫人编《马礼逊回忆录——他的生平与事工》，邓肇明译，基督教文艺出版社，2008，第 309 页。

1813～1814 年，马礼逊印出 2000 本新约《圣经》。① 麦沾恩曾经提到，梁发故宅里的文件和书籍由于 1915 年的水灾而散失无存，但在梁发身后的遗物中，"幸而还留存了这大宣教士的一幅画像和他所用的那部一八一三年在广州地方出版的马太福音"。② 米怜为梁发逐章讲解《马太福音》的时候，梁发手上当是持有一本马礼逊的《马太福音》中译本的。这个时候，梁发手中的马礼逊译本差不多只是一个"道具"，米怜大概要越过马礼逊的译文（马礼逊本人也不满意他经手出版的译本③），依据英语原文向梁发进行口头讲解。米怜的讲解过程，既是基督教知识的传授，也是两种语言的研习。后来梁发回国，又长期和马礼逊交往。比如说 1833 年这一年，梁发和马礼逊朝夕相处："梁阿发、朱先生和屈阿昂，加上李先生，今年的大部分时间都和马博士住在一起，每天听他的教诲，扩阔自己对上帝真理的认识，增强自己的信心。这样，他们便可以因自己有得救的智慧而去教导别人。"④ 不知道梁发究竟掌握了多少英文概念和单字。退一步讲，即使梁发不能熟练掌握米怜教他的英文概念和单字，至少他对英文是有所了解的。也正是在 1833 年，马礼逊和梁发都开始决心为中国创造一种有别于中国传统文学的"宗教文学"：

　　　　上述列举这五个用中文的国家（马礼逊指的是中国、高丽、日本、琉球、交趾支那——引按）很有可能占全球人口三分一以上，他们早就知道使用文字，有文学作品，懂得印刷术最少有七百年。不过他们的文学作品要么是神仙佛道，要么是不信鬼神，或是诲淫放荡。严肃作品除了反对宗教或庸俗的迷信外，没有甚么东西可以教人；而轻松文学除了荒唐之事或酒色财气外，亦没有什么东西可以教人。从人的角度来看，要振兴中国，最不可少的，首先是培养大批的基督徒中国学生，俾可从中产生优秀的作家（good writers），为中国创造有启发性

---

① 马礼逊夫人编《马礼逊回忆录——他的生平与事工》，邓肇明译，第 207 页。
② 麦沾恩：《中华最早的布道者梁发》，胡簪云译，第 4 页。
③ 马礼逊自己说过，"我给世人的这个译本并不是完美无缺的。有些句子含糊不清，有些也许还要译得好一点。这都是外国人翻译所免不了的事……"马礼逊夫人编《马礼逊回忆录——他的生平与事工》，邓肇明译，第 207 页。
④ 马礼逊夫人编《马礼逊回忆录——他的生平与事工》，邓肇明译，第 529 页。

的宗教文学（religious literature）。①

此处所说的“宗教文学”（religious literature），排除了基督徒所谓的“异教文学”，所以并非广义上的“宗教文学”，而是特指“Christian literature”，即体现着基督教精神的那种“文学”。“literature”固然也有广义、狭义之别，不过马礼逊心目中的“优秀作家”及“有启发性的宗教文学”，还是颇为接近或属于严格意义上的“文学”的。

马礼逊对中国文学的批评当然并不只是偏见。马礼逊将中国文学分为“严肃作品”和“轻松文学”。他的评价标准不只出于基督教的标准，也有“从人的角度”出发的标准。马礼逊认为，“佛和道不够重视伦理，孔子则忽视宗教，而耶稣却把这两样连结起来，臻于至境”。② 马礼逊心目中的理想文学应当重视伦理、重视宗教、关心来世、追求个人道德的完善。他说，“基督教的通则是要提升人的气质和尊严”。他批评中国不如英国，因为英国人“有较多的脑力活动，可以高谈阔论国家的福祉，筹组慈善团体、文社和学会，此外又有报纸、月刊等”，“这多少都会启动、锻炼及强化智能”，而中国“则完全禁止讨论国家的施政，人民任何形式的结社都不受欢迎；对科学的研究没有兴趣，也不关心人类的一般事务；有财有闲的人毋须工作，通常（我不愿说永远）只好抽大烟虚度时光，或者纵情于最堕落的肉欲”。③ 马礼逊的中英比较观，涉及宗教、政体、道德、文明、文学等诸多层面。一言以蔽之，马礼逊希望创造一种有信仰的文学，他心目中的理想信仰是基督教；他所欣赏的“有信仰的文学”自然也就是基督教文学、新教文学。马礼逊的中译《圣经》、梁发的宗教写作，是可以视为一种“有信仰的文学”的。

梁发能够成为一位“基督教新教文学”（Christian literature）的“优秀作家”（good writers），肇端于他与马礼逊的相遇，在时间上要追溯到1811年，这是马礼逊到中国的第五年。前一年9月，“马礼逊先生的圣经译本已经达到可以付印的程度。他预备先印《使徒行传》一千部。……此书印刷由马礼逊先生的华人助手蔡卢兴先生经手。”这次印刷，梁发并没有参与。

---

① *Memoirs of the Life and Labors of Robert Morrison*, D. D., Compiled by His Widow, Vol. Ⅱ, London, 1839, p. 496. 中译参见马礼逊夫人编《马礼逊回忆录——他的生平与事工》，邓肇明译，第536页。

② 马礼逊夫人编《马礼逊回忆录——他的生平与事工》，邓肇明译，第127页。

③ 马礼逊夫人编《马礼逊回忆录——他的生平与事工》，邓肇明译，第231～232页。

到 1811、1812 年，"两年中，马礼逊先生把《路加福音》和《新约》书信之大半付印，而此等书籍之雕刻及印刷多出自梁发之手"。①

通常认为，梁发之受洗入教与他从事《圣经》印刷的经历相关。但这不是全部原因。据梁发自述，他之信教并不全然归因于他所阅读的基督教书籍，也与佛教经书的阅读以及同佛教僧徒的接触有关。

梁发由不信教到信教，在思想上经历过几次变化。①梁发的造笔、雕版及印刷技能，使他获得了从事相关职业的机会，从而有了阅读基督教书籍的可能性。1815 年 4 月 17 日，梁发随米怜起航前往马六甲，次年 11 月 3 日在米怜处受洗。麦沾恩就认为，梁发在马六甲成为"热心慕道"之人非属"偶然"："他以前与马礼逊先生所发生的接触和他雕《新约》书板中所认识的真理都对于他的心灵有着影响。"② ②由浑浑噩噩到"自知有罪"。如麦沾恩所言，这个过程当与他跟基督教书籍的接触有关。梁发说："我未信救主之前，虽然自知有罪，但不知如何而能获救。"见神就拜是梁发这一阶段的思想特点："我每逢朔望，必往庙内参神，求神保佑，但我身虽拜神，而心则仍怀恶念，说谎及欺骗别人之念永不能离我之心。"③ 这是在他随米怜前往马六甲之前的思想状态。这意味着，虽然他已接触马礼逊、经手了新约《圣经》的印刷，但他也只是开始意识到自己有罪。所以到处拜神，拜各式各样的神。③佛僧启迪梁发探寻救赎之道。梁发对佛教的了解，以及对佛教书籍的阅读，是他归向信仰之路的一大契机——尽管他后来在《劝世良言》中毫不留情地批判佛教。梁发在马六甲固然常听米怜宣讲经义，但并无兴趣："我虽然参与彼之叙会，然我之心实不在此也。有时我看彼等之圣经，且听彼解释，但我却不能完全了悟其意义。"直到几个月后，有位佛教徒从中国来到马六甲，住在离梁发不远的观音庙中。该僧与梁发经常见面，梁发问他："我要如何，罪方得赦？"僧答："每日背诵真言，则彼在西天之佛将赦尔全家之罪矣。"梁发听罢，"一心想做一个佛教徒。此僧赠我佛经一卷，嘱我每日读一回，说如我能念至一千遍，则以前一生罪过都可以抹除。此后我遂每日背诵此经……"④ ④求赦愿望促使梁发对佛经、圣经发生浓厚兴趣，在对比阅读两教经书后改信基督教。梁发说，"同时，我又闻传教士等由耶稣

---

① 麦沾恩：《中华最早的布道者梁发》，胡簪云译，第 9～10 页。
② 麦沾恩：《中华最早的布道者梁发》，胡簪云译，第 14 页。
③ 麦沾恩：《中华最早的布道者梁发》，胡簪云译，第 14 页。
④ 麦沾恩：《中华最早的布道者梁发》，胡簪云译，第 15 页。

而得赦罪之说，在闲暇之时我又自己查察圣经，见经中严禁不洁，欺骗，拜偶等罪过，于是我想：'此是一部劝人离恶之好书。……'此后我遂留心听人解释圣经，而安息日读经时亦更为注意，而且求传教士为我解释。"不久之后，梁发愈信基督："我自念我是一个大罪人，如不赖耶稣功德，上帝又焉能赦我？于是我遂决志为耶稣之门徒而求受洗矣。"①

佛教、基督教共有的求神赦罪观，启迪梁发省思自身过往经历，兼及信仰与道德问题，他由此确信自己有罪。而在对照阅读两教经书的过程中，梁发对基督教的兴趣日增，对佛教的好感日减，并最终摒弃佛教。梁发之受洗入教史，实是一部中国最下层平民读者对佛经、《圣经》的对照阅读史。

三

基督教新教早期来华传教士如马礼逊、米怜、麦都思等人都曾为中文《圣经》译本的"文体"（style）问题所困扰。马礼逊来华不久，即着手翻译新约《圣经》，同时编纂字典。"在安息日，除了积极从事公务外，另一个重要的话题盘据在他的心中多时，即翻译圣经为中文，用甚么文体才最为合适的问题。"② 马礼逊把思考的结果告诉了米怜，米怜记道：

> 在中国的经典中，像大多数其他国家一样，文体有三种：深奥、浅白和中间路线。《四书》、《五经》所采用的文字非常简洁，被认为是经典式的。大多数较为轻松的作品，像小说，是完全用通俗的文字写成。备受推崇的《三国演义》，就文体而论，介乎这两者之间。他（指马礼逊——引按）起初倾向于中间路线；但后来他看了《圣谕》之后，就决定加以模仿。《圣谕》在各省的公众大堂一个月宣读两次，旨在教导百姓人伦关系及政治责任，读时用极为通俗浅白的文字加以解释，因此：第一，更易为老百姓明白。第二，在大众面前宣读，浅显易懂，而深奥的经典文体则否。中间文体在大众面前朗读也清晰易懂，但却不如浅白文体那么容易。第三，讲道时可以一字不变地加以引用，且毋须任何解述百姓也听得明白。然而，经过再三考虑，他决定了中间

---

① 麦沾恩：《中华最早的布道者梁发》，胡簪云译，第15～16页。
② 马礼逊夫人编《马礼逊回忆录——他的生平与事工》，邓肇明译，第175页。

文体，因为无论在哪一方面，这才最适合一本为一般读者而设的书。①

这段话表明马礼逊在浅白文体、中间文体间的徘徊。虽然据米怜所记马礼逊的最终选择是中间文体，但事实上马礼逊一直强调翻译《圣经》要采用"浅白文体"，这证明他的选择是"Low Style"，并非米怜所说的中间文体（"Middle Style"）。

1819 年，与米怜合作译完新旧约《圣经》的马礼逊给伦敦会董事会写信，表达了他对"俗话"或"白话"（"Sǔh-hwa, or vulgar talk"）的偏爱：

> 中国人的"俗话"一向为文人所轻视。俗话并不意味"粗俗下贱"，乃是百姓的用语，有别于只有博学之士才看得懂的那种高贵、古雅、深奥的文体。
>
> 正如欧洲的学者在过往较为蒙昧的日子里，认为一本体面的书多少都要用拉丁文著作一样，中国的学人亦认为正经的书不可用白话。朱夫子写他的理学确实是打破了传统，因为要传达新思想，不能不用最浅白的文字。……
>
> 若是为了取悦有识之士，或炫耀一己的满腹经纶，而采用这样深奥的文体翻译圣经，就似乎是在重复埃及祭司的做法。据说他们以象形文字书写教理，好叫除了他们自己或一小群受戒者外，就没有别人看得懂。……这样的贬斥也许是过于严厉了，但翻译圣经当用浅白及简洁文字为原则，却非充分肯定不可。②

马礼逊这番话，与后来倡导"白话文运动"的胡适见地相同。胡适说："欧洲中古时，各国皆有俚语，而以拉丁文为文言。凡著作书籍皆用之，如吾国之以文言著书也。……今世通用之英文新（旧）约，乃一六一一年译本，距今才三百年耳。故今日欧洲诸国之文学，在当日皆为俚语。迨诸文豪兴，

---

① William Milne, *A Retrospect of the First Ten Years of the Protestant Mission to China*, pp. 89 – 90. 这段话为马礼逊夫人所编《马礼逊回忆录》所征引。中译参见马礼逊夫人编《马礼逊回忆录——他的生平与事工》，邓肇明译，第 175 页。

② *Memoirs of the Life and Labors of Robert Morrison*, *D. D.*, Compiled by His Widow, Vol. II, London, 1839, p. 7. 中译参见马礼逊夫人编《马礼逊回忆录——他的生平与事工》，邓肇明译，第 285 页。

始以'活文学'代拉丁之死文学。有活文学而后有言文合一之国语也。"①
虽不能说马礼逊的白话译经是胡适等人提倡"白话文运动"的"先声"，但
至少可以说，胡适所提倡的著述宜用白话及"言文合一"，马礼逊早在一百
年之前就已在中国的广州通过中文译经的方式付诸实践。

　　马礼逊的主张是采取浅白的文体翻译《圣经》。不过，马礼逊并未能很
好地实践他自己的主张。因为当时他的中文能力有限。1843 年 10 月 26 日，
美北长老会来华传教士娄礼华应他父亲娄瑞（美北长老会秘书）的要求，
写信报告他本人对马礼逊《圣经》译本的看法。娄礼华说，我在此前给您
的信中就曾说过马礼逊博士的译本很不完善，中国人读不懂。父亲您曾说，
既然马礼逊的译本如此不完善，我们何时能有更好的译本？娄礼华遂分析
马礼逊当初遇到的各种实际困难，认为马礼逊是第一个开始学习中文的新
教传教士，他学中文时缺少帮助，不得不自己动手去编语法书和字典。马
礼逊又在东印度公司担任翻译，这使他难有充裕的时间翻译《圣经》。他担
任翻译一职时平常接触、使用的语言，无非是钱来钱往、讨价还价，翻译
《圣经》可不宜用这些语言。尤为重要的是，他在翻译《圣经》的时候尚未
完全通晓中文，是边学边译的。娄礼华充分肯定马礼逊的开创之功。认为
马礼逊的声名将赖其《华英字典》而非中译《圣经》以传。②

　　梁发并非饱读诗书、才思横溢之人，却在这个历史关口赢得了机遇和
舞台。伟烈亚力所记的梁发著述有：①《救世录撮要略解》，共 37 页，广
州，1819 年版；②《熟学真理略论》，9 页，广州，1828 年版；③《真道浅
解问答》，14 页，马六甲，1829 年版；④《圣书日课初学便用》，共 3 卷，
广州，1831 年版；⑤《劝世良言》，9 份小册子的合集，经马礼逊修订后在
广州出版，1832 年版；⑥《祈祷文赞神诗》，60 页，澳门，1833 年版；
⑦《论偶像的虚无》，宗教传单，摘自《以赛亚书》第 44 章。伟烈亚力称，
"这些仅仅是我们所记录下来的阿发出版发行的作品，并非他在传教过程中
所出版的全部著作"。③

---

① 胡适：《文学改良刍议》，《新青年》第二卷第五号，1917 年 1 月 1 日。
② 美北长老会档案，Calendar 4，China Vol. 1，No. 472. 中国国家图书馆藏缩微胶卷，Reel 1。
③ 伟烈亚力：《基督教新教传教士在华名录》（*Memorials of Protestant Missionaries to the Chinese*：
Giving a List of Their Publications，*and Obituary Notices of the Deceased*. Shanghae：American Pres-
byterian Mission Press，1867），赵康英译，天津人民出版社，2013，第 25~30 页。伟烈亚力
此书另有倪文君译本（《1867 年以前来华传教士列传及著作目录》，广西师范大学出版社，
2011），可参。

上面提到的梁发著述中，《圣书日课初学便用》是英国海外学校协会 (The British and Foreign School Society) 的《圣经》教程的中译本，第 1 版问世于 1831 年，第 2 版则由该协会出资，于 1832 年出版。《祈祷文赞神诗》共 60 页，其中赞美诗为马礼逊等人所写，而"祈祷文"44 页则是梁发创作的。① 这些著述，中国国内的图书馆鲜有收藏，足见梁发之不被国人看重由来已久。

另外，米怜在马六甲出版的第一份中文期刊《察世俗每月统记传》中也有梁发撰写的稿件。② 梁发应也参与了这份中文杂志的编纂。③《鸦片速改文》《新嘉坡栽种会致中国农学家》这两篇挂在帝礼士名下的作品，也是梁发协助创作或翻译的。④ 所幸的是，梁发的不少著作如《劝世良言》《拣选劝世要言》《鸦片速改文》等，在美国哈佛大学哈佛燕京图书馆均有收藏；⑤该馆还藏有《察世俗每月统记传》和《求福免祸要论》，前者是梁发参与编纂及撰稿，后者署名"学善居士纂"，或亦出梁发之手。⑥

"在中国，想要劝导他人，最好的办法不是说（speaking）而是写（writing），这是他们的习惯（custom）。所以梁发用中文写了一本小书，讨论灵魂获救的方式问题，并且印了出来。"⑦ 这表明，梁发自己撰写布道读物的做法，也令西方人认识到了中国人根深蒂固的阅读与写作传统。

四

关于梁发的"文体"，密迪乐和麦沾恩有不同的评价。密迪乐认为，"梁发的文体反映着热诚和牺牲的精神"，这是肯定的一面；密迪乐又紧接着否定梁发说，"他的文体大部分是建立于那与当地言语不合的圣经译文和

---

① 伟烈亚力：《基督教新教传教士在华名录》，赵康英译，第 27 ~ 30 页。
② 伟烈亚力：《基督教新教传教士在华名录》，赵康英译，第 23 ~ 24 页。
③ 黎尚健：《关于〈东西洋考每月统记传〉若干问题的探索》，《广州大学学报》（社会科学版）2009 年第 8 期。
④ 伟烈亚力：《基督教新教传教士在华名录》，赵康英译，第 97 页。
⑤ 张兰兰编《美国哈佛大学哈佛燕京图书馆晚清民国间新教传教士中文译著目录提要》，广西师范大学出版社，2013，第 378、485 页。
⑥ 张兰兰编《美国哈佛大学哈佛燕京图书馆晚清民国间新教传教士中文译著目录提要》，第 15 ~ 19、378 页。
⑦ M. A. S. Barber, *Missionary Tales for Little Listeners*. Philadelphia：Presbyterian Board of Publication，1842，p. 82.

他的外国雇主所作的神学论文之上的，因此，他的作品很是晦涩，令人不堪卒读"。① 麦沾恩所引密迪乐对梁发的评价，胡簪云的中译本没有注明出处。麦沾恩的英文原著在正文中是提到出处的，那就是密迪乐所写的 *The Chinese and their Rebellions* 一书。

这本书出版于 1856 年，作者是 Thomas Taylor Meadows（麦沾恩译为"美都司"，时任广州英国驻华领事馆翻译，本文称"密迪乐"）。② 其实，密迪乐对梁发的评价并非出自他本人，而是借鉴了伦敦会传教士麦都思的话。密迪乐谈到梁发时，重点讲了三点：①梁发没有受过良好的教育（having had little previous education）；②梁发的文体深受传教士中译《圣经》的影响（formed his style in a great measure on the unidiomatic biblical translations and theological tracts of his foreign employers）；③晦涩（somewhat unclear），令人不堪卒读（repulsive）。③

麦都思在三年前的《北华捷报》（*The North-China Herald*）上已发表过相似的观点。麦都思的主要观点也是三个。①"（那本书）的总名是《劝世良言》。……看不出梁发曾受过完整的教育。"（"The general title is 劝世良言 Keuen-she-leang-yen, Good words exhorting the age…It does not appear that Leang-afa ever had the advantage of a thorough education."）②梁发时常受雇刻书，这让他多识了不少字。然而并没有提高他的中文能力。他受雇刻印的书是翻译过来的，带着外国人的腔调。（"His having been constantly employed about books somewhat increased his acquaintance with letters. It has not, however, tended to the improvement of his style in Chinese, that the book which he was employed to print, was a translation from a foreign tongue…"）③遣词造句不符合中文的习惯。（"phrases drawn up in unidiomatic Chinese."）④

麦都思的这些观点，完全为密迪乐所照搬。但是，麦都思、密迪乐对梁发的上述评价是有问题的。麦沾恩不同意密迪乐的评价："这种批评未免

---

① 麦沾恩：《中华最早的布道者梁发》，胡簪云译，第 90 页。

② George Hunter McNeur, *China's First Preacher Liang A-Fa, 1785 – 1855*. Shanghae：Kwang Hsueh Publishing House, Oxford University Press China Agency, 1934, p. 79.

③ Thomas Taylor Meadows, *The Chinese and Their Rebellions*. London：Smith, Elder & Co. 65, Cornhill, 1856, p. 79.

④ Walter Henry Medhurst, "Connection between Foreign Missionaries and the Kwang-Se Insurrection (Concluded from No. 160)," *The North-China Herald*, Aug. 27, 1853.

太苛刻了些。"① 麦都思批评梁发在《劝世良言》中喜欢征引《圣经》的段落，有时甚至是整章征引，这些都是对马礼逊、米怜译本的逐字逐句的照搬；他又批评梁发，"附在后面的解经文字，跟他手上的教科书在文体风格上没有两样，像极了他在教堂里听惯了的面向大众的散乱的布道演讲。这些原因，造成了他文体上的极端散乱、冗长乏味及词藻的纷杂。"②

麦都思对梁发的批评着眼于两个层面：一是他的教育及中文写作水平；二是他的"文体"，包括文风及遣词造句等。关于梁发的教育程度低，这是个事实。不过，这个问题如果反过来看，正可以表明梁发的可贵。这是他的特殊性。一个并未受到过良好教育的中国人，仍能写作和出版自己著译的作品，这不正是梁发的意义吗？麦都思从"文体"角度对梁发展开的批评，恰恰是梁发有所建树之处。

关于梁发《劝世良言》一书的文体，以及该文体与传教士《圣经》中译本的关系，麦沾恩说，"梁发引用那与当地言语不合的圣经译文，乃是出于不得已，他深知这译文的不善"。③ 梁发本人早已发现马礼逊《圣经》译本在文体及表达上的问题：

> 他（梁发）曾经论及此事说："现在圣经译文所采用之文体与本土方言相差太远，译者有时用字太多，有时用倒装之句法及不通用之词语，以致意义晦暗不明。圣经教训之本身已属深奥神秘，如再加以文体之晦涩，则人自更难明了其意义矣。我为中国人，我知何种文体最适合于中国人之心境。吾人须先努力将译文修正，使其切近中国方言，然后将其印行。虽然读者信仰圣经或反对圣经系另一个问题，初与文体之晦明无关；但吾人总应竭吾人之力使圣经之文字易于通晓耳。"于此可见梁发实在是深知圣经译文之不完善的。④

梁发的话表明，马礼逊《圣经》译本的"意义晦暗不明"，原因是用字太多、倒装句法及生僻语词的使用。

---

① 麦沾恩：《中华最早的布道者梁发》，胡簪云译，第 90 页。

② Walter Henry Medhurst, *Connection between Foreign Missionaries and the Kwang-Se Insurrection* (*Concluded from No. 160*), *The North-China Herald*, Aug. 27, 1853.

③ 麦沾恩：《中华最早的布道者梁发》，胡簪云译，第 90 页。

④ 麦沾恩：《中华最早的布道者梁发》，胡簪云译，第 90～91 页。

梁发为此做了三方面的努力。一是向伦敦会或身边的传教士表达他的意见。他曾写信给伦敦会的秘书（由他的儿子梁进德译为英文），批评伦敦会总是派出中年的传教士来华，这些人口舌僵硬，无法适应中国口语的特性，而且他们总是太过于着急写书。他们所写的书，中国人很难读懂。不如派些七八岁的孩子，他们有充分的时间学好中国的书面语（written language）。① 二是着手对《圣经》译文进行一些必要的修正。他曾将新约全书中应该修改的地方"列成一表献示米魏茶牧师"。② 三是在自己的撰述中对马礼逊的译文进行详尽的解释。《劝世良言》中的不少章节就是先引马礼逊的《圣经》译文，然后加上他自己的解说和评述。麦沾恩赞曰："他著作小书的主要目的就是要用切近的譬喻和通俗的文字来解释圣经，使人们明白圣经的真意。这些小书的文字并不如美都司所说那样的缺乏文学意味，我们只要看当时的学者都很注意他的书，就可以知道他的书做得不坏了。"③

即使那些不信奉基督教的读者，也能从梁发所写的宣道读物中读出一种对待人生、世界、天地万物的虔诚与敬畏之心，这便是密迪乐所说的"热诚和牺牲的精神"。这种虔诚与敬畏，是对中国文学精神、文化精神的补益。马礼逊、梁发之于中国文学的意义还有另外的层面，即他们对于中文书写的白话性、平民性的强调。这是他们在中译《圣经》的过程中遭遇并力图解决的命题。这一命题初衷在于传教，不过也产生了文学上的意义。至于如何从"文学"或"近代"的意义上界定、评判梁发所写下的文字，取决于我们对"文学"或"近代"概念的认识，以及我们所取的标准。无论是否认可这些文字为"文学"，它作为19世纪中国的一种"Christian literature"，都已然是一种客观的文学存在。无论梁发本人是否被认可为"文人"，他的作品都已产生了客观的历史反响，启发我们重新思考"近代文学"的作者、文体、边界与起源等问题。

[作者单位：中国社会科学院文学研究所]

---

① George Hunter McNeur, *China's First Preacher Liang A-Fa*, *1785 – 1855*. Shanghae：Kwang Hsueh Publishing House, Oxford University Press China Agency, 1934, p. 111. 此句仅麦沾恩英文原著有，胡簪云中译本调整较大，已无此句。
② 麦沾恩：《中华最早的布道者梁发》，胡簪云译，第92页。
③ 麦沾恩：《中华最早的布道者梁发》，胡簪云译，第90～91页。

会议综述 ◀

"集部文献整理之经验与问题学术研讨会"综述

孟国栋

  2017 年 4 月 15 至 16 日，由浙江大学人文高等研究院、中国社会科学院文学研究所古典文献研究室和浙江大学中文系联合举办的"集部文献整理之经验与问题学术研讨会"在浙江大学之江校区成功召开。

  集部文献是中国古籍的重要内容，对集部文献的整理在版本选择、校勘原则以及内容考辨方面都有独特的要求，形成了重要的学术传统。在中国历史上，对集部文献的关注，较经、史、子部为逊色，但清人在集部文献整理方面取得了丰富的成绩，也总结了不少成功经验。20 世纪以来，特别是改革开放后近四十年时间，随着文学文化观念的变迁、学术认识的深化，学界迎来了集部文献整理的又一次繁荣。对传世文献与出土文献所包含的丰富文献形态的广泛关注，文字、音韵及训诂之学的深化，以及史学考证在深度与广度上的推进，为集部文献的整理带来了新的格局，也提出了许多新的问题。当下，集部文献的整理面对日趋复杂的问题，对整理中的重要问题进行及时的研讨和分析十分必要。通过研讨，总结古籍整理的经验、商榷各种难题的解决方案、形成一套具有理论性和实践性的规范，对于中国传统文献研究具有重要意义。本研讨会正是基于这样的思考组织召开。

  来自内地、香港和台湾的十余所高校、出版社、杂志社和研究机构的二十余位专家学者出席了研讨会。会议共收到论文 24 篇，分别从文献流传、版本、校勘、注释、考证、笺疏以及古籍整理的学术体例与学术规范等角度对集部文献整理的现状、价值与意义，诗文总集的编撰，写本到刻本，传世文献与出土文献，本校与理校，音切的处理，虚词的玩味，本事考证及其边界，义理笺疏及其体例，集部文献整理中的伪校、伪注、伪典等问题，进行了深入、理性的探讨。

开幕式由华中科技大学刘真伦教授主持，浙江大学人文高等研究院常务副院长朱天飚教授致欢迎辞。随后复旦大学陈尚君教授、上海古籍出版社高克勤社长、《文献》杂志社张廷银编审、浙江大学胡可先教授、中国社会科学院文学研究所刘宁研究员和刘真伦教授分别就集部文献在四部之学中的地位、历代所受关注的情形和近年的整理出版情况作了分析和点评。

本次研讨会共进行了五场学术讨论。第一场学术讨论由胡可先主持。陈尚君、张高评（香港树仁大学）、傅刚（北京大学）、王基伦（台湾师范大学）和刘真伦分别作主题发言。陈尚君《许浑乌丝栏诗真迹与传世许集宋元刊本关系比较分析》对许浑的乌丝栏诗真迹和许浑诗集的三个宋元刻本中录存许诗的情况进行了梳理，着重分析了乌丝栏诗真迹在诗题、内容及鉴定许浑与他人互见诗方面的独特价值，力求最大限度地还原许诗的初始面貌。张高评《诗文总集整理之思与行》以《全宋诗》《全宋文》和《宋诗话全编》为例，认为断代诗文总集的编纂应该有系统的思维、完备的体例、宏阔的视野，还需谋定而后动，加强与学界同行的沟通，并随手记录与所编总集相关的文献资料，编制相关的工具书或学术副产品。傅刚《由〈类要〉论〈玉台新咏〉原貌》根据晏殊《类要》所收录《玉台新咏》的诗句，在此前讨论的基础上进一步确证明赵均覆宋陈玉父本最符合徐陵编集的原貌，明代的通行本如徐学谟刻本、张世美刻本等，均经过后人的重新编排。王基伦《〈昌黎先生集〉校勘举隅：从朱熹"文理说"谈起》以语意、对偶与用典、排句与重出字眼、类字和句末语气词的讨论为例，说明朱熹从他主张的"文理说"出发对《昌黎先生集》作了不少改动，我们在校勘韩集的过程中应谨慎取舍，最大限度地寻得正确真实的原文文字。刘真伦《关于〈韩愈集〉整理学术体例的几点思考》对其整理韩集的经历和《韩愈文集汇校笺注》的校勘、注释和笺疏体例进行了详细说明，并对汇校过程中碰到的困惑作了重点分析。

第二场学术讨论由张高评主持。卢盛江（南开大学）、胡可先、陶然（浙江大学）、周明初（浙江大学）和张廷银分别作主题发言。卢盛江《〈文镜秘府论〉整理的几点体会》着重论述其整理《文镜秘府论》的经验，特别强调亲自做版本调查和查阅原始传本、对版本之外的材料和文献本身做深入研究的重要性。胡可先《欧阳修词笺注例说》对欧词注释的体例、内容和特点都作了思考，总结了欧词笺注的13个关键要素，同时结合自己笺注欧词的实践对以诗证词、以物证词和俚语释证等要素进行了举例说明。陶然《关于词集校勘的几点思考》从校笺柳永词的实践出发，总结了词集校勘的经验，认为在词集校勘过程中订律是非常重要的手段，很多异文都可由此判定是非。辑佚和笺注时也应谨慎，辑佚要有充分的证据，笺注也应避免强作解人。周明初《〈全清词〉误收之明代女性词人举隅》论述了易代之际女性人物朝代归属的不易甄别，并着重对《全清词》误收部分明代女性词人的情况进行了辨析。张廷银《由王振声诗文及书信看普通文人的普通写作》认为清末民初的普通文人王振声并未将全副心力用于诗文创作，他的这种态度代表了中国古代部分文士的生存和写作状态，对于我们了解普通文人的生活及写作过程有很好的启发意义。

第三场学术讨论由卢盛江主持。高克勤、周相录（河南师范大学）、查屏球（复旦大学）、李成晴（湖南大学岳麓书院）和刘明（国家图书馆古籍馆善本组）分别作主题发言。高克勤《集部文献整理的典范——〈中国古典文学丛书〉编辑出版回顾》从选目、整理者和编辑三个角度回顾了《中国古典文学丛书》的出版历程，并对今后的规划作了介绍。周相录《集部文献整理的乱象——以〈新编元稹集〉为例》对《新编元稹集》中存在的校勘、编年、辑佚、笺注等方面的问题作了考辨，认为在整理集部文献时应该做到校勘精细、笺注科学、征引广博严谨、编年详而有实。查屏球《抄本文集的编纂与流传方式——日传有关〈白氏文集〉成书资料三则试析》结合三种日本材料探讨了《白氏文集》的生成、流传方式，由《白氏文集要文抄》表明《白氏文集》续编时不仅仅是简单的累加，还对原集做了调整；由《管见抄》表明景祐四年（1037）前已有《白氏文集》的刊本；由菅原道真《暮春见南亚相山庄尚齿会诗序》表明当时七十卷本的白集也含有作者自定的七十卷本之外的内容。李成晴《中古别集篇序、附载义例考——以〈文选〉李善注引"文帝集序"为问题生发点》认为所谓的"文帝集序"实际上是曹丕将繁钦、陈琳的两封书信附载于自己文集中时所拟的解题性质的小序，并对中古别集篇序、附载的现象提出了新的见解。刘明《谫论六朝别集的版本调查与整理》对六朝别集的存佚和整理情况进行了梳理，并对版本调查的步骤和应注意的问题，如成书的层次性、篇目的增益和经典文本的形成等进行了论述。在本场讨论的最后，王荣鑫先生也对浙大出版社集部文献的出版情况作了说明。

第四场学术讨论由查屏球主持。罗宁（西南交通大学）、张燕婴（《文献》杂志社）、李剑亮（浙江工业大学）、咸晓婷（浙江大学）和叶晔（浙江大学）分别作主题发言。罗宁《伪书、伪注、伪典——〈锦带书〉和〈锦带补注〉考论》通过分析《锦带书》的文风和用语，考察北宋时期出现的伪注、伪典现象，认为该书是北宋时期的一部作品，它的出现与当时编造伪注和伪典之风的盛行有关。张燕婴《丁日昌致翁同龢信札考释》一文对《丁日昌集》失收的丁日昌致翁同龢的十二通书札进行了详细的考证。这批书札既涉及丁氏的从政经历，也涉及晚清政府与外国交涉的外交事实，对于再现丁氏的个人形象和研究洋务运动的历史都有重要意义。李剑亮《民国词学文献整理与词学编年史编撰》对其正在从事的民国词学文献的整理情况进行了总结，并以词本事的揭示为例对民国词学文献整理中的疑难问题作了分析。咸晓婷《唐诗诗题异名及其成因探析》从传抄讹误、同义互换、题名缩略、人名异称、流传方式等方面对唐诗诗题异名的成因进行了分析，并认为这是探讨写本时代诗歌传播特征的重要方面和有效途径。叶晔《〈暴公子〉本事考证及其边界问题》对王世贞《乐府变》中的《暴公子》进行了详细的考察，认为其本事乃嘉靖后期都察院副都御使鄢懋卿出巡总理两淮、两浙、长芦和河东盐政之事，并此引发对晚明新题乐府研究的新思考。

第五场学术讨论由王基伦主持。刘成国（华东师范大学）、刘宁（中国社会科学院）、孟国栋（浙江师范大学）、郤同麟（中国社会科学院）分别作主题发言。刘成国《机遇、挑战与回应——数据库时代古典文学研究中的考证》结合作者撰写《王安石年谱长编》的经历，指出数据库时代搜寻文献资料更便捷、全面，也使传统的考证范式面临崩溃，因此在考证中应追求高精确性，批判地使用材料，注重论证的逻辑性，并自觉地追求考证背后的宏大问题。刘宁《对诗文集注释的几点思考》总结了新时期诗文集注释中注音的几种情况，即不注音、汉语拼音、直音、反切，这几种注音方式各有利弊，这一问题反映出诗文集注释的复杂性。如何充分吸收音韵训诂学研究的发展成果，为古籍注音建立一套科学的方法，值得深思。孟国栋《书画文献与明清别集的校理——以傅山诗集的整理为例》对新版《傅山全书》中存在的辑佚、重出和校勘方面的问题进行了梳理，并对书画家文集的整理提出了自己的看法。郜同麟《汉代文赋校释拾零》对汉代文赋中十余组词句的字形、字义和字音提出了新的校释意见，对汉代文赋的解读和注释有很大的帮助。

此次研讨会是学界首次专门针对集部文献整理展开的学术讨论，既有集部文献整理的经验交流，也有对整理规律与方法的反思与总结。与会者一致认为，集部文献的整理有其特殊性，以往学界对这一特殊性质的关注尚不充分，在集部文献整理日趋繁荣的今天，整理中所暴露的问题越来越需要引起关注，学界及时进行经验交流与方法总结，很有必要。对集部文献整理的研究，还要不断深入下去。集部文献整理注重传承，需要前辈学者不断总结经验并传授给年轻学人。与会人员集合了集部文献整理队伍老中青三代学者，体现了学术上的传承与发展。集部文献整理还需要学界与出版界的密切交流，参会者也从编辑出版的角度对整理的经验与问题做出了丰富反思，提出了许多值得关注的意见。相信此次研讨会的深入讨论，以及对如何确立集部文献整理的原则和方法的思考，将对今后的集部文献整理发挥积极的影响。

[作者单位：浙江师范大学人文学院]

第十四届先秦两汉学术研讨会会议纪要

林甸甸

2017 年 11 月 18 日至 19 日，第十四届先秦两汉学术研讨会于台湾新北市辅仁大学举行，来自中国社会科学院、北京师范大学、厦门大学、闽南师范大学、福建行政学院、台湾辅仁大学、台湾中研院、台北故宫博物院、台湾东吴大学、台湾东华大学、台湾师范大学、台湾清华大学、台湾中正大学、台湾政治大学、台湾暨南大学、台湾淡江大学、台湾海洋大学、台湾中兴大学、台北市立大学、台湾台南大学、台湾警察专校以及新加坡大学、日本东京大学、日本九州大学、韩国中央大学、比利时新鲁汶大学等27 所大学和科研院所的 50 余位学者参加了本次会议。

18 日上午，会议开幕式由台湾辅仁大学校长江汉声教授主持，台湾辅仁大学中文系主任许朝阳教授、北京师范大学文学院院长过常宝教授分别致欢迎辞。许朝阳教授向来宾介绍了先秦两汉学术研讨会的历史，以及辅仁大学在推进两岸先秦两汉学术交流等方面所作的努力，并欢迎各位学者的到来。过常宝教授感谢辅仁大学作为主办方的策划与安排，回顾了研讨会的历史，指出会议见证了一代代年轻学者的成长，其中不少已成为当下先秦两汉学术研究的中坚力量，并对参会的青年学者寄予了厚望。

有鉴于先秦两汉学术文、史、哲难以界分的特殊性，会议拟定了"经学""史传诸子""文学辞赋""语言文字""出土文献"等五大议题。参会学者涵盖了文献学、文字学、文学、历史学、哲学等多个领域，呈现出当下先秦两汉研究立体、丰富的多种面相。而来自不同国家和地区的学者，在治学方法、关注问题上的差异，也为彼此提供了有益的启发。

文字学及出土文献的相关考辨在继承传统训诂、考释方法的基础上，仍然不断发现新问题，创见迭出，展现出传统学术旺盛的生命力。在语言文字方面，金周生（台湾辅仁大学）《标注〈说文〉音读的方法与意义》以《说文解字》为例，探讨许慎用"读若"标注书中字音的用意，追究南唐朱翱、北宋徐铉以至于清代段玉裁用"反""切"标注《说文》字音的意义，以此论证古人用"反切"注出的《说文》音，实际是一种脱离现实音读，且未必合于原读的"存古"现象，具有创见。张惟捷（厦门大学）《殷卜辞"樊"字考论》立足于前人研究基础，将卜辞中的"樊"字据字体特征作出分类，针对其初文结构、造字原理、甲骨辞例以及氏族地名用法作出进一步的探讨，推进了对此字的深入理解。在出土文献方面，叶书册（中正大学）《不其簋器盖组合研究》从不其簋器铭与盖铭的异文现象出发，深入考察其铭文内容，并从商周青铜器盖的异文现象探讨器物通常存在的误合问题，认为山东滕州博物馆藏的不其簋器与国家博物馆所藏的不其簋盖，可能并非一组器。

随着出土文献的不断问世及相关研究的深入，与之对应的文学研究成为一个新的学术增长点。陈良武（闽南师范大学）《出土文献与先秦散文史的重构》提出，出土文献的发现可以有效地解决传世文献在成书、流传等环节中悬而未决的问题，并以此推动先秦散文史的深入研究和重新书写。苏瑞隆（新加坡大学）《尹湾六号西汉晚期墓出土之〈神乌傅〉在两汉赋史上的意义》谨慎地界定了《神乌傅》的著作年代与作者问题，从"傅""赋"通假现象入手，论证西汉末年的"赋"字可能尚未成为固定的文类名词，而到了高诱所在的时代，方成为文类术语及常用字。此外，还从内容、形式等角度对"俗赋"的概念作出了辨析，指出《神乌傅》是汉代诗体赋的先锋。苏教授借助出土文献材料，对文学史中存在的问题作出了合理的解答，这一研究思路具有相当的借鉴价值。林甸甸（中国社会科学院）《记录即修辞：贞人话语与春秋书法的修辞术传统》通过考察甲骨卜辞的刻写特征，提出占验辞中存在一定的修辞意图，可与"春秋书法"相比较，体现出中国修辞传统精英化、书面化的起源特征，以及监督、褒贬王政的功能指向。程克雅（台湾东华大学）《先秦两汉〈诗经〉出土文献古训考辨与〈诗序〉论述新证》聚焦于古训考辨与"比兴"议题，研究新出《诗序》与《诗》论的传授、讲论特征，探讨原初《诗》义及周代社会文明的情境，并借以追寻诗义与诗旨的流变轨迹及其对于《诗经》诠释史的意义。

针对传世经典文献的解读与诠释，仍是先秦两汉研究的重中之重。而两岸学者所关注的问题，在理路及趣味上具有相当明显的差异。总体而言，大陆学者对重大理论问题的关注尤为突出，而台湾学者则相对更重视考释、义理等传统学术范畴。

过常宝（北京师范大学）发表了论文《春秋赋诗及"断章取义"》，指出西周的"献诗""采诗"制度来自燕礼中"无算乐"的环节，有着"尽欢"与"讽谏"的话语功能。经过长期实践，春秋燕礼赋诗形成了有赋有答、遵守"类"的规范性等规矩，而其交流观点和情感的目的，促生了"断章取义"的赋诗现象。"赋诗断章"使诗从仪式文献转变成为一种权威的世俗话语资源，对中国话语形态的转型有着标志性的意义。论文将礼仪制度视为话语生成的背景，并从有限的文献材料中还原出赋诗断章的文化逻辑，这一研究方法具有较大的启发性。张德建（北京师范大学）发表论文《汉代"以文学饰吏治"观念与明代政治精神的历史变迁》，以汉代"以文学饰政事"观念为切入点，讨论了明代文学中反映的政治精神之变。永乐以来的台阁文学在理学意识形态化与政治体制的作用下，服务于现实政治的需要。复古文学对文学的作用进行了反思，认为文学创作的根本在于个体性情气质。心学要求"政学合一"的应世境界，在此影响下的文学则成为表达个体适意与内在超越的载体，摆脱政治的束缚。

吴智雄（台湾海洋大学）《论何、郑对〈谷梁〉的废、起之辩：以鲁僖公时期的辑文为范围》以校勘为主要手段，依序分析鲁僖公时期的13条辑文，比较何休、郑玄在论辩方法上的得失优劣，并分别总结了二人的论辩方法。殷善培（台湾淡江大学）《汉郊祀歌邹子乐四章考释》对收录于《汉书·礼乐志》的《郊祀歌十九章》中从《青阳》到《玄冥》的四章作出了逐句考释，认为《青阳》《朱明》辞乐应当一脉相承，较无增损；《西颢》加入了平定朝鲜、南越等重要事件；《玄冥》可能是因应改历调整了时序物候的实际现象，才发生了更名现象。

来自日、韩两国的学者，对先秦两汉文本特征及文化思想问题表现出更多的关注。李康范（韩国中央大学）《白虎观会议融古今、古文经学与谶纬迷信之钦定结合》以白虎观会议为切入点，讨论了在东汉时期今文经学、古文经学以及谶纬思想如何借由统治者的意志得以统合，并成为官方的意识形态，将儒家思想进一步神化。栗山雅央（日本九州大学）《关于从汉代到两晋时代赋注的确立过程》考察了《幽通赋注》《两京注赋》《三都赋注》《子虚上林赋注》等赋注文本，提出从东汉到三国两晋时期，赋注家有意识地沿袭了东汉初期班昭《幽通赋注》的体例，到了西晋时期又产生了一些别的特征，如对旁证和史实的征引等。谷口洋（日本东京大学）《神话、小说、著述：〈史记〉故事世界的三个极性》提出，《史记》中留存有神话思维的痕迹，但其话语更倾向于小说，可视为魏晋小说的先声。此外，《史记》又体现出鲜明的著述意识，这三者是文学发展的不同方向，同时也构成《史记》独特的叙事张力。

文本细读的研究方式，仍为先秦两汉的文学研究提供着问题意识与思辨方向。黄培青（台湾辅仁大学）《名参君子场，行为小人儒——论孟郊诗歌中的屈原形象及其意义》缕析了孟郊诗篇中全部的屈原形象，并提出其中存在的前后矛盾，试图结合孟郊的生平精神与讽喻手法，理解其笔下屈原形象存在牴牾、龃龉的原因。邱文才（台湾辅仁大学）《〈史记·项羽本纪·垓下之围〉论析》以文本细读的方式，评析了司马迁笔下的项羽形象，并深究作者塑造这一形象的内在动因。梁淑媛（台北市立大学）《戏拟帝国：邸窝烟馆里的"仿阿房宫赋"残影书写》以晚清民初的"仿阿房宫赋"为研究对象，探讨其时文人如何以俚语、讽喻仿写赋作，体现出"阿房宫"这一共有意象超越时空的关系联结。林宜陵（台湾东吴大学）《陶渊明〈神释〉诗与庄子"神"思维共通处探论》考究陶渊明《形影神》并序组诗中"神"字的定义，以"精神"解释《庄子》中的"神"之寓意，并得出独特的体悟。

台湾学者对于学术史的梳理和反思，往往体现出较深的理论思辨功底，值得我们关注。其中，江毓奇（台北市立大学）发表论文《"以庄解庄"论在〈庄子〉诠释传统中的反思与承变》，发现"以庄解庄"论并非诠释者在诠释《庄子》时不证自明的预设，而是在不同的《庄子》诠释经验与成果中不断积淀后的反思，因此不能将其视同于"回归经典大义"的学说。康凯淋（辅仁大学）《吕祖谦〈左氏传说〉的历史解释模式》借用海登·怀特历史诗学中的方法，细致地分析了吕祖谦《左氏传说》的历史解释模式，将其分解为从观察到联想、从部分到全体、从微观到宏观、从个体到共相、从认识到批判等多个侧面，并揭示了其隐喻、转喻、提喻、反喻等不同的思考形态。李智平（台湾警察专校）《"道德判教"与"学术分科"：马一浮与熊十力论诸子百家之学探析》拈出马一浮、熊十力的分歧问题，从学术根源追索二者的思想根柢，提出马、熊二氏在学术路向上本有义理、哲学之分歧，对诸子、百家所属存在争议，重内圣或重外王的取向有所差异，并从"中国哲学史"方法论的层面对二者产生分歧的原因及启示作出了深入的阐发。周志煌（台湾政治大学）《订古当前傲世姿：卫聚贤、孙次舟有关先秦两汉的奇说怪论成因探析》以卫聚贤、孙次舟的个性及怪论为问题意识，试图结合民初学术氛围及思潮，探讨两人奇说怪论背后的"问学策略"，并探究其历史及思想史上的意义。

　　会议上还有相当数量的论文关涉到先秦两汉的哲学思想问题。萧振（台湾中兴大学）《恶性作为人禽之辨——荀子人性概念侧议》、胡正之（台湾辅仁大学）《汉儒时命观析论》、李玮皓《经纶天下、立本化育——〈中庸〉义理中"诚"的意义治疗》、陈洪杏（福建行政学院）《"孟告之辩"再读解——辅以语言学角度论证孟子逻辑的一以贯之》等，对先秦两汉时期的"性""时""命""诚""知""行"等重要议题作出了细致的考证与辨析。

　　此外，一些具有比较视野的论文也具有相当的启示意义。顾正萍（辅仁大学）《"至德之世、建德之国"：庄子的理想社会——与柏拉图"理想国"之比较》主要探讨了庄子的政治哲学，认为其与柏拉图的理想国有着共通之处，即"止于至善"，将内在道德的至善与城邦生活的正义相关联。ThierryLucas（比利时新鲁汶大学）《先秦时期的逻辑》将先秦时期的逻辑分为具有定义系统、语言分析以及论证的以墨家、名家为代表的"第一型态"，以及以孔子《论语》为代表的"非形式交流"的逻辑。论文以严谨缜密的形式逻辑证明，《论语》中的直接排比句是一种逻辑普遍化的论述，而反排比句则是一种未表达结论的两难形式。从广义的视角来看，先秦时期存在形式丰富的逻辑思维，将"中国逻辑"与"西方逻辑"相对立的理念是不恰切的。

　　本次会议为时两天，发表论文共计28篇，每篇均邀请了相关领域学者进行评议和提问。会议最后，东京大学的谷口洋教授、韩国中央大学的李康范教授、北京师范大学的过常宝教授以及辅仁大学的许朝阳教授作了总结报告。谷口洋教授对中国海峡两岸先秦两汉的学术交流氛围表达了赞赏和向往，李康范教授高度评价了参会论文的质量，对在座的青年学者表达了期许。过常宝教授对两岸学者的治学思路作出了精到的点评，并诚挚欢迎各位学者参与第十五届由北京师范大学主办的先秦两汉学术研讨会。最后，许朝阳教授对参会学者再次表达了感谢，会议在热烈的气氛中闭幕。

在本次会议中，海峡两岸学者及海外先秦两汉学者对彼此关注的文化议题和研究方法都有了更深入的理解，延续了两岸先秦两汉学术界切磋琢磨、共同成长的传统，为未来先秦两汉学术的发展奠定了坚实的基础。

［作者单位：中国社会科学院文学研究所］

图书在版编目（CIP）数据

古代文学前沿与评论. 第一辑／中国社会科学院文
学研究所古代文学学科编；刘跃进主编. —— 北京：社
会科学文献出版社，2018.6
　ISBN 978 - 7 - 5201 - 2930 - 5

　Ⅰ. ①古…　Ⅱ. ①中…　②刘…　Ⅲ. ①中国文学 - 古
典文学研究　Ⅳ. ①I206.2

　中国版本图书馆 CIP 数据核字（2018）第 134104 号

古代文学前沿与评论（第一辑）

编　　者／中国社会科学院文学研究所古代文学学科
主　　编／刘跃进

出 版 人／谢寿光
项目统筹／宋月华
责任编辑／李建廷　赵晶华

出　　版／社会科学文献出版社·人文分社（010）59367215
　　　　　地址：北京市北三环中路甲 29 号院华龙大厦　邮编：100029
　　　　　网址：www. ssap. com. cn
发　　行／市场营销中心（010）59367081　59367018
印　　装／三河市龙林印务有限公司

规　　格／开　本：787mm × 1092mm　1/16
　　　　　印　张：13.75　字　数：223 千字
版　　次／2018 年 6 月第 1 版　2018 年 6 月第 1 次印刷
书　　号／ISBN 978 - 7 - 5201 - 2930 - 5
定　　价／68.00 元

本书如有印装质量问题，请与读者服务中心（010 - 59367028）联系